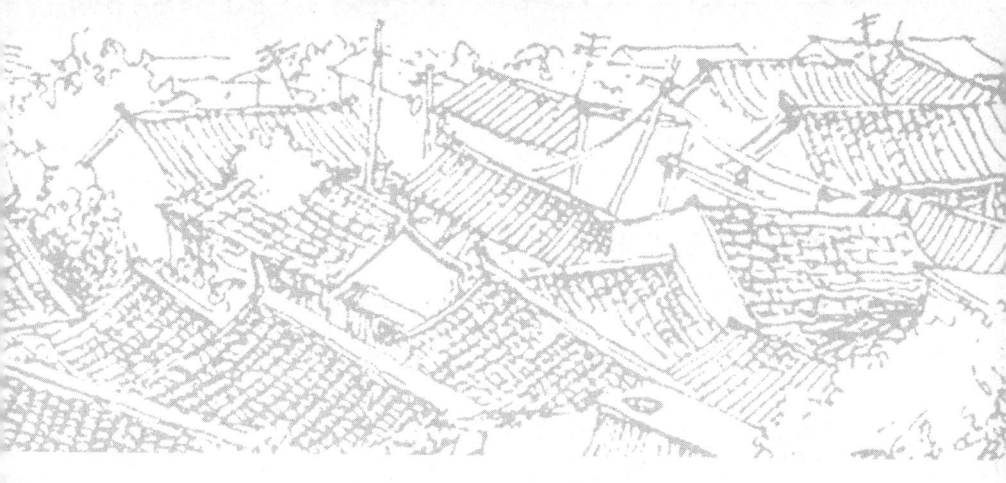

那动人的棒槌声

于凌云 ◎ 著

黑龙江人民出版社

图书在版编目(CIP)数据

那动人的棒槌声 / 于凌云著. — 哈尔滨：黑龙江人民出版社，2019.9
ISBN 978-7-207-11930-8

Ⅰ.①那⋯ Ⅱ.①于⋯ Ⅲ.①散文集—中国—当代 Ⅳ.①I267

中国版本图书馆 CIP 数据核字(2019)第 207133 号

责任编辑：杨子萱
封面设计：欣鲲鹏
封面题字：蔡兴洲

那动人的棒槌声

于凌云 著

出版发行	黑龙江人民出版社
地　址	哈尔滨市南岗区宣庆小区 1 号楼（150008）
网　址	www.hljrmcbs.com
印　刷	永清县晔盛亚胶印有限公司
开　本	880×1230　1/32
印　张	10
字　数	230 千字
版次印次	2019 年 9 月第 1 版　2021 年 6 月第 2 次印刷
书　号	ISBN 978-7-207-11930-8
定　价	36.00 元

版权所有　侵权必究　　　　举报电话：(0451) 82308054
法律顾问：北京市大成律师事务所哈尔滨分所律师赵学利、赵景波

序

浓浓的故土情怀

白雪松

在黑龙江绥化寒地黑土作家群中,于凌云可谓普普通通的一名乡土作家。几十年来,他一直勤奋笔耕,坚持不懈,发表了大量的文学作品。出过书,获过奖。他的又一部二十多万字的散文集《那动人的棒槌声》,由黑龙江人民出版社即将付梓出版。

近日,他带着沉甸甸厚厚的一摞书稿来找我,请我为他作序。我真的有些诚惶诚恐、受宠若惊,因为为人作序是作家的大忌之一,况且我和于凌云先生交流不多。但因近十余年来一直和于凌云先生的文字打交道,我主编的刊物几乎每期都有于先生的作品,又实在推辞不得,只好遵命。

品读于凌云先生散文集《那动人的棒槌声》,一股清新自然的乡土气息扑面而来,一种"天人合一"的乡土情怀牵绕胸襟,让我手不释卷。

开篇的《柳笛》,语言优美,流畅快捷,很有功力,简直把我们带入了诗一般的意境中去了——

每当春天来临,沟边、池畔的柳树绽出绿芽儿,柳条通里的柳条儿,长出"毛毛狗儿"的时候,家乡

小屯的房前屋后,田野路上,便响起了孩子们的柳笛声。

这声音此起彼伏,响成一片。它是"春之乐章"的序曲儿。在柳笛声中,春姑娘用她那双巧手,给山坡披上绿装,给大地绣上绿袍。小草儿等不及了,偷偷地钻出了地皮……

柳笛,算不上什么乐器,是用柳条儿拧下圆筒形的皮做成的,俗称拧"叫叫儿"。做成的柳笛,用嘴只轻轻地一吹,便发出"喔喔哇哇"的响声,可好听了!

这时,有谁还唱起了《柳笛》这支优美的歌来:柳枝长啊柳枝密/春风染得柳树绿/不知忘记没忘记/你曾为我做柳笛……悠扬婉转的柳笛声,伴着那清脆动人的歌儿,常常使我听起来如痴如醉,撩拨起火辣辣的思乡情怀!

作品生活气息浓郁,乡土味儿十足!那巧妙的构思,那极富戏剧性的情节,把"我"少年时吹柳笛的玩伴、同学兰子帮我做柳笛,教我吹柳笛,成了最好的朋友,以及后来兰子随父母搬到外地多年不见,一直到考上同一所大学再次相遇,使友情上升为爱情。大学毕业,两人双双回到魂牵梦绕的故乡,分配到同一所中学任教,成了志同道合的终生伴侣,把曲折多趣的"柳笛缘",表现得淋漓尽致。够得上一篇上乘之作!

童年的生活是美好的,金色的童年,是永远值得回忆的,那里充满了美丽的童话和讲不完的故事,实在令人神往!当然,最让作者难忘的,还是深情的母爱。《后记》中这样写道:

有多少个傍晚，霞光夕照。如诗似画，美不胜收。家家的屋顶上，炊烟袅袅，妈妈呼唤我回家吃饭的亲切声音还回荡在我的耳边。我的妈妈是个名不见经传的普通女性，勤劳、善良、贤惠、能吃苦，这些优秀的品质铸就了她的性格。如果说，爱是真诚的，那么，最真诚的爱，莫过于母爱的博大与深沉。我永远忘不掉，妈妈为我缝的书包，妈妈为我补的小褂，妈妈天天送我上学，春风吹动她那白发！

这一言一行，一针一线，寄托着多少母爱啊！

《后记》中还说：故乡的土屋里，藏着我儿时的梦。那富有情趣的古朴而悠远的民俗风情，犹如西大岗上那片红高粱酿成的纯粮"小烧"，浓烈醇香，喝一口心都醉了！

是的，家乡、土地，组成了心灵中这块乡土。这块乡土是最纯净，也是最神圣的，所以，人们终生不忘。

俗话说，一方水土养一方人，民俗风情，源远流长，它是中华民族五千年传统文化中的明珠，璀璨生辉，闪闪发光！是作者记忆深处挥之不去的。《那动人的棒槌声》中，就有许多精彩的描写——

"梆梆梆梆——"

那声音有疏有密，有高有低，有缓有急，那动人的声音，虽没有高山流水、万马奔腾的气势，却常常使我听起来如痴如醉，在我记忆的长河中，激起朵朵美丽的浪花！

……

母亲将被子一床一床地拆完,然后,把被里、被面放到洗衣盆里,用碱水或控好的"小灰水"(那时还没有洗衣粉)泡上。你瞧,母亲挽起袖子,坐在小木凳子上,两腿叉开向前伸,双手"嚓嚓"用力地搓。顿时,洗衣盆里便冒出许多气泡泡儿,继而,又变成一堆堆的白沫儿,可好看了!待洗净晾干,便用稀粥样的淀粉糊儿"浆"。浆完的被里被面,阴干后,便进行非常关键的一道工序——槌。

……

若是仔细观察,那是多美的一幅风俗画啊:泥屋中,火炕上,两个农家女人,面对面坐着,中间是一块长方形,厚厚的色木的"槌棒石"。叠好的被里或被面,平放在"槌棒石"上,女人那两只灵巧的手,挥动棒槌(用色木檀成,造形优美),上下交错地槌,"梆梆梆梆——"动作敏捷熟练,潇洒自如,简直让你目不暇接,女人们的额角上,挂满了细碎的汗珠儿,可脸上却洋溢着惬意的笑!

以上文字,描写得细致入微,活灵活现而且耐人寻味,那动人的棒槌声,虽然远离了我们的生活,可它却在提醒我们:俭朴生活的好传统不可丢!

集子中其他关于民俗风情的作品,如《过年贴春联》《农家腊月年味香》《古朴的婚嫁风俗》等,更是情趣盎然。这些作品的选材立意,证明于凌云头脑中已经具有一种文化的自觉。其实，不论是鲁迅、沈从文、汪曾祺，还是鲁迅文学奖、矛盾文学奖获奖作品，都在极力地寻找文化根基、文化元素，让人物活在文化之中。

作者是在家乡这片黑土地上长大的，他怀着一颗感恩的心，深深地爱着这片多情的故土，深深地爱着那些纯朴善良朝夕相处的父老乡亲，由衷地感到家乡的一草一木都是那么温馨美好！

生产队长，是作者最熟悉不过了。

在《当年的生产队长》一文中，这样写道——

> 生产队长这个官儿，是上挤（公社）下压（生产大队）的"豆饼官儿"，最不好干。见天和社员打交道，都在一个屯住着，低头不见抬头见，老少爷们沾亲带故，扯耳腮动，软了不是，硬了也不是。再说了，偌大一个生产队，瓜子里嗑出个臭虫——啥仁（人）都有：老实巴交的，不惧硬的，磨道驴——听喝的，专找香悠的，爱耍嘴皮子干活糊弄的，见硬就回的，爱歇花工的……总之，无论是"龙"还是"熊"，都得让他们吃碗饭。

接着，进一步写道——

> 生产队长是队里唯一的"脱产干部"。他虽然不干上趟子活，却非常辛苦。
>
> 每天清晨，天刚蒙蒙亮，星星尚未消失，生产队长就得起来，匆匆忙忙地扒了两碗饭，便马不停蹄地

浓浓的故土情怀

到队里敲钟……

　　社员……纷纷来到生产队,队长便开始调兵遣将,分工调配……各项农活安排好之后……生产队长便深入各劳动场地,走走看看……发现问题,及时解决。然后,便到农田干大帮的社员中"查边儿"(检查质量)……

　　秋收季节,是生产队长最忙最累的时候,"村看村,户看户,社员看干部"……

　　生产队长必须亲自出马,率先垂范,带领社员投入紧张的夺粮大战……

　　当队长的最棘手和头疼的便是队里的"高草"和"二大爷"。这号人都是成分好的,不像地、富、反、坏那么好摆弄。不是找你毛病,就是给你出"难题"。你又不能把他咋着,叫你伤透了脑筋……

　　当队长的,香悠事也不少。队里的"伙食点"常年设在队长家,凡是上头来队里包队的干部都在"伙食点"吃饭。那时白面少,社员每人每年只能分到五十斤小麦。(因为有"伙食点"),队长可以成袋子往家扛白面,往家拎豆油……如今看来不起眼儿的事,在当年那个穷困的年月,社员们看了都挺眼热!

质朴幽默的语言,说的都是大众话还有歇后语。把个"豆饼官儿"生产队长的苦辣酸甜写得生动形象,跃然纸上!似乎作者本人就干过生产队长这个角儿。

　　黑龙江省作协主席著名作家迟子建曾经说过,从创作念头的萌生,到落笔表达,写作这杯酒,有时要经过漫长的时光"发酵"。天赋固然重要,但平常心、信心、耐心,以及岁月风霜砥砺的沧桑心,对一个写作者来说,更为重要。

作者身边的父老乡亲,他们都是生活在底层的小人物,都是面朝黄土背朝天土里刨食的父辈和亲人。作者以一颗平常心,更不失信心和耐心,从岁月风霜的不同侧面,多角度地捕捉闪光的镜头,找寻那些动人的故事。以小见大地再现生活。比如,艰苦岁月里出行时《打尖》的生活;那个"特殊年月"《割大秋》的田间劳动;20世纪五六十年代《份养猪》的苦与乐;过上好日子后《补拍"结婚照"》的迫切心情;等等。真是佳作频现,不胜枚举。文中不仅突显了作者的悲悯情怀,而且,见证了时代的进步和社会的变迁!

作者在怀念往事的同时,也不忘对家风美德的讴歌赞颂——

> 母亲要强,过日子是把好手。无论炕上活还是地里活,都拿得起放得下……,她说,过日子离不开"勤"和"俭",不怕穷,就怕懒,我们不是有两只手吗?眼是赖蛋,手是好汉!母亲靠勤劳俭朴的家风,穷日子也过得有滋有味!(《编筐窝篓乐趣多》)

> 大姨父靠锔锅锔缸的微薄收入养家糊口。可他却坚守"做人真诚,做事实在,吃亏是福"的祖训,热心为百姓服务,有钱没钱都锔锅。他虽没攒下钱也不富裕,却生活得挺快乐。(《大姨父是个"锢漏锅子"》)

  杨老疙瘩当年因家中穷困哥们儿多,没娶上媳妇,成了单身汉,他和乡亲们和睦相处,为社员们义务修火炕,分文不取,一干就是几十年,他修火炕,手到病除,没有不好烧的,冬天一热到天亮。因此,被誉为"炕仙儿"!(《"炕仙儿"杨老疙瘩》)

  就是这些普通百姓,清丽而随意流淌般的语句,不仅增加了作品的诗情画意,又使人感到作者笔下写的全是真话。这些故事根本用不着所谓的艺术加工和编造。因为他们质朴、原味,从而突破了一般的文学意义,增大了作品的人文容量。

  此外,集子中还收入了有关记游方面的作品,文笔细腻朴实,表达了无限热爱祖国大好河山的思想感情。足见作者驾驭语言颇具功力。

  我自知对作者文字的阅读并非十分深入,而第一时间收到的这本即将付梓的书稿,说实话,虽然不是走马观花,但也只是忙里偷闲,通过一点点不连贯的阅读,找到了点说辞写下而已。幸好平日里多少积累了一些对作者文字的印象。因此,我的想法是,有责任将作者的文字介绍给更多的读者。

  是为序。

2019 年 5 月 23 日

目　录

序：浓浓的故土情怀 …………………………………………… 1

第一辑　乡俗趣事

柳笛 …………………………………………………………… 3
故乡五月酱飘香 ……………………………………………… 9
那动人的棒槌声 ……………………………………………… 13
古朴的婚嫁风俗 ……………………………………………… 16
过年贴春联 …………………………………………………… 20
农家腊月年味香 ……………………………………………… 25
盼年 …………………………………………………………… 30
讲"闲话儿" …………………………………………………… 34
压炕 …………………………………………………………… 38
抓蝈蝈 ………………………………………………………… 42
滚苏雀 ………………………………………………………… 46
烀苞米 ………………………………………………………… 51
火绳，燃起那浓浓的清香 …………………………………… 56

第二辑　岁月如歌

当年的生产队长 ……………………………………………… 63

春耕春种忆当年 …………………………… 68
送饭 …………………………………………… 72
分红 …………………………………………… 75
挑水 …………………………………………… 79
想起当年学文化 …………………………… 84
老妈的偏方 ………………………………… 89
家乡的"野台子戏" ………………………… 94
田野里的"毛道儿" ………………………… 100
那份浓浓的乡情 …………………………… 104
七月，田野里的乐章 ……………………… 107
香喷喷的故乡七月 ………………………… 111

第三辑　那年那月

补拍"结婚照" ……………………………… 119
忘不掉的火炕情怀 ………………………… 123
记忆中的算盘子 …………………………… 129
打尖 ………………………………………… 134
割大秋 ……………………………………… 139
搂大耙的年月 ……………………………… 145
乡村老媒婆 ………………………………… 150
吃面的记忆 ………………………………… 157
三角兜 ……………………………………… 161
份养猪 ……………………………………… 165
三代人的盼水梦 …………………………… 169
难忘越冬"三件宝" ………………………… 174

第四辑　家风美德

母亲的心愿 ……………………………………… 181
大姨父是个"锔漏锅子" …………………… 186
编筐窝篓乐趣多 ………………………………… 192
难忘铡草的日子 ………………………………… 197
妻子泪 …………………………………………… 203
老屋的故事 ……………………………………… 210
医者仁心的赞歌 ………………………………… 219
酒友老窦头 ……………………………………… 226
"炕仙儿"杨老疙瘩 …………………………… 231
放夜马 …………………………………………… 236
织草包 …………………………………………… 241
不朽的丰碑 ……………………………………… 245
读书圆了我的文学梦 …………………………… 251

第五辑　域外风景

大连纪行 ………………………………………… 257
北京名胜游 ……………………………………… 267
走进西柏坡 ……………………………………… 281
金龙山红叶 ……………………………………… 288
魅力的生态文化之旅 …………………………… 293
难忘的时刻 ……………………………………… 299

后　　记 ………………………………………… 303

第一辑 乡俗趣事

柳　　笛

每当春天来临，沟边、池畔的柳树绽出绿芽儿，柳条通里的柳条儿，长出"毛毛狗儿"的时候，家乡小屯的房前屋后，田野路上，便响起了孩子们的柳笛声。

这声音此起彼伏，响成一片。它是"春之乐章"的序曲儿。在柳笛声中，春姑娘用她那双巧手，给山坡披上绿装，给大地绣上绿袍。小草儿等不及了，偷偷地钻出了地皮……

柳笛，算不上什么乐器，是用柳条儿拧下圆筒形的皮做成的，俗称拧"叫叫儿"。做成的柳苗，用嘴只轻轻地一吹，便发出"喔喔哇哇"的响声，可好听了！

这时，有谁还唱起了《柳笛》这支优美的歌来：

柳枝长啊柳枝密，
春风染得柳树绿，
不知忘记没忘记，
你曾为我做柳笛……

悠扬婉转的柳笛声，伴着那清脆动人的歌儿，常常使我听起来如痴如醉，撩拨起火辣辣的思乡情怀！——

那动人的棒挞声

树上的鸟儿随我唱,
田里的水牛听入了迷,
你记得我,我也记得你,
柳笛声声传友谊!

歌声牵着我的思绪,又飞回那如诗似画的少年时光……

记得那时,每到春天,玩得最投入的便是拧叫叫儿、做柳笛。

放学了,回到家,撂下书包,就忙三火四地往柳条通里跑。撅回一大把柳条,便偷偷地坐在房后拧叫叫儿。

不知是什么原因?我一拧就坏,再不就是吹不响,柳笛做不成,饭也不想吃,听着别家的孩子吹柳笛,心里都痒痒,可眼馋了!

妈妈找我吃饭,在房后找到了我。

她见我拧叫叫儿、做柳笛,就生气地说:"小嘎头(我乳名),你的作业完成了吗?再不准拧叫叫儿,吹那玩意儿不好,刮大风!"

我想,吹柳笛和刮风有何相干?骗人!那时,对我来说,似乎什么都成了次要的,唯有柳笛才是主要的。因此,不管妈妈怎么阻拦,我就是不往心里去。

正在我苦于做不成柳笛的时候,是兰子向我伸出了友谊之手。

兰子,是我的同班同学,比我大一岁,是个长得挺俊的女孩:长长的睫毛下,一对毛嘟嘟的眼睛,闪着迷人的光彩!她就住在我家后院。

那天,我正坐在房后,专心致志地做柳笛,忽听一阵"嚓

嚓"的脚步声,是谁呢?抬头看时,只见兰子笑眯眯地来到我面前:

"嘎头,这几天我见你老不高兴,准是做不成柳笛急的!"

"嗯……不是!"我支吾着。

"还不是呢,"兰子眨动着眼睛,爽快地说,"你们小蛋子,就是嘴硬,看把你急得那个样,来,我给你做!"

听了兰子的话,我有点儿不好意思,只见她挥动灵巧的小手,"嚓嚓嚓"拧了一大堆,不一会儿,就做成好几只柳笛。我见了,不由心中暗暗佩服!

她做的柳笛就是好,和别人的不一样。有长的,有短的,上面还用小刀刻出几个小圆孔儿,样子和买的笛子差不多。接着,她便认认真真地教我怎么吹,怎么按点儿来。

兰子顺手拿起一只长柳笛,含在嘴边,轻轻地吹了两下,大概是试试柳笛响不响吧。然后,她用两手拿着吹了起来,手指交叉地在柳笛的小孔上按着点儿,那么熟练,那么自如——时而鼓起腮帮儿,时而扬脖儿挺起胸脯,那嘀嘀嗒嗒的声音,好听极了!

在兰子的耐心帮助下,我终于学会了做柳笛、吹柳笛,高兴得差点跳起来!我不仅参加了孩子们的"柳笛吹奏队",竟还敢和他们叫着号地比高低。

尽管我吹得不错,但和兰子比还显得逊色,我下决心要赶上她。从此,我们经常在一起拧叫叫儿,做柳笛,一块儿上学,一块儿回家,就像一对儿叽叽喳喳的小鸟儿。

很快,我俩成了要好的朋友。

谁知,在我吹柳笛吹得正得意之时,一件意外的事发生了。

那天早晨,我刚到学校,班主任老师就把我叫到办公室,

问我:"是什么原因,不交作业?"

我想,这下糟了,非挨收拾不可!

我低着头,站在老师面前,明明是吹柳笛没完成作业,可又怎能说出口呢?老师严厉地批评了我,并警告我说:"三天之内,必须把落下的作业补齐,不然,就撤掉你'学习委员'的职务!"

那一天,我难受极了。似乎觉得,时间也过得特别慢!我心里总感到沉甸甸的,就像压上了一块儿石头。我后悔,当时为什么不听妈妈的话。唉,什么都晚了……

课后,兰子把我叫到一边,悄声说:"嘎头,老师找你啥事?"

我把事情一五一十地说了。最后,我提醒兰子:"这件事,可不能让妈妈知道啊,你得帮我保密!"

兰子微微地点了点头:"嗯!不过……以后可得注意点!"兰子的话,使我差点哭出来!

放学回家的路上,我故意避开同学们自己走,兰子偷偷地追上来,和我结伴同行。她笑眯眯地望着我:"嘎头,不要上火,我来帮助你!"听了兰子那诚恳的话语,我一时心里热乎乎的,眼泪直在眼圈儿里打转!

当晚,兰子亲亲热热地把我叫到她家,给我讲题,还帮我做题,对我引导提示,还教我举一反三,那形象俨然一个"小老师"!结果,只用了两个晚上,落下的作业全补齐了,我如释千斤重负。为此,老师还表扬了我,说我知错就改,是个好样的!

后来,我们还没升入五年级,兰子就随同父母搬到外地去了,那年她才十三岁。兰子临走那天,我送她走了老远老远,还把煮熟的鸡蛋，塞进她的衣兜里。兰子哭了，我心里也热乎拉地不好受！从打那儿，我再没见过她。

然而，事情巧得很。我读完了高中，以优异的成绩考取了一家省属师范大学。

入学那天，我在报到处门口，意外地见到了兰子。原来，她也考上了这所大学。并且，我俩还分到了一个班，这极富戏剧性的情节，真是做梦也没想到啊！

我们乍一见面，双方都感到吃惊！一时，话儿不知从何说起，桩桩往事，一齐涌上心头……

兰子已长成文文静静的大姑娘了，苗条的身材，朴素的衣着，梳着短发，长长的睫毛下，忽闪着一对机灵有神的眼睛，显出自然而和谐的美！

兰子说："时间过得真快，几年光景，我们都长成大人了！"

"是啊，值得自豪的何止如此？"我补充说，"我们彼此都成大学生了！"说罢，我俩都会心地笑了！

在紧张的学习之余，我们常常一块儿在校园里散步，谈学习，谈理想，憧憬着未来。我和兰子在学习上互相帮助，取长补短；在生活上，互相关心，互相照顾。两颗心贴得更紧了，后来友情上升为爱情：没有托寄的锦书，没有媒人牵线，没有花前月下的蜜语，没有海誓山盟的甜言，可我们却真诚地相爱了！

大学毕业后，我和兰子双双回到魂牵梦绕的故乡，在一所偏远的乡村中学任教。后来，我们结婚了，成了志同道合的终身伴侣。

光阴飞逝。一晃，又是二十几个年头过去了。如今，我们已进入"知天命"的年纪。回首那段多彩的少年时光，实在觉

得有意思极了!

后来,我突发奇想地问妻子:"老人们常说'月下老'配夫妻,对于我们的结合,你是怎么想的呢?"

妻子微微一笑:"怎么说呢?总之,是有缘分。说得文雅一点儿,就是'柳笛缘'!你说对吗?"

妻子的话,说到我心里去了。

我望着她那张红扑扑的笑脸儿,不禁轻轻地唱起那首《柳笛》来:

> 不知你忘记没忘记,
> 你教我吹家乡曲;
> 柳树青青春又来,
> 勾起我的思乡意;
> 你记得我,我也记得你,
> 少年的时光难忘记!……

2014 年 8 月 31 日

故乡五月酱飘香

故乡在呼兰河西一个古老的田园小镇。

这里,民俗文化悠久,农家的大酱不仅好吃味美,而且远近闻名!

农家五月,当你回到故乡老屯,总会闻到一阵阵诱人的香味儿,轻风般地扑面而来,它不是花香,亦不是果香;仔细搜寻,才发现,原来是从民居窗前的酱缸里,传出的大酱的香味儿!

这香味儿浓浓的,有时又淡淡的,撩拨着你的思乡情怀……

大酱,是故乡人餐桌上必备的调味品。

食用大酱是故乡人的传统习俗。特别是到了春天,从野外挖回些鲜嫩的"婆婆丁",摘好、洗净,再扒几棵大葱,吃着香喷喷的小米干饭就着婆婆丁、大葱蘸酱,真是别有一番风味啊!相比之下,鱼呀、肉啊,都有些逊色。

夏日的餐桌,更是一顿也离不开大酱。小园里水灵灵的小白菜、小萝卜菜、香菜、臭菜,给农家的餐桌,添了新内容。扒一口饭,夹一筷子小青菜,蘸点酱,填入口中,那滋味儿清香爽口,可使你食欲大增!

做大酱,是故乡人的拿手"绝活",家家的女人都做得一手好大酱,因为故乡的大酱好吃、味美,有多少嫁到外地的姑娘,

仍食用娘家的大酱啊!

做大酱,季节性很强,出了正月进二月,女人们就张罗做酱了。一般都是选下半月,月牙往回消的时候烀酱,这时候酱块子不长蛆。

烀酱前,先将黄豆挑净,除去杂质。我们这儿,做酱用的黄豆,都是自己种的"绿色食品"。挑酱豆可是个十分认真的活儿,是家里大人们的事,小孩子只能在一边看热闹。一般都是把"八仙桌子"放到炕上,成斜坡形。桌面四周,用筷子围上,只在斜坡下端留一个开口,将豆子倒在桌子上,豆粒就哗哗地滚落下来,只剩下土块和杂物。挑完的酱豆,圆滚滚的,土星儿皆无!

烀酱时,要将豆子淘洗干净,放到锅里,加上适量的水,然后捂严锅盖,便在灶下添柴生火。

锅烧开了,整个厨房都被热气笼罩了。一股豆香,不断地从锅盖缝儿里挤出来,溢满全屋。这时,若是屯邻们有谁走进屋,第一句便是:"哟,烀酱了!"

烧二遍火时,要将锅里的豆子上下翻匀。若是满锅豆子,上下翻不均匀,就得"倒锅",然后,再重新烧火。

女人们惦记着锅里的豆子,觉都睡不实因为这是一年吃酱的大事。第二天老早就起来,忙三火四地扒拉两碗饭,就神秘兮兮地掀锅。

这会儿,她们心里都捏着一把汗!

随着"呼——"的一股热气,立时,豆香扑鼻。再看锅里,金灿灿的豆子变成了老黄色。豆粒用手指一捻,稀面。见状,女人才松了一口气,高兴地嚷着:"快来看啊,成色不错,比去年的还好,出锅喽!"

这时，男人也挽起袖子，扎上围裙，忙活起来，男人用"酱杵子"将锅里的豆子，一下一下用力地捣碎，不一会儿，头上便冒出了细碎的汗珠儿。

女儿们将锅里捣好的黏糊糊的豆子精心地做成上头小下边大、四角四棱的小立方体，即"酱块子"。

做成的酱块子，油汪汪的，在面板上放些日子，硬实了，就用大批子乌拉草，做成"马连垛"打底的"酱吊子"，把酱块子一块一块地拴好。两个一对儿，系结实，挂在墙上或木竿子上。也有用纸包的，然后放好，按时翻个，妥善保管。

到了农历四月，酱块子"隔"好了，这时，女人们都抓住初八、十八、二十八的好日子，纷纷开始下酱。

下酱这道工序，比起烀酱来更为关键。

先将酱块子用清水刷净，然后，掰成小碎块儿，挑净虫蛹，用筐箩盛好，选晴好天气，放到阳光下晒。晒好了，统统倒入缸里，按比例加盐（三盆酱一盆盐），最后，放入适量的水。

下完的酱，盖好酱缸，三天后开始打耙。每日早晚各一次，每次要打几百下，边打耙边用手把酱块子攥碎。打耙之后，还要将缸里的"酱沫子"撇出，这样，可清除酱中杂物。

酱缸口用见方的白花棋布做"蒙子"罩好，四角坠上小铁块，按习俗，酱缸蒙子上，还要缀上一块鲜红的布条儿，怕谁家的"双身子"女人看了，酱变味儿。

没过月的大酱，吃着有点苦巴溜的，不能用来炸酱或炒菜时爆锅，过月之后，酱发过来了，每当清晨和傍晚打酱耙时，一股大酱的香味儿飘满全屯，闻着这酱香，心都醉了！在那困难的年月，乡亲们吃饭时，只要有碟大酱就能吃饱饭啊！

过月的大酱，仍不能停止打耙，每日照例早晚各一次。

  为了保管好缸里的酱，还要备一顶"酱帽子"，晴天取下来，夜间和风雨天再扣在酱缸上。这样，不管天气怎样，都能确保缸里的酱安然无恙。

  在古老的故乡小镇，尽管生活不断地发生着变化，可是，作为调味品的大酱，却始终离不开人们的餐桌。吃一口，细细地品尝，是那么有滋有味儿，而且，更香更美！

2017 年 5 月 15 日再改

那动人的棒槌声

我喜欢乐器中的笙、管、笛、箫……它们演奏起来,有的和谐悦耳,有的尖利清脆,有的悠扬婉转,有的情意绵长。但听久了,有时也会产生厌倦感。只有故乡的棒槌声,才使我久听不厌,而且,情趣盎然!

"梆梆梆梆——"

那声音有疏有密,有高有低,有缓有急。那动人的声音,虽没有高山流水、万马奔腾的气势,却常常使我听起来如痴如醉,在我记忆的长河中,激起一朵朵美丽的浪花!

那时,农家每进入七月,故乡老屯田里的活儿忙完了——挂了锄,麦进仓后,男人们都备好钐刀,下甸子去打洋草,而女人们呢,更是忙得不可开交——一春一夏没摸针儿,做起炕上活儿,手都有点儿不听使唤。可她们一点儿也不退缩,个个都是信心十足的。哪些活儿先干,哪些活儿稍后一点儿干,心中早打好了谱儿。多数人家都是先拆被子。盖了一冬一春的被子,可该拆洗了,脏里脏气的,女人们谁能受得了!

这时,我家最忙的顶数母亲。每天老早起来,吃了饭,收拾完锅头灶脑儿,喂罢猪鸡,连烟也顾不上抽,就摸起了活儿。

母亲将被子一床一床地拆完,然后,把被里、被面放到洗衣盆里。用碱水或控好的"小灰水"(那时,还没有洗衣粉)泡上。你瞧,母亲挽起袖子,坐在小木凳子上,两腿叉开向前

伸,双手"嚓嚓"用力地搓着。顿时,洗衣盆里便冒出许多气泡泡儿,继而,又变成一堆堆的白沫儿,可好看了!待洗净晾干,便用稀粥样的淀粉糊儿"浆"。浆完的被里、被面,阴干后,便进行非常关键的一道工序——槌。

"梆梆梆梆——"

于是,老屯的前街后街、左邻右舍,便响起了有节奏的棒槌声。这声音洪亮,此起彼伏,传出很远很远!

若是仔细观察,那是多美的一幅风俗画啊:泥屋中,火炕上,两个农家女人,面对面坐着,中间是一块长方形,厚厚的色木做的"槌棒石"。叠好的被里或被面,平放在"槌棒石"上,女人那两只灵巧的手,挥动着棒槌(用色木楦成,造型优美),上下交错地槌。"梆梆梆梆——"动作敏捷熟练,潇洒自如,简直让你目不暇接。女人们额角上挂满了细碎的汗珠儿,可脸上却洋溢着惬意的笑!

槌着槌着,棒槌声戛然而止。原来,槌完了一面,又将物件折叠好,放在槌棒石上,再槌另一面。不一会儿,棒槌声又响起来了——"梆梆梆梆!"就这样,翻来覆去,认认真真,一丝不苟,直到槌完了为止。

槌完的被里或被面,可不是原先那模样:板板正正,溜光铮亮。浆槌之后做成的被子,显得特别整洁。虽然费工费力,可图的是耐用、防磨损。

做完的被子,还要缝上白色的被头。叠起来。四棱见线儿。垛在炕上或被阁里,看着真漂亮!

棒槌和槌棒石,不是家家都有的。故乡几十户人家的屯子,十几家有就足够了。有时,被里、被面浆洗完了,却赶上没有棒槌和槌棒石。这时,女人们也不闲着,就主动帮别家去槌被子。等别家槌完了，再槌自己的。一户人家有半天时间就干得利利索索。再说，谁家能有几床被子啊！

记得那时，我们六口之家，总共才有半半拉拉四床被子。我们大一点儿的孩子，只能两人盖一床小三幅被。冬天，屋子冷加之被又单薄，蜷缩着身子还觉得透风。

在我童年的记忆中，母亲常常坐在油灯下补被里，一床被里要打许多块补丁！最难忘的是，有一次，表弟小长安来我家串门。晚上，我俩盖一床小三幅被。在被窝儿里闹着闹着竟打起来了，把被里弄了个大口子。父亲一气之下打了我两巴掌。

后来，姥爷给我家做了一床新被子，才勉强维持下来。六十年代初，我结婚时，除了给爱人做了一套新被褥外，我只有一床旧被子，连褥子也没有。

岁月悠悠。如今在故乡老屯，那动人的棒槌声早已听不到了，可它却像一曲乡野牧歌，仍回荡在我的耳畔。它在提醒我们：俭朴生活的好传统不能丢！

2017年7月再改

古朴的婚嫁风俗

呼兰河水，源远流长。

在家乡呼兰河畔这片神奇的黑土地上，勤劳善良的人们世世代代繁衍生息，创造着美好的生活。

这里，不仅盛产苞米、谷子、大豆、高粱，而且，流传着古朴而悠远的民俗风情。它犹如一曲曲动情委婉的歌，道出了厚重的黑土文化底蕴！

在我童年的记忆中，最有趣儿的莫过于婚嫁习俗。现在回想起来，似乎感到有点传奇色彩！

那时，小伙子、姑娘订婚，都是媒人介绍，父母主婚。第一步，就是请算卦先生"合婚"，根据两人的命相、属相、年龄、生辰，看两人能否结为夫妻？

比如，杨柳木命，受大穷；金箔土命，命薄福浅；水命和火命不能结亲，水火不相容；土命和木命是上等婚，土能生木……

再比如，"金鸡怕玉犬""白马怕青牛""鸡猴不到头""龙兔泪交流"等，这些属相命中"犯克"，无论如何都不能结为夫妻。

从年令看，有"女大一不是妻""男大两黄金长""女大五赛如母"的说法。在生辰上，"女的占八守大寡""男的占八骑大马"。还有，女方是否犯"扫帚星"等，更不能忽视。

"合婚"的内容基本合格了，还要将两人的年龄、属相、生辰，写在一方红纸上，放在灶王爷的供板上搁三日。在这三日内，家中平安无事，这一环节就算通过了；在这三日之内，哪怕是打个碗啦，有点不吉利的小事啊，也只能作罢。可见，我们的前辈，祈求美好生活的朴素思想，是何等可贵啊？

下一步便是相亲。一般都是先相男方。由媒人带队，女方的父母、大爷、叔叔等人参加，女方本人不参加。相完了男方，再由媒人领着男方的亲属，到女方家相看。男方也不参加。由双方的父母做主看妥了，媒人便和男方家"撂财礼"。如果双方不能达成协议，就黄了。双方达成了协议，写好"财礼单"，亲事就定下来了。啥时结婚，由男方家决定。有"一茶一水"马上结婚的，也有一年半载才结婚的。

娶亲的习俗相当讲究。

男方家老早就看好日子，开始张罗办喜事。"正日子"前几天，就动手扎花轿了。轿是在马车上扎成的。先在车上固定好四个立柱，按高度折成尖顶形。然后，用花布或红布精心地装饰。上面用红布包成锥状，突起的尖形轿顶，四角都缀有红绸子花和飘带穗。还有的在花轿的两侧装上透明镜，更显得美观！

喜事共三天时间。

头一天"响棚儿"。请来四人或六人的吹鼓班子，在大门外搭起喇叭棚子，早晨就开始吹。"喔喔哇哇"的喇叭声传出老远，不仅吸引着屯子里的孩子们，也牵动着父老乡亲们的心！于是，捞忙的、接戚儿的、造厨的、五亲六眷、七姑八姨……该来的都来了。人们进进出出好不热闹！

第二天"晾轿"。前面是四匹队子马。马都备着鞍子，挂着彩布，戴着串铃儿。马上骑着年轻的伴郎，在伴郎后面，是衣

冠整齐、披着红的新郎,后面是吹鼓手,再后面是花轿。每过一个屯子,还要鸣锣。清脆的铜锣声伴着洪亮的喇叭声,热闹极了,招来许多人驻足观看。

第三天"正日子"。若是新娘家路途远,娶亲的花轿,在正日子的上一天动身去新娘家。娶亲婆是夫妻双全、儿女齐全的女人。打灯笼的、吹鼓手、队子马、花轿……长长的队伍很是气派!

到了新娘家之后,新郎不能立刻下马,要等小舅子(内弟)上前施抱拳礼迎接,岳父拿出"压腰钱"才能下马。新娘身穿"拉草衣"(红袄、红裤),头上打着"髻髻",由哥哥抱上轿;没有哥哥的表哥抱轿。新娘的弟弟"压轿"。在离开新娘家之前,新郎把挂在轿后饭桌子上的"离娘肉"(四根猪肋骨)给岳父、岳母留下一半带回一半,有"骨肉终亲"之意。送亲婆和四个管小饭的姑娘,坐马车随花轿一同前往。

娶亲的队伍回来后,正好是凌晨一两点钟。"支客人"先拿出"压轿钱"。接着,新娘蒙着红盖头,由两个伴娘搀着按时辰下轿。新娘兜着斧子和高粱,踩着红毡往前走,由两个小男孩倒红毡。来到房前:一对新人一拜天地,二拜高堂(父母),夫妻对拜之后,在伴郎、伴娘的陪同下,步入洞房。

来到洞房门口,新郎用秤竿轻轻挑去新娘头上的红盖头。搭在门上。新郎满面春风,新娘羞答答地不敢抬头。立时,一把把五谷粮,纷纷向新人抛来。喇叭吹出欢快的调子,笑语频传,欢声四溢,把热闹的婚礼一下子推向高潮!

新郎、新娘跨过事先备好的马鞍。伴娘将马鞍上的两串铜钱搭在新娘的两个肩上。进入洞房后,伴娘将两个"宝瓶壶"(酒壶里装满五谷粮,用红布系上,有吉祥之意)放在窗台的两边。新郎先上炕，在炕上走一圈儿，新娘登着高粱口袋上炕"坐福"，有"步步登高"之意。这时，新娘脱去"拉草衣"，由儿女双全的女人用红线"开脸"（去掉额头上的汗毛），梳头，改变发式。

中午，管饭的娘家戚儿到，开始放席。饭菜很讲究：一般都是大黄米饭，也有高粱米饭和小米饭的；菜有"六碟六碗""八碟八碗"，也有"十二碟八碗"的。席间，在喇叭的吹奏下，新郎还要"拜席"。待娘家送亲车走后，"坐福"也便结束了。新娘子由小叔子拽下炕，但不能出门送客人。

到晚上，客人们都走了，屋子里才渐渐平静下来。

闹完洞房，吃罢子孙饺子、长寿面，忙了几天的家里人都休息了，这时，洞房点起"长明灯"，一对新婚夫妇都沉醉在洞房花烛夜那温馨而美好的气氛中了。

2011 年 5 月

过年贴春联

春联,是我国经久延续下来的民俗文化,源远流长。过年贴春联,那是我童年生活中永远挥之不去的美好的记忆。

那时,虽然生活贫困,可每逢过年却相当心盛。农历大年三十儿这天,小屯家家户户总会把一副副大红春联,精心地贴在门的两旁,并配上"福"字和"挂钱儿"。立时,满村满街便出现了一道亮丽的风景,给节日增添了浓浓的喜庆祥和的气氛。我们年纪差不多的小嘎子都穿上新衣服,在"嗵——当——"的"二踢脚"声和"噼噼啪啪"的鞭炮声中,互相追逐着,可屯子跑:"过年了!过年了!"……

那时新中国刚成立,有文化的人很少,会写毛笔字的更是寥寥无几。记得,屯子里有一个姓魏的老者,写得一手好毛笔字,大伙都称他"魏老先生"。过年时,屯邻们都求他写对子。都在一个屯住着,魏老先生对此事任劳任怨,从不推辞。

只见老先生坐在炕上的"八仙桌"前,一个老砚台不知用过多少年了,里边放上适量的水,半块"金不换"墨,在砚台里"沙沙沙"地研。将墨研浓,将笔膏饱,老先生先是裁好纸,叠出许多方格,再舒展开,铺在桌子上,然后,不慌不忙地将老花镜架在鼻梁儿上,端端正正地坐在桌子前,右手握着长管儿毛笔,聚精会神地开始写春联。

人们都围在桌前看热闹。只见那遒劲有力的黑色字体写在红纸上，闪光发亮，犹如刻印的一般！一卷卷各家送来的红纸都排上了号，一写就是好几天。小屯的春联都出自魏老先生之手。记得，父亲常常是腊月二十九的后半夜，才把写完的春联拿回家。

第二天吃完早饭，父亲领着我们几个孩子，便开始贴春联。我们别提有多高兴了！我们在父亲的指导下，根据春联内容分类地进行张贴。

最庄重的是家谱联，每年悬挂好家谱之后，都要换一副新对联。家谱联的内容很讲究，必须是对先人缅怀和敬重的。有的内容是：

敬祖宗荣华富贵
孝父母金玉满堂

有的是：

慎终须尽三年礼
追远常怀一片心

最有意思的是灶王联，要贴在锅台后供着的灶王爷两边。内容是：

上联：上天言好事
下联：下界保平安
横批：一家之主

那时,我们这里过年,家家都在房子前墙的垛子上供着天地神,为的是一年风调雨顺,五谷丰登。其对联是:

天地之大也
鬼神其胜乎

门联的内容更是丰富多彩,不拘一格:

一夜连双岁
五更分两年

又是一度春草绿
依然十里杏花香

天增岁月人增寿
春满乾坤福满门

过年了,图的是个吉利,马车和马厩也要贴上春联:

车行千里路
人马保平安

勤添细拌看槽喂
草膘料劲水精神

这些传统春联越琢磨越有意思——均以对偶的方式,用简洁精巧的文字描绘时代背景，抒发了人们的虔心祈求和美好愿望。

到了20世纪六七十年代，老屯人过年，不仅家家贴年画，还根据年画的内容，在画的两边，贴上大红装饰联。诸如：

松影入池鱼上树
柳荫铺地马登枝

燕语莺啼春光美
山清水秀柳丝长

春风放胆来梳柳
夜雨瞒人去润花

这副副精美的对联，不仅能起到装饰作用，而且赏画品联，更具联中有画画里藏联、相映成趣的美感。

农村实行土地承包以后，摆脱了贫困的人们人心思乐，也使春联文化更加发展和繁荣。在故乡老屯，每逢春节，贴春联便成为百姓的一种新时尚。农户的房门上、院子的大门上，内容新颖、实用的新春联，到处可见！当你随便走进一个农家小院，首先映入你眼帘的便是房门上鲜红耀眼的春联：

勤俭人家先致富
向阳花木早逢春

年丰人寿家家乐

国泰民安处处春

万紫千红百花齐放
三江四海五谷丰登

改革铺出五彩路
开放架起通天桥

漫步街头，放眼望去，各家门上的春联，真是一家胜一家：

紫气东来三中全会开新路
福星高照四项原则护远航

布谷声声点葫芦欣播千亩绿
归鸿阵阵小四轮欢载万车金

几十载的沧桑岁月，故乡老屯发生了翻天覆地的变化。如今，老屯人过年已不再写春联，而是从集市上买回印制现成的春联贴在门上，金光耀眼，煞是好看。可是，不知为什么，怎么也感受不到童年过年时，半宿半夜地求人写春联、和姐姐们高高兴兴贴春联、欢欢喜喜过大年的那份乐趣。

2009 年 12 月 31 日

农家腊月年味香

进了腊月门儿,北方农家就闻到香喷喷的年味儿了。

盼得最强烈的,顶数孩子们,天天掰着指头算。老奶奶逗引说:"小孩小孩不用馋,过了'腊八'就是年;小孩小孩不用哭,过了'腊八'就杀猪!"孩子们听了,犹如进入那美丽的梦幻一般,陶醉了。

"腊八",即腊月初八。按着农家的习俗,这一天要吃"腊八粥"。这种粥,是用黏米(大黄米)做成的。到了农历腊月初八这天,家家都比赛似的,早早起来做"腊八粥"。

头天晚上,就将黏米浆上。第二天淘好之后,和大芸豆一块儿下锅煮。女人们高兴地说:"腊八烟囱先冒烟儿,到秋高粱先红尖儿!"

待到烧二遍火时,往往要将锅里多余的汤撇出;边撇边烧火,只到锅里的饭成为较干的粥状为好。做好的"腊八粥",混合着红色的大芸豆,吃一口筋道、黏稠,再拌上白糖或荤油,真是又甜又香的美餐!还有的炸上一碟辣椒酱,蘸着新鲜白菜,更可口!

如果说,农家进了腊月门儿,就已拉开过年的帷幕,那么,"腊八粥"只是一支小小的序曲儿!

进了腊月,屯子里差不多哪天都能听到"吱儿——吱儿——"的猪叫声,那是杀年猪了!二三百斤重的大猪,胖得

嘎油嘎油的。

"抓猪如抓虎",这活儿得找有力量的棒小伙子。有经验的,先操前腿;若是操后腿,猪一蹬,那劲儿大着呢,能把人蹬翻个儿。有时,猪跑了,就得跟踪追击。必要时,还要骑马撵,用套子套。一时弄得鸡飞狗跳,满屯不得安宁。

抓住后,用麻绳绑好四条腿。两个小伙子用粗木杆子抬回家,放到备好的桌子上。杀猪匠用镔刀将猪杀死,用瓦盆接好血,放到炕头上。

接下来,是吹猪、退猪、开膛、摘肠子、卸猪肉爿子等好多道工序。好几个人都忙得满头是汗。

女人将鲜嫩的腰条肉割下一块,放到锅里煮。杀猪匠往往要煮上血脖和肥肠(大肠头)。煮肉锅烧开了,顿时,肉香飘满屋。将肉煮到用筷子戳透肉皮时,才能出锅,趁热切成大薄片儿。这种肉,肉质柔润,富有弹性,五花三层,肥而不腻。

煮肉时,还要将酸菜切成细丝,放到锅里,叫烩菜。最难煮的是血肠。须用慢火煮,边煮边翻个儿,边用马提针放气儿,稍一疏忽就会煮冒。

亲友们老早请来了。大家盘腿坐在滚热的炕上,或高兴地喝着大碗酒,或吃着小米干饭,吃着白片肉和血肠,蘸着老蒜酱,真是满口流油哇!人们谈论着一年的收获,不时发出阵阵欢笑声。那劲头儿,能把房盖儿鼓起来!

庄户人家,杀罢年猪,又相继开始淘年米了。在早,淘的都是红黏谷碾出的小黄米。那种米,不太黏,蒸出的干粮,有点发硬。现在,淘的一色是大黄米。

淘时,一般先用凉水淘一遍,用笊篱捞出来,放到热水里淘二遍。待捞出后,将米装到"控米筛"里控水。控净水的黄米装进麻袋里,放到热炕头上,翻着个儿地烙,让袋子里的米,干湿掺匀,"粉"好,最后,运到碾坊,碾压或粉碎成黄米面。

发面前,还要按比例掺进小米面或玉米面,不然,蒸不住。和好的黄面装到陶制的大盆里或缸里,放在热炕头捂严棉被发上。

发好的黄米面,油汪汪地直冒热气儿。豆馅烀好了,还要加上糖精,趁热攥成一个一个的小圆蛋蛋。孩子们见了,馋得直流口水。趁大人不备,抓一块儿放到嘴里,那滋味真是又面又甜啊!

这时,全家人都忙起来:女人们坐在炕上包豆包;男人装锅、起帘子;孩子们烧干粮锅。蒸好的豆包腊黄,一层亮光!起完的豆包,放到外面冻;也有包完冻生干粮的,留着现蒸现吃。人口多的农户,淘好几斗黄米,豆包能吃到出正月呢!

早些年,庄户人家,淘完黄米,蒸完豆包,便开始熬"糖稀"了。其方法很简单:先将备好的甜疙瘩削去老皮,用清水洗净,切成薄片儿。然后,放到锅里,加上适量的水,烧火烀。烀到熟烂如泥,没有甜滋味时,再将锅中的甜疙瘩片清除干净。剩下的汤液,用慢火熬。

此时,掌握好"火头",显得至关重要。这是女人们的"专利"。她们蹲在灶台前,一遍一遍地烧火啊,掀开锅盖看啊,品尝啊,十分专注,一丝不苟!直熬到锅里的甜液成为淡黑色,用筷子一挑,呈黏稠状时,女人们才松了一口气——火头不大不小,"糖稀"熬成功了!

这时,将成品"糖稀"淘出锅,装在坛子里。冷却后,舀出些放到碗里,新出锅的黏豆包,蘸着"糖稀"食用,那滋味儿清甜而又爽口,简直就是美味佳品。在当年,豆包蘸"糖

稀",可是北方农家的一道美餐啊!

腊月里,随着过年脚步越来越近,许多庄户人家又忙着包冻饺子。

每天,小屯各家纷纷传出"当当当当"的剁馅子声。这优美动听的声音此起彼伏,久久地在小屯上空缭绕。厨房里,女人们挽起袖子,扎着围裙,灵巧的手挥动菜刀,"咣咣咣咣"在菜板上反反复复地剁。额角上都挂满了细碎的汗珠儿,那喜悦的心情,溢于言表。那形象简直就是一幅农家风俗画!

饺馅子剁好了,有猪肉酸菜馅的,有牛肉馅的,也有"酸菜篓"(即全是酸菜馅的)的。还要加上豆油、盐、葱花、花椒等调料拌馅子。立时,一股诱人的香味扑面而来,沁人心脾!拌好馅子,便和好面放到盆儿里,叫它"饧"着。"软面饺子硬面汤",和饺子面,可是女人们的"拿手戏"。过一会儿,面"饧"好了,全家人便纷纷动手,坐在炕上包饺子。

女人不但揪剂子、擀皮快,饺子还能包出许多花花样儿:花边的、麦穗的、元宝的……造型优美,真让男人羡慕!包完饺子,摆到盖帘儿上,放到外边去冻。白花花的饺子,犹如一枚枚小巧的银元宝!哪家都要包几百个或者上千个,留着正月里食用。

在我以往的记忆中,腊月里农家就是忙年。从进腊月门儿,忙到傍年根儿。

过了腊月二十二,按乡俗,就已安排好过年的日程:

二十三,灶王爷上天;

二十四,写对子;

二十五,扫尘土;

二十六,刨猪肉;

二十七，杀年鸡；

二十八，馒头发；

二十九，扎灯笼；

三十儿，坐一宿。

农家腊月的乡俗，悠久而富有情趣儿！那香喷喷的年味儿，吸引的何止是孩子们呢?!

2010 年元旦改成

盼　年

　　在我以往的记忆中，最难忘而且最有趣的就是过大年。那时，我还是个孩子，每逢进了腊月门儿，就天天盼啊，那心情相当迫切！其实，何止我们小孩子盼过年呢，有民谣道：

　　　　老头儿盼年，烧酒两坛；
　　　　老太太盼年，饺子蘸蒜；
　　　　小伙子盼年，好吃好穿；
　　　　小媳妇盼年，花枝鲜艳；
　　　　小小子盼年，鞭炮连天；
　　　　小姑娘盼年，绒绳两团。

　　那时，虽然生活贫困，可家家都是那么心盛，心中就像有一团火，比赛似的忙年：杀年猪、淘年米、办年货。竖灯笼杆，扎灯笼……庄稼人辛辛苦苦干一年了，图的就是吉利、乐呵！
　　"二十五扫尘土。"家家户户都开始大扫除了。屋里屋外打扫得干干净净，讲究人家还要用"窝子纸"糊棚、糊墙。一般人家，炕头墙上也要糊上香烟盒纸、果子票、包糖纸，花花绿绿，煞是好看！巧手女人，还用牛皮纸剪出"鲤鱼卧莲""狮子滚绣球""大公鸡"等图案，用"灯烟子"熏黑，贴在炕头墙上，表示富贵吉祥，年年有余，屋内屋外看起来焕然一新！

人们翘首企盼的"年"终于来到了！

大年三十儿，对于我们孩子来说，是特别神往的。那古老而悠久的民俗风俗，犹如一曲曲动情委婉的歌儿，伴随着过年乐章的每一个旋律，彰显出老一辈人那朴素的思想意识和美好愿望。

早晨，天刚蒙蒙亮，星星尚未消失，我们就起来了。吃完早饭，我们都穿上新衣服、新鞋。全家人分头忙了起来：父亲悬挂家谱（也称老祖宗），我和姐姐们贴对子。家谱供上之后，前边的案子上，要摆上供品：三摞馒头、鸡、鱼、肉等供菜，摆上三双筷子。然后，放上香炉和烛台。没有家谱的人家，要供俸"三代宗亲"。供家谱，分为"有接有送，初二撤供"和"不接不送，初六撤供"的。老祖宗在家过年期间，不准说脏话和不吉利的话。外姓人是不准来家的，姑爷子回来串门，也必须等撤了供之后。

过年，最忙最累的顶数母亲。她心中是那么高兴，嘴角上还挂着一丝微笑，吃完早饭就进入"角色"。姐姐们帮她忙，说啥不用："我自己就行了，过年了，你们玩去吧！"

年三十儿晚上这顿饭，是一年到头最关键的一顿饭。母亲要做四个硬菜——小鸡炖蘑菇、油煎鲫瓜子鱼、猪肉炖酸菜粉条、一个白片肉。此外，还有两个配菜——白菜丝拌干豆腐、猪肉皮熬冻子。这四个主菜和两个配菜，有"富贵有余""六合同春"之意！

母亲扎着围裙，挽起袖子，在厨房里紧忙活：一会儿炖小鸡，一会儿又煎鱼……一股诱人的香味不断地从厨房里传出来，直往鼻子里钻！刚到下午一点左右，她就把做好的菜摆满了餐桌，看着真馋人！

开饭之前，要先敬老祖宗。须沐手焚香，虔心秉烛，恭身

敬酒。立时，香烟绕梁，酒香扑鼻！面对如此场面，我幼小的心灵中生出几分神秘感！开饭了，桌上的饭菜是一年中最丰盛的了。主食是馒头，有"生活蒸蒸日上"之意。父亲让我们猛吃别装假；母亲往我们碗里夹肉……那一刻，在我童年的记忆中，是最幸福的了！全家人分享着节日带来的快乐，欢欢喜喜过大年！

如果说，腊月二十三就已拉开过年的序幕，那么，大年三十儿之夜，便把过年推向高潮。

夜幕刚刚拉开，小屯便沉浸在喜庆的气氛中：家家户户的院子里，红灯高挂，屋里屋外灯火通明。远远近近不断地传来鞭炮声。我们般大般的小嘎子，三个一帮，两个一伙，手提小灯笼，尽情地在街上玩耍。兜里揣着"磕头了"（一种小蜡烛），一根燃尽了再换另一根。

这时，各家的女人们都动手准备年夜饭。饺馅子早剁好了，面和完也"饧"得差不多了，就等着开始包了。这顿饺子是非常讲究的，一般都是猪肉酸菜馅儿。女人们精心调理，一丝不苟，拿出了最佳的手头！

包饺子时，全家人围坐在炕上，有说有笑，谈论着生活，憧憬着未来，话题有趣而动听。饺子里往往要包进一或两枚硬币，谁吃到了，就预示他吉祥顺利，新一年有好运。饺子包完后，女人们要看看饺子皮儿剩下了，还是饺子馅儿剩下了，若是皮儿剩下了，就预示来年有衣服穿，若是馅儿剩下了，就预示来年有粮吃。

大年夜，"先人们"都回家来了，家里人是不准到别家串门的。包完饺子，母亲便领我们在家"守岁"。坐在炕上和我们玩"嘎拉哈"、猜谜语、讲闲话儿……充满了无限情趣儿！我们谁也不肯睡觉，困了就啃几口冻梨蛋子。

午夜零点到了。家家的房门前，都用柴草燃起一堆火——"发纸了"！多数人家都摆上香案，焚烧纸钱，磕头，接老祖宗回家过年了。此时，左邻右舍，各家各户，远远近近，四面八方的鞭炮声如同爆豆，震天动地，响成一片。顿时，小屯沸腾了！各家"发纸"的火光，照亮了夜空，犹如盛大节日里燃放的焰火，美极了！简直成了童话中的神奇世界。与此同时，各家的男人还提着灯笼，迎接财神、喜神，为的是保佑一年风调雨顺，五谷丰登。

饺子煮好了，白花花地漂满锅，就像无数个小元宝儿！父亲喜滋滋地问："起来没有？"母亲爽快地答道："起来了，起来了！"预示日子起发了。父亲又问："挣了没有？"母亲笑着说："挣了，挣了，去年挣一万，今年要挣三万！"听了母亲的话语，全家人都朗声笑了起来，对新一年充满了无限希望！

吃罢年夜饭，外面仍有鞭炮声传来。给长辈们拜完年，摸摸平时空荡荡的衣兜，早已鼓起来了……

几十年过去了，随着社会的不断发展，农家生活水平在不断提高。如今，孩子们已不再盼年。可是，儿时过大年的那种无穷乐趣儿，却深深地刻在我的记忆中。

2018 年 1 月 13 日

讲"闲话儿"

　　闲话儿闲话儿,
　　讲起没把儿,
　　三根牛毛织件马褂儿;
　　老头儿穿三冬,
　　老婆儿穿三夏,
　　撕巴撕巴擀双毡袜。

　　每当想起这极富情趣儿的民谣时,小时候听母亲讲"闲话儿"的美好记忆,便闪电般地出现在我的脑海。

　　我的童年,是在地处松嫩平原腹地,距离县城九十华里的一个偏僻小屯度过的,那里交通闭塞。那个年代,没有收音机,看不着电影,更不要说电视……文化生活十分贫乏。用老百姓的话说:屯子里来了焗锅焗缸的,都得接住家闺女。

　　夏日对我们小孩子来说,是最有意思不过的了。可以和般大般的小伙伴儿们房前屋后捉迷藏、玩泥巴、住家看狗。有时,还跟随大人们到草甸子上找鸟窝、捡鸟蛋、扣鹌鹑……快活极了!

　　到了冬天,是最无聊的了:小屯成了冰封雪飘的白色世界。老北风呼呼地吹,户外嘎嘎冷,滴水成冰。我们小孩子,只好躲在屋子里猫冬。唯一的乐趣儿,便是听母亲讲"闲话儿"。

　　冬日里,昼短夜长。晚饭后,喂完了猪鸡,插上猪圈门,挡好鸡架，天就黑了下来。母亲点燃了那盏麻油灯，拨亮了灯芯儿，刚坐到炕上，我们姐弟几个，便缠着她讲"闲话儿"："妈，给我们讲一个得了！"母亲看着我们那渴求的目光，顿时，脸上露出一丝笑意！

母亲称得上讲"闲话儿"的高手。

她出身书香门第，很有知识：南朝北国，天上人间，知道很多，记忆力又好。只是那个时代重男轻女，使她失去了崭露头角的机会。母亲能讲很多很多"闲话儿"，是同龄女人们无法相比的。那时，讲"闲话儿"对于我们孩子来说，不光有着相当大的吸引力，而且还感到挺神秘，常常发出许多奇想，天天听都听不够。

母亲讲"闲话儿"，常常是伴随着手中的"针线活儿"进行的。每天晚饭后，母亲收拾完锅头灶脑儿，解下围裙，坐在炕上，守着火盆儿，一边纳鞋底儿，或是做鞋帮儿，一边给我们讲"闲话儿"。

开始，母亲总是慢条斯理地说："从前呐"或"这还是某某时候的事"。讲起来言辞委婉，语调有高有低，有缓有急，将故事有序地展开。

我们一个个依偎在母亲身边，小眼珠儿瞪溜圆，静静地听着。讲到紧张的情节时，我们都屏住呼吸，一动不动，完全进入故事中去了。母亲有时停下手中的活儿，用手轻轻地理了理头发，我们才松了一口气。

冬天夜长。有时，我们饿了，母亲便将火盆里烧熟了的大土豆子扒出来分给我们吃。有时，也烀苞米吊子或炒爆米花儿，吃起来可真香啊！

母亲讲的"闲话儿"，多数是发生在民间的事，或称之为口头创作的民间故事。诸如，有婚姻爱情的"梁山伯与祝英台"；

有歌颂民族英雄的"呼延庆打擂";有教子的"孟母择邻""岳母刺字";有神话故事"牛郎织女""孟姜女";还有"王恩石义""老虎妈子"……从内容看,都是歌颂真、善、美,鞭挞假、恶、丑的。

现在想来,这些内容不同的"闲话儿",都是对我进行启蒙教育的最好教材。在我幼小的心灵中,打上了深深的烙印!

有些"闲话儿",母亲讲得生动形象。那栩栩如生的人物,那起伏跌宕的情节,令人感心动耳,荡气回肠,至今难忘!

记得,母亲曾活灵活现地讲道:

那牛郎从地里干活回来,忽见一伙天兵天将,将自己恩爱的妻子织女拉着升上了天空。牛郎一见,这可如何是好?说时迟,那时快。只见牛郎抄起门后的扁担,将两个心爱的孩子,装在两个筐子里,挑起就走。一出门竟飞了起来,不顾一切地追了上去。

王母娘娘回头一看,牛郎挑着孩子眼看撵上了织女。急忙拔下头上的簪子,"刷"地一划,立刻,一条波涛滚滚的天河把两人隔在了两岸。

听到这,我简直恨透了那个"王母娘娘",她为什么将一对美满夫妻给拆散了?听得我心里实在不好受!

我问母亲:"织女还能不能回来了?"

母亲笑着说:"后来,王母娘娘只允许织女和牛郎每年农历七月初七相见一面。到了这天清晨,所有的喜鹊、燕子都上天为牛郎织女搭桥,让两人会面。这天清晨,不撒谎、不尿炕的孩子,在黄瓜架下,还能听到牛郎织女的哭声呢!"

当时,我那颗幼小的心久久不能平静,留下了深深的思索!

最有趣的是母亲讲的"三个姑爷给岳父拜寿"。现在,仍记忆犹新。

说的是从前有一个财主，寿诞之日，三个姑爷前来为他祝寿。席间，为了调节气氛，给岳父助兴，大姑爷、二姑爷提议：用"圆又圆""少半边""乱糟糟""静悄悄"作一首诗。作得上的，喝酒吃菜；作不上的，只能为大伙端茶倒水，当服务员。

大姑爷是举人，觉得是件轻松事。稍假思索，便吟诵道："十五月亮圆又圆，十七十八少半边，满天星星乱糟糟，乌云遮住静悄悄。"

二姑爷是秀才，没费劲儿就作诗一首："一块月饼圆又圆，中间切开少半边，馋得老鼠乱糟糟，花猫来了静悄悄。"

轮到老姑爷作诗了。他是庄稼人，大姑爷、二姑爷都瞧不起他。

……我们听到这也为他的胜负捏一把汗？在心中暗暗为他鼓劲、加油！

这时，母亲话锋一转，有声有色地讲道：

只见老姑爷，气不长出，面不改色，灵机一动，便出口成章："丈人丈母圆又圆，死去一个少半边，全家哭得乱糟糟，一起死掉静悄悄！"

故事太可笑了，真是妙哉！

听母亲讲"闲话儿"，我一次又一次地走进那梦幻般的童话世界。我在童话的王国里徜徉，流连忘返！

听母亲讲"闲话儿"，我学到了不少知识，懂得了许多道理。我时常把听来的故事，讲给别人听。因此，我在同龄小伙伴中可自豪了！

2011年3月3日写

压　炕

　　曾记得，在故乡老屯，谁家娶媳妇，洞房之夜，总要安排一个小男孩压炕。这是故乡由来已久、源远流长的风俗。大概是祈望一对新人早生贵子、传宗接代、延续香火吧！

　　那时，家家都是那么贫困。屯子里的文化人寥寥无几，多数都是文盲、半文盲，斗大的字也识不上两个。文化生活就更不用提啦，不要说电视机，就连收音机也没有啊，真是落后呀！

　　那时的洞房之夜，有许多有趣的风俗，我至今记忆犹新。

　　夜幕徐徐拉开，客人们都散了。闹腾了几天的屋子才渐渐平静下来。此时，洞房里的长明灯，开始点亮了。洞房里充满了喜庆吉祥的气氛：门上的大红对联，墙上的金色双喜字，柜盖上的大镜子，在油灯的照耀下，交相辉映，光彩熠熠！

　　好几天都没能好好休息的新娘子，刚想坐那静一会儿，闹洞房的一些不速之客，便吵儿巴喊地拥挤着进了屋。他们都是屯中的"关姐夫"和那些能说会道而且善闹的嫂子们，更少不了那几个"调皮鬼"。闹洞房的领头人，自然是出了名的"辣嫂"。

　　"辣嫂"可真够"辣"的了：妇女们到一块"来大膘"（来，土语音 lǎi），谁也说不过她；闹着玩，大老爷们都惧怕她，冷不防一把抓住你裆下那"致命物"疼得你嗷嗷叫，不敢动弹，一下子就治你个服服帖帖！

家中的老人，早就躲出去了。他们愿意有人闹洞房，说闹一闹，新媳妇不招"没脸的"！有心眼儿的新郎官，架不住那番折腾，也藏起来了。可是，不管新郎官躲到哪里，上天撵到你灵霄殿，入地追到水晶宫，总要把他找到。最活跃的是辣嫂，在她的精心策划下，抱起新郎、新娘，让两人接吻、拥抱；甚至还把两个人抬着，放到一块。……这些令人难以接受的举动，弄得新郎、新娘哭笑不得，又无处躲藏！其目的只有一个，那就是让一对新人尽快地接近。一时间，小小的洞房里，欢声四溢，笑语频传，热闹得很！直到老太太出面讲清："行了，行了，见好就收吧！"闹洞房才能收场。

闹完了洞房，新娘子吃罢"子孙饺子""长寿面"，便休息了。

这时，新房的炕上，新郎、新娘的被子早铺好了。两床崭新的被褥并排铺着。铺被褥也有讲究，是那些嫂子们的事。她们一边铺，嘴里还一边念叨："被边儿搭被边儿，养活孩子做大官儿；被角（角：土语音 jiǎ）压被角，养活孩子骑大马！"有时，嫂子们怕两个新人不挨着睡觉，还特意将两床褥子，用针线缝在一块。炕头上另有一床被子，是供压炕的小男孩所用。

我二哥娶媳妇，新婚的洞房之夜，我竟破天荒地扮演了一回压炕的角色。六岁的我，是妈妈的老儿子。都说女人生育是"够不够四十六，四十八养活个老包渣"。我就是妈妈四十八岁那年生的我，都叫我"小老疙瘩"。

还记得，二哥二嫂的新婚之夜，两床崭新的大花被褥紧紧地挨着，铺在了炕的中间，记不清是哪位嫂子给铺的了。我的被子在炕头儿，是妈妈给铺的，没铺褥子。那天晚上，我困得眼皮直打架，没等二哥二嫂上炕睡觉，我就先躺下了。

待我一觉醒来时,已经熄了灯,屋子里静静的。只见两个人一丝不挂地滚在了一块。虽然撂着窗帘儿,可外面的大月亮地照进屋,一切都看得真真切切。

那时的孩子就是傻,根本不懂男女之间的事儿。小孩子究竟是树上结的,还是土里生的,根本闹不明白。有时,我竟突发奇想地问妈妈:"我是哪里来的?"妈妈就笑着说:"你是从粪堆里刨出来的!"

妈妈的话我信以为真。于是,我便拿着二齿子到房后的粪堆上使劲儿地刨。可令我奇怪的是,怎么刨也刨不出小孩来。因此,小孩是从哪里来的这个问题在我幼小的心灵中成了不解之谜!

二嫂是后趟街刘大毛愣的闺女,名字叫丫蛋儿,和二哥好,相中了二哥,非二哥不嫁!刘大毛愣就这么一个女儿,长得如花似玉,老两口对女儿爱如掌上明珠!本打算给女儿在城里找个对象,将来进城落户,能吃上供应粮。因此,死活不同意丫蛋和二哥成婚。可是,怎么别都没别黄,后来,见女儿铁了心,实在没办法,也只好依了女儿。

第二天醒来时,太阳都冒红了。二嫂她们早就起床了,两个人的被褥整整齐齐地垛在炕上。二嫂正帮妈妈做早饭,见了我脸"腾"地红了,笑着说:"小老疙瘩,睡得怎么样啊?"我干脆地说:"一觉闷到日头红!"想着昨晚看到的那一幕,我打心眼儿里佩服新嫂子的好性格,二哥那么没深没浅地"闹",这要是一般人不急眼才怪呢?

刚进了腊月门儿,二嫂就猫下了,生了一个大胖小子,全家人都乐得合不拢嘴!我却惊奇地问妈妈:"孩子是哪来的?"妈妈又是笑着说:"是从房后的粪堆里刨出来的!"于是,我又拿起二齿子到粪堆上刨。尽管我使出九牛二虎之力,还是刨不出小孩来,真是怪事……

直到我上学了,随着知识的不断增长,对那个不解的"谜"才豁然开朗!

我常想,那时的孩子就是傻!

2016 年 4 月 11 日二稿
2018 年 1 月 3 日整理

抓 蝈 蝈

小麦拉齐穗时，蝈蝈就开始叫了。

那清脆悦耳的声音，犹如吹奏乐，震颤着你的心弦！不仅使大人们陶醉，尤其吸引着孩子们。

小时候，我特别喜欢蝈蝈。因此，常常背着大人，大晌午拎着用箭杆穰儿扎成的三角形——小巧玲珑的蝈蝈笼，偷偷地跑到麦地里抓蝈蝈。

蝈蝈这种昆虫，翅短，腹大，雄的前翅根部有发声镜，靠振翅发声，越到晌午头儿叫得越欢。我沿着毛毛小道，来到麦地里，蝈蝈的叫声此起彼伏，响成一片，煞是好听！简直成了蝈蝈的世界。这时，我的心里都痒痒了，急欲抓蝈蝈的心情相当迫切！

于是，我放慢了脚步，向着蝈蝈叫得最响的地方走去。我猫着腰，蹑手蹑脚地向前挪着脚步，唯恐惊动了蝈蝈。

蝈蝈的叫声，越来越近了。"哇——"那声音脆快而洪亮，听着心都怦怦直跳！可是，刚刚接近，叫声却戛然而止了。我索性悄悄地蹲下来，等待蝈蝈的叫声。

正午的太阳，火辣辣的直烤人，大地就像一个蒸笼。蹲在麦地里，不一会儿浑身就闷出了汗。我等了好一会儿，蝈蝈仍不叫唤。听四周的蝈蝈响成一片，真吸引人啊！过了一会儿，只听"嘖嘖"地打了两个点，接着，便"哇哇——"地叫开了！

听那震耳的叫声,蝈蝈就在跟前。我瞪着两眼,极力搜寻着。怪事,怎么看不见蝈蝈?我当即改变策略,变"打埋伏"为"主动出击"——我顺着麦地垄沟,轻轻地往前爬了一步。真糟糕,蝈蝈又不叫了。这种昆虫的警惕性可真高!似乎有意和你开玩笑,弄得你欲抓不能、欲罢不忍。

过了一小会儿,蝈蝈终于又叫开了。循着声音望去,好家伙,这回我可看见了!瞧,它蹲在一片确青的麦叶上,显得那么自豪!它正振动着翅膀,"哇哇——"可着嗓门地叫呢,是一只通红通红的大肚子火蝈蝈,太可爱了!

我屏住呼吸,一动不动地盯着它。心里琢磨着捕捉它的对策。看样子,蝈蝈还没发现我,不能再犹豫了,必须马上动手!说时迟,那时快。我急忙摘下帽子,照准蝈蝈,扑了过去。心想,这回算没跑了!我轻轻地挪动着帽子,心都怦怦直跳!一点一点地、慢慢地,终于,在密集的小麦根部,捉住了这只大肚子火蝈蝈!

我怕打了"镜子",小心翼翼地捏着它的翅膀。蝈蝈摆动头上的两条触角,直和我使威风,显出不甘示弱的样子。我乐得直蹦高!我把蝈蝈装进蝈蝈笼里,乐颠颠地向家跑去。到了家,我先从园子里掐两朵角瓜花放到笼子里,喷上水,再把蝈蝈笼挂到屋檐下。

抓蝈蝈虽然有瘾,可有时,抓不着蝈蝈的滋味儿更难受!

大热的天,蹲在麦地里"打埋伏",汗水像小溪顺着脸颊一个劲儿往下淌。两眼注视着一个目标,浑身都感到紧张。有时,虽然发现了蝈蝈,却怎么也抓不住,只好失望地往回走。

一次,我发现一只"绿豆蝈蝈",可乐坏了!谁知,抓了好几次,愣是抓不住。嗯?我眼睁睁地捺住了。结果呢,一抬手

跑掉了。唉，都怪自己太马虎！蝈蝈没抓住，麦子被弄倒一片。抬头一看，真倒霉，队里看青的倔二叔来了。谁家小孩抓蝈蝈扑腾麦子，让他看见了，可了不得，抓住你没好，非挨一顿鞋底子不可！

我急忙抄起蝈蝈笼，撒丫子就跑。跑出老远，还听倔二叔在地里骂呢。

在我的记忆中，最难抓的是"蛤蟆蝈蝈"。这种蝈蝈，翅膀长，身子细，草绿色。那"呱——呱——"的叫声和青蛙差不多。它自我保护意识极强，稍有动静，便展翅飞走了。蛤蟆蝈蝈，立秋后才叫，也叫"秋蝈蝈"，多生长在"铃铛麦"（这种麦子，种得晚，多用来做牲畜的青饲料）地里或草地里。

由于蛤蟆蝈蝈的叫声听着好玩，我对它产生了极大兴趣，下决心把它抓到手。为此，我曾不止一次地冒着火辣辣的秋阳，大晌午头子，饭不吃，水不喝，到"铃铛麦"地里抓蛤蟆蝈蝈。这种蝈蝈机灵得很，它常常是蹲在麦穗上或蒿尖儿上，"呱——呱——"地叫着，不等你靠近，便停止叫声或展翅飞走，见状，我气得直跺脚！虽然一时抓不到它，我却不死心，不泄气。

于是，我便和般大般的小伙伴儿们研究对策。他们也感到伤透了脑筋。琢磨来琢磨去，最后决定，几个人分头到地里，组成包围圈儿；用"罩网"扣，跟踪追击，常常是撵出老远。结果，还是傻狗撵飞禽两手空空，以失败而告终。

后来，我渐渐地摸索出蛤蟆蝈蝈的活动规律：发现它正午时间，多数是在麦穗上或蒿子尖儿上叫，而到午后便隐藏在麦地里或草棵里"呱——呱——"地鸣叫。

这时，我心中就像打开了两扇门——一下子豁亮了！抓蛤蟆蝈蝈的信心更足了，大有不获全胜决不罢休的劲头。于是，我循着"呱——呱——"的叫声,又一次到"铃铛麦"地里"打埋伏"。

蛤蟆蝈蝈的叫声,是从麦棵子里发出的。我轻轻地靠近,再靠近……仔细观察蛤蟆蝈蝈的动向,苦苦思索着捕捉的办法。功夫不负有心人,终于,在一个炎热的下午,出其不意地抓到了一只可爱的蛤蟆蝈蝈。当时乐得直蹦高!我把它挽在裤脚里,带回家,装进蝈蝈笼,挂在屋檐下。小伙伴们见了,可眼馋了,一个个投来敬佩的目光!我那自豪劲儿,就不用说了。

2010年8月21日再改

滚 苏 雀

小时候,我特别迷恋滚苏雀。

我的故乡在松嫩平原腹地,距离县城90华里的一个偏僻小屯,那里,自然环境优美,天蓝水碧,草青树荣,年年风调雨顺,五谷丰登!那时,每到秋天,生产队的庄稼运回宽敞的大场院,苏雀们便不约而至了。它们喜欢吃谷子,成群结伙,忽忽拉拉地飞进屯子里,飞到大场院里觅食,享受那免费的大餐。

苏雀,属于山雀的范畴,不同于老家贼(麻雀)。这种鸟,羽毛呈灰巴突儿的颜色,肚囊儿上略微有点白刷刷的,红脑瓜盖儿,红下颏儿,一双黑眼睛,小巧玲珑,啾啾地鸣叫,很是好看!

它们喜欢落在树上,有时,也三三两两地做客农家小院儿,似乎对什么都感到新奇:一会儿飞到老杏树上,一会儿又飞到秫秸障子上,这儿看看,那儿瞧瞧,欢快地蹦跳、鸣叫、啄食,一刻也不闲着,最后还在树枝上抹两下嘴巴儿,便张开翅膀,"突噜突噜"地飞走了。

我们般大般儿的小蛋子,架不住苏雀的诱惑,课堂上时常溜号。放学了,便忙三火四地往家蹽,连作业都不顾了,放下书包,提起自己那心爱的滚笼儿去滚苏雀。

滚笼儿长约65公分,宽26公分,高50公分。滚笼儿顶端的中间部分,有个高出笼子10几公分的小笼子,是专门用来装苏雀游子的,两边各有一个翻动灵活的滚儿。苏雀飞来,只要踩到滚儿的一侧,滚儿马上失去平衡,一栽歪,苏雀还没等回过神来,就落到笼子里去了。

遗憾的是我没有滚笼儿,看见别人滚苏雀,可眼馋了,那急切的心情,简直是坐立不安!只好跟在腊月、狗剩、成群的屁股后,东一趟西一趟地瞎蹿达,凑热闹。人家呢,还挺烦恶!也不知哪来那么大诱惑力?为了得到允许,只好溜须人家,帮人提滚鸟笼子,往树上挂滚笼儿时,给人当梯子。腊月与我同岁,个头虽然高点儿,可却瘦瘦的,他的滚笼儿在小伙伴里是最漂亮的,我主动地帮他拎着,他呢,却一手插着腰,大摇大摆地向前走着,牛哄哄的,一会儿让你快点走:没听苏雀叫吗?一会儿又让你慢些走:着啥忙,摔倒了弄坏滚笼咋办!弄得你胆儿突的,不知如何是好,只好磨道的驴——听喝,唯恐他下驱逐令:来个土豆子搬家——滚球子!

挂滚笼时,我蹲下身子,腊月提着滚笼,两脚蹬着我的肩膀,我猛地一直腰,就把腊月拱起来,将滚笼顺利地挂在树枝上,腊月似乎觉得有点不好意思,给我拍打两下肩上的土,一本正经地说:"哥们儿,委屈你了!"我听了觉得心里美滋滋的!放学后的时间过得就是快,当袅袅炊烟飘在各家屋顶上的时候,苏雀都飞走了,我们也只好收兵,每人都滚住几只好看的苏雀,提着滚笼儿凯旋!腊月真够哥们儿,见我两手空空,竟从笼子里抓出一只大公苏雀,送给了我,我乐坏了,总算过了一把滚苏雀瘾!

我如获至宝地回到家,把大公苏雀用剪子打了膀儿,放在窗台上养着,我用秫秸秆儿扎了一个长长的小梯子,斜放在窗台边的墙上,上头挂着金黄的谷穗儿,苏雀很有灵性,摇头晃

脑儿,尾巴一翘一翘地啾啾地叫着,看见人也不害怕,顺着梯子,一蹦一蹦地蹬上去,一口一口地啄谷穗儿,不一会儿,又沿着梯子下来,在窗台上抖动着羽毛,玩得可开心了!

我决心有自己的滚笼儿,哭闹着非让妈妈给扎个滚笼儿不可。妈妈不会扎,可把她难住了,在家中,除了两个姐姐,我是唯一的男孩儿,妈妈把我当成眼珠儿,啥事都依着我,惯着我,老儿子,赛金子,我是老妈的命根子,于是,妈妈决定求人扎滚笼儿。

屯子里有个伤残军人吕老疙瘩,此人喜欢养鸟,什么样的笼子都会扎,可就是隔三岔五地喝点小酒,又喜欢抽烟卷。妈妈办事讲人情,从来不白求人,晚上,便背着我们,到供销社装了一斤散装白酒,买了一盒"握手烟",总共花了几毛钱,把东西揣在怀里去找吕老疙瘩。两天后,晚上放学回到家,只见一个非常精制的滚笼儿在柜盖上放着。妈妈告诉我,滚笼儿扎成了,是后院你吕叔给扎的!

我听了简直高兴得直蹦高!我终于有了属于自己的滚笼儿了!我拎着它,在小伙伴面前炫耀,比谁的滚笼儿好,心里那份自豪劲儿,就甭提啦!

我把腊月给我的那只大公苏雀,装进小笼子里做鸟游子,提着滚笼儿,就去滚苏雀。不知为什么,头一天放学后,我连一只苏雀也没滚住,第二天放学后,费了挺大劲儿,才滚住一只苏雀,我非常失望!

这可怪了,难道是滚笼儿有问题?

于是,我带着疑问,去找吕叔。

吕叔风趣地说:"小爷们儿,我知道你很喜欢滚苏雀,可是,你还是个外行啊!你为什么滚苏雀?这里有许多学问你还不懂。"接着，吕叔那双深情的目光望着我，似乎看透了我的心思，慢条斯理地说："滚苏雀儿，选位置非常重要。大树趟子不能去，最好是树较少的地方，一两棵，三四棵都可以，水塘边若有树，是滚苏雀儿的最佳去处，因为那里有水，苏雀儿爱去。另外，滚笼儿最好挂在树的朝阳面，因为深秋的苏雀儿喜欢阳光。"

听了吕叔的一番话，我茅塞顿开！

照吕叔说的做了，果然有效。因此，我打心眼儿里佩服吕叔！每天放学后，我都快快乐乐地去滚苏雀儿，我将滚笼儿挂在屯西水塘边那棵大树的朝阳面，然后，便躲在一边看动静，苏雀儿游子啾啾地叫着，不一会儿就有三三两两的苏雀儿飞来，每每这时，我心中都捏着一把汗！看着它们一只又一只钻进我的滚笼儿，心中真是美滋滋的。那一刻我想起了妈妈讲的谜语——"远看像个庙，近看树上吊，我在门前走，朋友摆手叫，脚踩歪歪桥，把我吓一跳。"这说的就是滚笼，太形象了！因为我学会了滚苏雀的窍门儿，哪天都有喜人的收获，在小伙伴中成了佼佼者！

那时，滚苏雀儿就是个玩，觉得有意思，过瘾！甚至觉得，滚苏雀儿就是人生最大的乐趣儿！滚多了，屯邻们你要两只，他要两只，在家养着玩。有时，还给吕叔送去几只，做个下酒菜。可吕叔却是个爱鸟的人，从来不伤害它们，吕叔每年冬天，都喂养很多只小雀，等到第二年春天，便放飞大自然。

如今，在我的家乡，有很多年没看到苏雀儿了，家乡已不是童年时那环境优美、风景如画的精神家园。虽然砖瓦房多了，绿树环绕的护屯林却不见了。具有小屯特征的大杨树、虬枝盘绕的大柳树都砍没了，小屯显得光秃秃的。屯西野花飘香的大

— 49 —

草甸子,已变成耕地,悠扬的牧笛声,远去了。更有甚者,社会上有些人,竟不择手段地捕杀鸟类,或食用或拿到城里饭店出售,真是不可思议。试想,作为人类朋友的鸟雀,怎能得到安生?

苏雀儿,你飞到哪里去了?

多么渴望看到你那俏丽的身影儿,听听你那啾啾的清脆的鸣叫!

2014 年 2 月 13 日再修改

烀苞米

在故乡老屯，农历七月是最好的季节。家家的院子里垂金挂玉，满院飘香，如诗似画：

园子里的甜鲜瓜熟了，摘一个，用拳头"咔"地击开，吃一口，脆脆的，甜甜的。

西红柿一嘟噜，一串儿，绿的似翡翠，黄的像宝石，红的赛玛瑙。

顶花带刺儿的黄瓜爬满架，嫩豆角嘀哩嘟噜缀小刀儿。

碧绿的大葱，鲜嫩的韭菜，水灵灵的芹菜……

农家的餐桌，一时变得丰盛起来！

然而，这果蔬怎能满足人们的口味？那最令人盼望又吃不够的，还是烀苞米。

说起烀苞米，许多甜美的记忆，又闪电般地复苏了……

记得，我刚上小学。那时，生产队按人口分给各户自留地（也叫园田地），自留地里除了种适当的土豆，还要种葵花和蓖麻，土豆留作食用，葵花籽和蓖麻籽可以卖两个钱儿，作为家里的经济补助。那时，家家都过着穷日子。平时，只能靠家中那几只老母鸡下蛋，到供销社换点灯油、火柴和食用盐，连三元、五元的学杂费都拿不出。

春天种自留地时，母亲总是不声不响地在一边留出几条垄，种上苞米。为的是到时候给我们几个孩子烀青苞米吃，以免看

别家烀苞米眼馋。

听母亲说，苞米蹿红缨儿十八天，就可以烀苞米了！

自留地里的苞米又蹿红缨儿了！

我见了可乐坏了！于是，盼啊，盼啊，见天掰着指头算，到没到母亲说的那个日子。

放学了回到家，我常常是撂下书包就偷偷地往自留地里跑，只见那一垄垄的苞米，高高的个头儿，伸展着碧绿的叶子，犹如许多条长长的手臂向你扑来。秆上的苞米棒子，都蹿出了红缨儿，就像老人的长胡子，微风吹拂，随风抖动，自由自在！

我翘起脚，急切地伸出小手，用大拇指在确青的苞米棒子上，轻轻地，小心翼翼地掰开一道缝儿，看看苞米粒长得怎么样了，我连着掰了几个棒子，只见那白白的、嫩嫩的米粒儿，密密麻麻地长满了苞米棒。哇，这得啥时能吃啊！

登时，我心里害怕起来！听母亲说，苞米没长好时，不能掰开看，一看它就不爱长了，掰个缝儿也不行！这事要是被母亲知道，准会挨骂的！

说来也怪，不知为什么？母亲一有空儿总往自留地里跑。大概是看园田有没有牲畜祸害吧！为此，我心里很不安。可是，母亲从来没提过，苞米有人掰开看这件事，这时，我那颗悬着的心，才渐渐落到了平地。

十几天过去了，又到了放暑假的时候。

一天，我在屋里写作业。母亲从自留地回来，向父亲说："园田地的苞米都干巴缨了，能烀了！"父亲说："是吗？烀一锅尝尝鲜吧，孩子们都等不得了！"

我听了，差点乐得直蹦高：烀苞米了！烀苞米了！

其实，烀苞米何止吸引小孩子，成年人更爱吃啊！

吃罢早饭,母亲收拾完锅头灶脑儿,连围裙也不往下解,便挎起猪腰子柳条筐,去自留地掰苞米。母亲掰了满满一筐青苞米,吃力地挎回家,"哗啦"一声,倒在锅台前的地上,这才松了一口气。

母亲的头上挂满了细碎的汗珠儿,嘴角上却露出一丝笑容!每次烀苞米,母亲都显得特别忙碌,常常是连袋烟也顾不上抽。母亲用手轻轻地理了理头发,擦了擦汗,便坐在地上,"喊里咔嚓"地扒起苞米来。

母亲每扒完一穗苞米,都要将苞米棒子上的胡子,仔细地摘干净,然后,才扔进锅里,干得是那么认真、专注,一丝不苟!一边扒着,还不时留下带叶子的苞米穗子,烀好了留着做"苞米吊子"。

母亲将扒完摘净胡子的苞米穗子,在锅里放好,上面捂上一层苞米皮子,填好水。紧接着,又忙开了:母亲把挑好的嫩苞米穗子,用水洗干净,再用镲菜板子喳喳地磨碎成浆状。然后,把磨碎的苞米浆子,放到一个个成碗儿状的苞米皮子上,再放到锅里蒸"苞米干粮"。

这还不算完。接下来,母亲又拿来菜板,挥动菜刀,切辣椒,打鸡蛋,放在小铝盔儿里,加上大酱和豆油,拌匀后放在锅里,蒸"鸡蛋焖子",母亲还在锅里放上几个茄子。一切都有条不紊,头头是道。最后,才放心地盖上锅盖烧火。

灶下的干柴燃起来了,发出噼噼啪啪的响声,火苗在灶膛内,欢快地蹿跳着,奋力地燎着锅底。母亲坐在灶台边烧火,只到这时,才装上一袋烟抽着。

锅烧开了,热气不停地从锅盖缝儿往外钻。那劲头十分迅猛,不可阻挡。不一会儿,喷香的苞米味就飘出来了,好馋人

啊！如果你推门走进屋，烀苞米的香味就会扑面而来，你会不自觉地说："哟，烀苞米了？"母亲怕跑了热气，苞米烀不好，又特意在锅盖上蒙了一条麻袋。

大约过了一个钟头时间，锅上的热气渐渐地消失了。有经验的人一看便知，苞米烀好了。可是，还不能立马掀锅，还须捂一会儿。

庄稼饭十点半，晚一晚十一点。

父亲在队里干活收工了，我们已等不及了。母亲放好桌子，拿上碗筷。那形象俨然一个主持人，宣布一项重大活动即将开始，干干脆脆又十分认真地说："苞米烀好了，开饭！"

这时，我们那颗渴望、焦急的心，都一下子平静下来。

母亲掀开两扇沉重的木头锅盖，一股热气直冲屋顶。心里想着就要吃烀苞米了，一时乐得用筷子敲起碗来。见此，父亲笑了："臭小子，别急啊，敲碗不好，受大穷！"我听了觉得挺不好意思的，老没面子了！

蒸好的"苞米干粮""鸡蛋闷子"端上来了，烀好的茄子，也端上来了。

父亲和老姐，刚把茄子撕成细丝，拌上蒜酱，母亲就把一盆热乎乎的、黄澄澄的烀苞米端上桌子。母亲还将锅里带叶子的苞米捞出来，趁热两个一对儿地系好，挂到外面的洗衣绳上，晒苞米吊子。母亲忙完了，撩起围裙擦了两把手，这才上桌子。

我们全家人，围坐在饭桌旁，看着桌子上的丰盛午餐，不知吃什么好了！

母亲笑着说："怎么不吃啊，还看什么？"

我们吃着甜甜、软软又可口的苞米干粮，啃着香喷喷的烀苞米，就着鸡蛋闷子，吃着蒜酱拌茄子，真是大饱口福啊！越

— 54 —

吃越觉着香甜可口，此时，就是八碟八碗的酒席，也显得逊色！

童年的时光似金，少年的时光如玉。

光阴荏苒。在人生的旅途中，我经历了读书、立业成家，走过生活许多风风雨雨的沧桑岁月。可是，每当想起故乡老屯那传统美食——烀苞米来，心头总会涌起一丝丝香香的、甜甜的感觉！

如今，每到秋天在城里总有许多摆摊叫卖烀苞米的小贩子。看着，也挺吸引人的。有时，买一穗尝尝，可怎么也吃不出老屯那烀苞米的滋味！

我无时不怀念故乡老屯那大片碧绿的叶子、蹿红缨的苞米地。

我永远也吃不够故乡老屯的烀苞米！

2012 年 9 月写成

火绳,燃起那浓浓的清香

在我家的仓房里,有一团火绳,至今还完好无损地保存着,虽然算不上什么珍贵的东西,可每当看到它,以往的记忆又在我的脑海里活了起来,似乎又闻到了火绳燃起那浓浓的清香。

那时,我还小。记得每到农历六七月间,屋内便燃起火绳,那浓浓的艾蒿味儿,清香宜人,沁人心脾,绵软悠长,萦绕满屋,成了茅草房内一道独特的风景!

火绳,是用来驱除蚊虫的。当年,我们这被称为"北荒"的地方,除了耕地,便是一望无边的大草甸子。到了农历六七月间,蚊虫相当厉害!屋子里燃起火绳,随着那缭绕的烟味儿,蚊虫就不敢进屋了。

火绳的另外一个用途,就是抽烟不用划火,可以用火绳点燃,在那贫困的年月,也是一项了不起的节俭之举啊!

我们这儿有许多活计,都是伴随着燃起的火绳进行的,我们这的人都勤劳节俭过日子,即使农闲时节也不闲着,你随便走进哪一家,总有一股火绳味儿扑面而来,抬眼望去,只见一团子火绳吊在梁上,火绳的一头垂下来,离地不高,正悄无声息地慢慢地燃着。炕上、地下皆是忙碌的身影:女人在炕上飞针走线纳鞋底儿、做棉衣、缝被子、做棉鞋;男人蹲在地上,专心致志地编筐,有土篮子筐、端柴火筐、挎筐……都是过日子用得着的,哪家都编好几个。他们手里紧忙活,脸上却挂满笑容!

其实,点燃火绳何止屋内?在户外,那许多场面,更令人难忘。

晚饭后,我们全家人,常常是在院子里,围坐在点燃的火绳旁,听晚风习习地吹,看那一勾新月爬上柳梢儿。满天的星斗,闪闪烁烁,我们一时感到凉爽又舒适!

火绳慢慢地燃着,散发出一股浓浓的诱人的清香,飞出老远老远……

母亲装上一袋烟,对着火绳点燃,指着天上的星星,给我们讲牛郎织女的故事。母亲讲得绘声绘色。一会儿是人间,一会儿又是天上,那起伏跌宕的情节,那扣人心弦的故事,简直把我们带进了神奇的世界。

此时,外面静静的,只有那虫儿们不知疲倦地演奏着终夜不息的大合唱。一团子火绳眼看燃成了一半儿,我们姐弟几个仍觉得情趣盎然,意犹未尽,不想进屋。

有多少个傍晚,就是在这样的氛围中度过的,火绳不仅使大人们感到轻松、愉悦,也给我们小孩子增添了无限乐趣儿!

瓜棚前、老树下、房山头、碾房边,都是人们守着点燃的火绳聊天的场所。

屯中的老少爷儿们,闲着没事,凑在一块儿,点燃火绳,席地而坐,装一锅子老旱烟,或卷一支喇叭筒儿抽着,家长里短唠闲嗑儿,胡诌八咧侃大山,有大嗓门儿的,有公鸭嗓的,有嗑嗑巴巴的挂不上挡的……声音高一阵,低一阵,话题多样而有趣儿,不时爆发出一阵惊天动地的笑声,开心极了!

我们小嘎子,常常是领着自家的花脖子、四眼儿、老黑或大黄(狗的名字),好奇地跑去,挤进人堆凑热闹。这充满浓厚

乡土气息的场面,有背景、有人物,恰似一幅原汁原味的农家风俗画!

过了端午节,艾蒿渐渐成熟了。铲完二遍地,人们便抓住时机,到草甸子割艾蒿搓火绳。

父亲头几天就安排好了:我和老姐看家,他和母亲去割艾蒿。

清早,草草地吃了点饭,带着镰刀和干粮,父亲和母亲俩坐上小马车,"嘚——驾——"地挥动鞭子,沿着崎岖的土路,向草甸子走去。

草甸子上的艾蒿多得很,一片片呈银灰色,就像那片片云朵落到了地上,在绿色草地衬托下,显得格外美丽!微风拂动,艾蒿那挺立的身躯,随风摇曳,散发出淡淡的清香。这种多年生草本植物,可入药,有驱风散寒之功效。

放眼望去,草甸子上已有不少人在割艾蒿,因为来得早,有的已将割完的艾蒿捆成大捆,背着、扛着或挑着,喜滋滋地踏上归途。

父亲和母亲俩,割了几大捆艾蒿,还捡到好几个绿皮野鸭子蛋,高高兴兴地带回家。我见了觉得挺好玩,于是,便商量父亲,同他们一块上草甸子,谁知,父亲说啥不让去,说草甸子上蚊子多,小孩子受不了。为此,我哭了鼻子!尽管母亲为我讲情,也毫无作用。心想,若是去了多好,说不定还能捉到两只鹌鹑崽儿呢!

第二天,母亲便坐在自家的房山头,开始搓火绳了,别看这活不起眼儿,可不是谁都能干的,说道多了:搓得劲儿大了不行,火绳发死,不好点燃;搓得劲儿小了也不行,火绳松懈,燃烧得快;毛手毛脚的人根本干不了,必须心中有数。

母亲是个搓火绳的能手。她搓的火绳表面光整,粗细得当,松紧适中,搓起来一丝不苟,哪天都搓成好几团子(每团子都有几丈长),然后,放在仓房里阴干好,方可点燃使用。

当年,在我们这儿,家家都到草甸子上割艾蒿,哪家都搓好几大团子火绳,足够一个秋天用的了。

看着仓房里的这团子火绳,往事仍历历在目。火绳,是穷困年代的产物,它虽然早已退出了人们的生活,可留给我的却是无尽的思索……

2012 年 9 月 4 日二稿

第二辑

岁月如歌

当年的生产队长

生产队长,是多大的官儿?

如今,三十岁的小青年根本搞不清。他是农村合作化和公社化"大帮哄"时期的产物。

那时,农村的管理体制是公社、生产大队、生产队三级所有,队为基础。生产队是最基本的核算单位。能当上生产队长,确实是个美差事!用老百姓的话说,得根正苗红、祖上有德,才能干上这个角。

生产队长,是队里的一把手,很有实权。封建帝制时,朝廷最大的官儿是皇上。而生产队长,就是当地的小"土皇上"。一个几十户人家的生产队,队里的生产、社员的生活都由生产队长统管。

当生产队长必须具备相当的条件:出身贫下中农,三代历史清白,能够带领贫下中农,一心朴实地走集体化道路,不搞歪门邪道,立场坚定,旗帜鲜明,对阶级敌人不心慈手软。如果这些条件都是响当当的,只是岳父家是地主成分,也不行。这样的称之为"被窝里搂着'炸弹',混线了"!这号人怎么能掌权?

20世纪60年代初,我念完书,回生产队里混大帮。和生产队长朝夕相处,对他们的苦辣酸甜比较熟悉。

生产队长这个官儿,是上挤(公社)下压(生产大队)的

"豆饼官儿",最不好干。见天和社员打交道,都在一个屯住着,低头不见抬头见,老少爷们沾亲带故,扯耳腮动,软了不是,硬了也不是。再说了,偌大一个生产队,瓜子里嗑出个臭虫——啥仁(人)都有:老实巴交的、不惧硬的、磨道驴——听喝的、专找香悠的、爱耍嘴皮子干活糊弄的、见硬就回的、爱歇花工的……总之,无论是"龙"还是"熊",都得让他们吃碗饭。

生产队长是队里唯一的"脱产干部"。他虽然不干上趟子活,却非常辛苦。

每天清晨,天刚蒙蒙亮,星星尚未消失,生产队长就得起来,匆匆忙忙地扒了两碗饭,便马不停蹄地到队里敲钟。

"当——当——"清脆而又洪亮的钟声划破了晨空的寂静,在小屯上空震荡,飞进每一个农家,它像出征的号角,男女社员听到钟声拿起劳动工具,从小屯的前街、后街、东头、西头,纷纷来到生产队。

这时,生产队长便开始调兵遣将、分工调配:出几台车,干什么活计:南大排出几副大犁;北三节由谁领工铲苞米;西短盘子出多少一线妇女薅谷苗;东大岗出多少劳力给葵花打丫子……积肥的、喂猪的、放牧的各执其任。一时间,队里的使役员(车老板)、领工员、男女社员,分头执行自己的职责。浩浩荡荡的劳动大军,奔赴劳动场地,开始了一天的紧张劳动。于是,田野里、乡道上、积肥场上,清脆的鞭哨声、吆牛喝马声、笑语声……此起彼伏,汇成了一曲迷人的乐章!

各项农活安排好之后,生产队的大院子才渐渐平静下来。这时生产队长便深入各劳动场地,走走看看。是否有偷工减料和误工的现象,发现问题,及时解决。然后,便来到农田干大帮的社员中"查边儿"（检查质量）。比如，春天刨楂子时，队长便在刨过的垄上检查质量，看看有没有"打楂管儿"的，有没有"连筋倒"的，有没有"大搬家"的……发现哪个社员劳动质量粗糙，便记下来当场宣布扣罚工分。这项工作要坚持原则，不徇私情。不然，往往会产生观望和攀比。有时，也因扣罚工分，社员和队长发生口角。这时，生产队长必须心里没私病，腰杆才能硬，说话才管用。否则，社员会不服你。队长常用一些"土政策"约束社员，并说"就这么整了，你愿上哪告上哪告去"！其实，都是给那些调皮捣蛋人定的规矩，谁也告不出。

秋收季节，是队长最忙最累的时候。那时，生产队种着几百垧耕地，都是连片的玉米、高粱、谷子、糜子、大豆……没有任何机械，全靠队里几十个劳动力，挥镰收割。

"村看村，户看户，社员看干部。"在这关键时刻，生产队长必须亲自出马，率先垂范，带领社员投入一场紧张的夺粮大战。每天都是起早贪黑，常常是"三星"晌午下地，晚上看不见了才收工，别提多劳累了。"喊破嗓子，不如甩开膀子。"在队长的带领下，社员个个劲头十足，秋收进度快，质量好。割谷子是刀刀见血的活，手指肚磨破了，手上裂出了口子直淌血，可谁也不叫苦，不歇工，一干就是一个月，一直坚持到最后。

当队长的最棘手和头疼的便是队里的"高草"和"二大爷"。这号人都是成分好的，不像地、富、反、坏那么好摆弄。不是找你毛病，就是给你出"难题"。你又不能把他咋着，叫你伤透了脑筋。当队长的不敢得罪他们，整急眼了，他们可以到处造舆论，联合社员治理你，甚至把你推下台。所以，生产队长最惧怕他们。于是，就想方设法给他们安排好活儿：看青了，

放马了,不出力气的零活了,为的是"和平共处"保住队长的官位。

多数社员都是听从队长的。因为大伙都知道,队长是全队的当家人,说了算,和他作对还有你的好?找你"小脚儿"你就受不了。有心眼的,谁不向队长"溜须":逢年过节买两包果子、两包糖送到家,平时找队长到家整两菜,喝点小酒儿,办啥事就好说话儿,便宜事就能排上号。

还记得,当时有个姓刘的队长,论屯子亲,我管他叫老姐夫。平时和他闹着玩,混得挺熟的。他喜欢抽烟卷儿,于是,我便时常买盒"握手"烟(才两毛钱)给他揣进兜里。时间长了,就多了一层意思。队里的巧妙活儿,什么出黑板报了,写壁字了,写发言材料了,都是我的事。有时,一干就是好几天,没出多大力,却把工分挣到手了。队长还当众夸我:"小于子中,有文化水,是个人才!"同龄的小青年见了羡慕极了!都说:"小于,你咋整的呢?"

当队长的,香悠事也不少。队里的"伙食点"常年设在队长家。凡是上头来队里的包队干部都在"伙食点"吃饭。那时白面少,社员每人每年只能分五十斤小麦,队长可以成袋子往家扛白面,往家拎豆油。

那时,社员家家烧柴不足。冬天屋子冷,炕凉,年年春季到甸子上搂大耙。可队长家因为有伙食点,可以多分些烧柴。这些,如今看来不起眼的事,在当时那个穷困的年月,社员们看了都很眼热!

在那穷革命、富变修的年月,老八分,少八分,社员家家都一样,过着穷日子。记得有个年轻的队长很有头脑,为了给社员增加收入,农闲时就组织社员,出车到城里拉脚挣钱。地里还种些甜菜等经济作物，干得红红火火。他干的那几年，哪年日值都在一元四五，很受社员拥护。

年终，分红时别提社员们多高兴了！生产队三间房子，挤满了人，都喜滋滋地等会计叫自己的名字。有领四百元的，有领三百元的，最多的领一千多元。那时，一千多元真是一个惊人的数字啊！我家也领到二百多元，是扣除全部的费用净剩的！

可是，上头却说这个年轻的生产队长搞的是资本主义歪门邪道，违背了"以粮为纲"方针，还说，拉脚把马拉瘦了，车拉旧了，人的思想拉生锈了，偏离了社会主义道路。公社宣布撤了他生产队长的职务。

到了20世纪70年代，"大帮哄"已濒临崩溃的边缘。生产队广种薄收，亩产只有二百多斤，社员的日子越过越穷。我们家所在的大队，有个小五队，社员干一天活，不但不挣钱，还要倒找五分钱。面对这种局面，谁还愿意当生产队长？有的即使当上队长，也没有长远想法，干一年就撂挑子。有的生产队，实在选不出队长，竟大伙轮流当队长。用社员的话说，就是"一茬庄稼，一茬干部"……

我是在农村合作化时期吃苞米馇小米饭长大的。永远也忘不了那个时期的生活。随着时代的不断发展，我记忆中当年的生产长，永远地载入了史册。

2009年11月25日二稿

春耕春种忆当年

改革开放以来,随着社会的不断发展和进步,农家春耕春种的机械化水平越来越高。老祖宗留下的弯钩犁、点葫芦等传统农具已经离我们越来越远了。在故乡老屯,一般农家几十亩甚至上百亩的春耕春种面积,只需一两个人,加上配套的农机具,短短几天就干完了。打垄是自动犁,无须人扶着。播种是开沟、撒水、点种、施肥、盖土、镇压一条龙。真是不看不知道,见了喜眉梢儿!

然而,三十多年前,却是另一番情景。

那是20世纪六七十年代的合作化和公社化时期,大片的土地都由生产队集体耕种。农事活动都是紧紧围绕农历节气进行的。"清明"忙种麦,种小麦季节性强,"种在冰上,死在火上",往往都是顶凌播种。农谚又说:二月"清明"麦在头,三月"清明"麦在后。就是说,二月里"清明"春脖子短,必须在"清明"前种小麦;而三月里"清明"春脖子长,必须等到"清明"后,才能开犁种小麦。

种麦子之前,必须先整地、施肥,将地里的茬子除净。用木耢子拖平。然后,抓住晴好天气种小麦。

那时,没有任何机械,全靠人力和畜力。点麦籽是最关键的活,小青年根本干不了,得找那些有农活经验的老农民担当。届时,生产队里一副副大犁都出动了,大队人马向田野里奔去。

地里立刻出现了一派火热的劳动场面——点种的老农,个个都是喜滋滋的,把尚未抽透的烟锅儿"当当"往鞋底上磕了几下,插在腰间。胳膊上挎起点种篓儿,在地头排开,迈开大步,挥动手臂,手中大把的麦籽,"哗哗"地扇面形撒出去,落到地上,满垄沟儿都是麦籽,均匀、散落,没有"死撮子",点一个来回,才能开犁。

起垄时,由三匹壮马拉一副大犁。一个人赶套,一人扶犁。赶套人挥舞长鞭,那清脆的鞭哨声,不断地在空中炸响!扶犁人聚精会神,犁杖过后的墒沟笔直,恰好是两碰头土。蹚完再用耢子耢,这叫"大垄麦子"。如果垄蹚完之后,垄沟也撒上麦籽,用耢子耢平,这叫"大垄带小沟儿"。出苗后,遍地绿油油的,垄沟垄台都是麦子,这样,可使小麦增产。

种完小麦之后,还要用木头磙子普遍进行镇压。可起到防风、固土、保墒的作用。有时,天公作美,种完小麦降下一场及时雨。庄稼人别提有多高兴了!一个个乐得嘴都合不拢了:"麦收三月雨,今年小麦丰收没跑了!"

"谷雨"种大田,到了农历"谷雨"节气,便全力以赴地投入种大田的战役中。生产队提前就进行茬口调配,做到不重茬、不迎茬。还要干好刨茬子、扬粪、耢地等活计,认真细致地进行整地。地化够深度了,就抓紧进行"顶浆打垄"。若是打晚了,地化透了,西南风一吹,打起的垄全是"干包蛋",会给种地带来诸多麻烦。

那时,打垄全是四匹马拉一副大犁。使役员在前赶套,犁手在后面扶犁。"三分扶手、七分赶手。"翻起的黑土,满地一片碎浪;打成的垄呈条条直线,伸向远方,充满了无限生机!

地整好了,接着便抓住农时,播种大田,把地种在"腰窝

— 69 —

儿"上。

谷子、糜子属于草田,要优先播种。这两种作物,要耩种。耩种的主要工具是木制耩耙。它和爬犁有相似处,长4尺5寸,宽2尺4寸,高1尺8寸。底部有两条着地的耩耙脚,上部中间的耩耙腰上安有"耩耙信子"和"耩耙箭"。耩耙信子上安有小铧,用来开沟儿;耩耙箭上安有"梭子",是用来调深浅的。

通常耩耙有两匹马拉着。耩地时,赶套人都是久经考验的使役员老手,左手执鞭,右手把"耩耙招",不打冷鞭子,耩耙走起来才能平稳,而且,确保不偏不倚地豁出新沟儿。

然后,点种的紧跟耩耙后,肩背细长的种口袋,一手架着点葫芦,另一只手用小木棒儿"梆梆梆——"有节奏地敲打点葫芦。种子便从点葫芦里流淌出来,通过扇形的点葫芦嘴,均匀地撒在墒沟里,扶拉子的在后面盖好土,再由一至两人,在垄上踩格子。那时的劳动场面,太动人了,头上有布谷鸟在欢快地鸣叫,满山遍野响起点葫芦声,地头上、毛道上到处人欢马叫,汇成了一曲春的乐章!

一副耩耙至少要由五个人操作,缺一不可。其中,最累的顶数点种的。身上整天背着种口袋,不仅走在新豁出的土沟里,还得紧跟耩耙后的"挡风障",以防风把种子吹跑,不能有半点马虎。其次,是扶拉子的,这个活儿更得时时认真,<u>一丝不苟</u>,两条长长的拉子绳拴在后耩耙脚上,拉子要扶正,不偏不倚,土盖得适当,才能确保不拖堆不滚垄。再次,是踩格子的。脚下必须穿乌拉或棉胶鞋,还要挂着木棍儿,这样,可使踩出的脚窝儿不拉空,且宽而实。此工种要求相当严,必须踩出一条直线。

当气温上升到零上20多度时,生产队普遍开始种玉米了。

那时，全是埯种玉米，一副架六个人，叫"六合手"，即量尺、刨坑、点籽、抓把粪（二人）、培坑。一个生产队，每天出十多伙人种玉米，田野里人来人往，互相摽劲，热闹得很！姑娘们头上扎着的花头巾迎风摆动，那飒爽的英姿犹如俏丽的迎春花，成了田间一道独特的风景！几十垧的玉米面积，往往要干二十多天，才能完成，既费工又费力。

到了20世纪70年代，生产大队购进了"东方红"拖拉机和播种机，给农民带来了美好希望！从此，小麦实行机播，再没人种大垄了，大大提高了小麦产量，可是，由于拖拉机的农机具尚不配套，起垄、蹚地仍然是人工扶犁。因此，一度出现了"犁后喘"现象。

其做法：拖拉机后固定一个大铁杠子，然后，将犁杖一个个用绳索拴在杠上。机车走起来，扶犁人紧紧跟随，甚至放小跑。尽管一个往返换一次人，也还是浑身是汗，气喘吁吁，劳累就更不用说了。因此，叫"犁后喘"。扶犁人跟机车干一天腰也酸，背也疼，用农民的话说，不死也扒层皮！

后来，生产队的能工巧匠开动脑筋，大胆改革，做了一个轮式的长架子，安装在机车后，人可以坐在上面扶犁，轻松多了，使"犁后喘"变成了"犁后乐"。

如今，在家乡老屯，糠耙、弯钩犁、点葫芦等传统农具早已看不到了，但它们留给我们的却是美好的记忆！

2010年3月29日稿

送　饭

我这里说的送饭，是三四十年前的事了。

20世纪70年代初，我在生产队务农当社员。那时，我所在的生产队，一百多垧耕地，全靠半半拉拉的四五十个男劳力和辅助女劳力，人手显得特别紧张。为了多出活儿，提高劳动效率，从铲二遍地开始，队里西北大河那些偏远地块，便往田间送饭了。

往田间送饭，都是中午饭。由生产队统一出人做。这顿饭多数都是苞米糙子。上午社员出工后，队长就安排做饭技术高的人，在家用生产队做豆腐的大锅，把苞米糙子烀上。烧完二遍火，苞米糙子熟了，正好到了吃午饭时间。

送饭车是二马拉着的胶轮车。车上放两口大迫子缸，用大绳子绑结实，再把烀好的苞米糙子，装到缸内，加上些水，缸口用干净麻袋盖好，带上盆、勺等餐具，便赶着车，向地里送去。社员吃饭的碗筷、咸菜等，都是个人自带，出工时拿到地里，吃饭时使用。

记得那时的地特别荒，铲起来很吃力，锄头下去，只听"嚓嚓嚓"的响声。苣荬菜满垄，就像种的一样，尤其到了"苣荬菜堂"（即成片的苣荬菜），垄沟垄台全是苣荬菜，可社员们并不懈劲儿，一个个挥动锄头，猛劲地铲着，锄头过后，苣荬菜全死了。社员自豪地说："苣荬菜不挡锄，就怕黄蒿瞪眼芦！"

尽管他们不懈劲,可体内的能量毕竟是有限的。铲到东南晌,就干不动了,肚子里早"咕咕"地叫了;一个个两手扚着锄头放愣翘首企盼送饭的到来。"打头的"看着大伙饿了,也只好喊着说:"干啊,干啊,加把劲儿,送饭的马上来了!"

到了正午,终于把送饭的盼来了。

饭车一到,社员们纷纷向地头奔去。老师傅把饭用盆淘出来,放到地头上。立刻,一股饭香扑面而来。大家伙三个一帮,两个一伙,坐在铺好的麻袋周围,开始吃午饭。主食是金灿灿的苞米糙子干饭,吃一口,肉头又烂糊。有的在碗里加点水,吃起来更顺畅。副食种类繁多,是个人自带的:有大咸菜、有辣椒酱、有咸鸭蛋……吃起来可真香啊!男劳力有的还从腰间掏出烧酒瓶儿,就着咸鸭蛋喝几口,解解乏,然后再吃饭。那场面,充满了田头"野餐"的无限情趣儿。

大伙吃完了,缸里的苞米糙子干饭还剩下不少,见此,女社员们就你一碗、我一碗地盛好放起来,连那口子的份都带出来了,留着下午饿时再食用。这时,老师傅还极风趣地提示大伙:"谁盛饭赶快了,饭车要走了,过了这个村儿,可没有这个店儿了!"社员们听了,都哈哈大笑起来。铲地时的劳累,早跑到九霄云外去了,一个个分享着集体生活带来的无比快乐!

那时,生产队不仅铲地送饭,割小麦时也常常是送饭。俗话说"小麦不受三伏气""蚕老一时,麦熟两晌"。割小麦正是天气炎热的季节,活计虽然不是那么劳累,可大热的天,烈日当头,一猫腰一身汗水,小褂、裤子都湿透了,别提有多遭罪了。

割小麦是一条龙的流水作业。即放绕儿、盘腿儿、捆个子、码麦子……那场面极富诗意:社员们在"打头的"带领下,一

字排开,你争我夺,互不相让,甩开膀子,挥舞镰刀,"刷——刷——",真是"眼前一片黄金浪,背后座座珍珠山(麦码子)"啊!

记得队里的麦子都种在南三节,离家几里远,中午回家既劳累又耽误活儿。因此,送午饭很受社员们欢迎。那时,割小麦送饭最高的伙食标准,就是"一箩到底"的白面馒头外加小米饭汤。那时,白面属于"细粮",农家是不常吃的。中午这顿馒头不起眼儿,可起了大作用:割麦子的人数多、进度快、质量好,有的"二三线"妇女,也自愿投入麦收中,劳累流汗她们不在乎,为的是从个人分得的馒头里,能给孩子带回一个半个的!

做饭照例是在生产队。做豆腐的大锅搁上笼屉,几锅就蒸出来了。然后,将馒头放大筐箩里连同小米饭汤,用马车拉着送到地里。那烈日下,席地而坐,快快乐乐吃午饭的场面,至今令人记忆犹新。

队里的几十亩小麦,很快收割完了,送午饭也便结束了。这时,社员们还想着中午那顿"一箩到底"的白面馒头。

送饭,记录了那个年代的集体生活。

2010 年 4 月 23 日二稿

分　红

那时，农村的管理体制是三级（人民公社、生产大队、生产队），所有，队为基础。社员家家都是那么贫困。家里养几只鸡，下了蛋，从来舍不得吃，都留着换油（每月人均二两豆油）和盐，还有点灯用的煤油。

农家养头猪，全靠吃野菜、吃糠、喝泔水。人口多的农户，一年能卖头两百斤的猪（那时每市斤六角钱），闹个零花钱就不错了！社员在自留地里种点黄烟、大蒜什么的，想个来钱道儿，是决不允许的，说你搞"歪门邪道"，背离了社会主义方向，割你"资本主义尾巴"，谁能受得了！

平时，队里是不放钱的，唯一的希望便是年终分红。

每年打完场，送完粮，到阳历十二月末，便关场院门儿，结账了。这时，生产队的会计便忙了起来。

他们先将社员所挣的工分，按劳力一个一个地统计好。然后，再逐户统计。这样，哪家挣多少工分，数就出来了。这是相当细致的工作，不能有半点马虎。因为，它关系到社员一年的血汗啊！

生产队的办公室里一片忙碌景象：会计拨弄算盘珠儿的声音，噼啪作响，犹如爆豆，好听极了！统计、核算、做表、列明细单……常常是白天忙一天，晚上仍需挑灯夜战。夜深了，生产队办公室的窗上，还闪动着忙碌的身影。

那动人的梆梆声

凡参加结算的人员，每天队里都安排伙食，而且，伙食标准相当硬：主食是白面，外加小鸡、大鹅管够，顿顿都要喝点小酒儿，个个吃得小脸儿红扑扑的！伙食点儿，自然设在队长家。有时，"屯不错""二大爷"们，也去凑热闹，明知是不义之食，却反以为荣——不吃白不吃！普通社员，是从不涉足的。

经过一段时间的紧张忙碌，全队的工分数算出来了。这时，会计才松了一口气。

接下来，便是统计队里一年到头的集体收入账。粮食收入多少，经济作物（甜菜、亚麻）收入多少，畜牧业收入多少……在总收入中，按比例提出集体积累，其余部分除以工分总数，一年的劳动日值就算出来了。

日值多少，各生产队都不一样。如果年成好，又超额完成了春定粮食任务，多种经营收入可观，日值也跟着提升。有的生产队，经济基础薄弱，完不成粮食任务，又无其他收入，日值就少。

结账期间，全队社员都为日值（以每个工日十分为基数）多少，捏着一把汗！每天吃罢晚饭，有事没事，总往队里跑。见了会计就问："今年怎么样啊，日值能分多少钱啊？"

日值确定之后，必须经公社审批，之后才能进行分配。我家所在的生产队，一般年头日值都在一元左右，最多也没超过一元二角。最好的年头，分配总额也就在一万多块钱。

分红的当天，由会计、民兵连长骑着马喜滋滋地到公社银行支钱。为了确保安全，民兵连长还背着枪，保驾护航。那时，一万多元可不是闹着玩的，若是出啥事，谁也担不起！取回的钱，当天晚上便进行现金兑现。

这天，各家老早就吃完了饭。外面刚黑，生产队就敲起了钟。"当——当——当!"这清脆而洪亮的钟声,传遍了小屯的每一个角落,飞进了小屯的每一个农家。于是,小屯的男男女女、老老少少,像潮水般地涌向生产队。不大工夫,生产队三间房子的队部里便挤满了黑压压的人。屋梁上挂着两盏大吊灯,照得满屋通亮!

女社员都抢先占领了炕头儿。男社员多数坐在炕沿上或长条凳子上;连小嘎子这些不速之客也偷偷地溜进屋,看热闹。顿时,屋内布满了辣乎乎的老旱烟味,呛得人直咳嗽!

兑现之前,先公布账。老队长把小烟袋儿含在嘴里,使劲吸两口,拿过来往鞋底儿上磕了磕,咳嗽两声,操着沙哑的嗓门说:"大家伙都静一下,让会计把账目公布一下!"屋里立刻静了下来。那时,生产队总共两本账:一本是集体收支账,一本是社员往来账。社员最关心的是往来账。因为,那里边明明白白记着,一年到头每一户社员的口粮、烧柴、小杂粮和其他用款。凡用生产队的,都在账上出现。在每一户的总收入中,扣除各项费用,剩余的才能现金兑现。因此,大伙听得特别认真,有不明白的地方,还提出疑问,会计便进行耐心细致的解答,直到明白为止。

领取现金的场面,是最红火的了!

如果把统计工日,比作分红的序幕,那么,现在已进入分红的高潮! 会计叫谁的名字,谁就到办公桌前领钱,领取的钱会计先数一遍,再交给出纳员数一遍。最后,才能发到领钱人手中,还需在表格上对照个人的名字和钱数,加盖自己的名章,方可离开。

屋内的社员,纷纷向办公桌前投去焦急的目光。都想快些叫到自己的名字。领到钱的社员,个个喜笑颜开,春风满面:

有领二百元的,有领三百元的,有领五百的,最多的竟领到一千元!那时,能领到这个数,可是不容易!看着领钱人手捧这么多"大白边"(十元面值的人民币),都羡慕极了!

那个年代,斗私批修,狠斗私字一闪念。分红时,曾发生过感人的故事,至今令人难忘。

有一年,队里分红时,贫农社员吕万平老汉把领到的五百元钱,乐呵呵地拿回家,一数竟多出了一百元。老汉当即毫不犹豫地把多领的钱送还了生产队。会计马玉军正为少了一百元焦急时,只见吕老汉把一百元钱送回来了。马会计感动得不知说啥好!在场的人见了,都夸吕老汉不愧是贫农社员!可吕万平老汉却说:"这是我应该做的!"

分红时,人口多劳力少的农户,不但分不到钱还欠下了队里的债。那时,这样的农户称之为"胀肚户"。对于"胀肚户",大伙都不看笑话。队里存钱的亲友,主动伸出友谊之手拉拽,想尽办法,把欠下的债务还上。

那个年代,"胀肚户"的日子虽然不好过,可他们并不懈气,常常是把希望寄托于来年:调动家庭成员,多向集体投工,争取分红时拿到更多"大白边"!

2011 年 1 月写

挑　　水

　　俗话说"过日子必有水筲"。

　　当年,水筲对于我们生活来说,是何等重要又必不可少啊!从我记事儿起,屯里父老乡亲的饮用水,就靠一条扁担,两只水筲,长年累月地挑水。

　　记得,我家也有一条扁担,两只水筲。水筲是用柏木做成,高35公分,圆形的直径长26公分,水筲梁儿高出筲口15公分,筲的圆筒上下镶着两个铁箍儿,样子十分精美!

　　扁担长1.5米,是黄榆木做的。扁扁的,光光的,木质柔韧,两端的皮条儿上,拴着黄铜扁担勾儿,很是好看!听母亲说,是爷爷那辈人传下来的。就是这条扁担和水筲,见证了我家苦辣酸甜的沧桑岁月,记录了挑水的艰难历史。

　　我家所在的屯子,是个拥有一百多户人家的大屯子,屯子里有四眼水井。我家住在屯西头,离井沿有一百多米远。井是人工挖的大口井,有三丈多深。井口后的支架上,是根木头大轴。大轴对着井口处安着辘轳,轴的另一端,固定在一棵大柳树上;手握辘轳把,摇动辘轳,伴着"吱吱"的响声,不一会儿,水就打上来了。

　　那时,我家过着穷日子,靠二十几亩贫瘠土地维持生活。家里没有牲畜,全靠人工换马力种地、蹚地、往回运庄稼。父亲整天在地里干活,不管怎么劳累,回到家第一件事就是到井

沿挑水。

父亲的肩上挑着两筲水,走起路来却是那么轻快。他那瘦弱的身子骨默默承受着生活的沉重压力。我问父亲:"爹,挑水累不累呀?"他笑了:"累啥,挑回来的都是财啊,你小子长大就好了!"每天看着父亲把挑回的清水"哗哗"地倾倒在水缸里,我仿佛看到了美好的希望,一时心窝儿里都觉得格外甜!

那时,我虽然是个年仅十几岁的孩子,可那颗幼小的心却常常为家中的事分忧。放学了回到家,写完了作业,我便和老姐(大我四岁)干些力所能及的家务活儿,尽量减轻大人的负担。

有一天天已经很晚了,父亲、母亲在地里干活还没回来,缸里一点水也没有了。我和老姐一合计,就抬着一只水筲,向外走去。谁知,刚出大门口,父亲他们就回来了。见此,父亲简直发了疯:"谁让你们去抬水的,这还了得?!"父亲平时对我们管教很严,可从没见他发这么大火,可把我们吓坏了!要不是母亲拉着,非挨揍不可。父亲气得把我们小姐俩好顿骂。

到了合作化时期,父亲由于积劳成疾患上了腰疼病,背也驼了,不能干重活计,只能在队里干些积肥、喂猪等轻活计,水也不能挑了。那时,家庭的状况是姐姐们都出嫁了,我正在小学读书。为了支撑这个家,为了生活,母亲毅然承担起挑水的重担。母亲每天家里外头紧忙活。那时,队里的农活很紧。夏天铲地,天不亮就出工,日头出来铲一条垄(500米长),中午饭全在地里吃,晚上收工回到家,到井沿挑回一挑水,已是气喘吁吁了,然后,还要做饭,疲劳就不用说了。

到了数九寒天的冬季,女人挑水谈何容易!父亲执意不让母亲再挑水,决定跟母亲俩一起抬水。母亲说啥不肯,态度坚决地说:"多大的事咋的,你就放心吧!"母亲不畏严寒,不惧路滑。每天井沿边、街道上总有母亲挑水的身影儿。

那时的冬天特别冷,雪也大。虽然有专人刨井沿儿,可因挑水的人多,井边却光滑得很,一不小心就会跌倒。为了母亲的安全,每次去挑水,我便偷偷地跟在身后,到井沿儿帮母亲打水。见此,母亲总是十分关切地说:"明天别来了,别冻着!"

面对家中的处境,我心里很不平静!我曾几次拿起扁担,都被母亲抢了下来:"孩子,不行啊,你还没长大,累着可是一辈子的事!"看着老妈妈那湿润的眼窝儿,我心里觉得热乎拉地不好受!

20世纪60年代初,我念完书,回到生产队务农。那时,我已是18岁的小伙子。挑水对我来说,已不是什么难事。怎能忍心再让母亲挑水呢!

我第一次拿起那条黄榆木质的扁担,手握黄铜扁担勾儿,挑起两只沉重的柏木水筲时,母亲仍感到放心不下:"儿子,能行吗?"于是,便叮嘱开了:"打水时千万注意,水打到井口时,要用一只手把住辘轳把,另一只手抓住柳罐;然后,放下辘轳把,两只手把柳罐里的水倒进水筲里。放柳罐时,更不能马虎,要慢慢地将柳罐放到底,不能撒开手不管,那样,会出事的!"我说:"妈,没事的,我长大了!"这时再看母亲,那多皱的脸上露出了一丝少有的欣慰……

挑水,最好的季节是夏天。

队里铲地除草的活儿比较轻闲,人也不累。我每天早早起来,到井沿挑水。这时,东方刚刚出现一抹红云,星星尚未消失,空气是湿润润的,甜丝丝的,凉爽极了!井边已有不少人,来来往往地挑水了。那"吱吱"的辘轳声,犹如一曲优美的音

乐,划破了小屯晨空的寂静,传出老远。

肩上虽然挑着,百十斤重的两筲水,可一点都不觉得沉,走起路步子轻松稳健。不怪古人云"挑担子如坐轿",肩、臂、腰、腿、足都得到了锻炼,可谓是一种享受啊!那正是:"人来往,步子健,两筲清水担在肩;扁担颤,腰不弯,犹如展翅一群雁!"真是富有诗意啊!

秋季里挑水就不同了。

那时,生产队抢秋夺粮,刻不容缓。割大地刀刀见血!干一天活,浑身就像散了架子,握刀的手和胳膊都肿起来了。晚上收工回到家,刚撂下饭碗,队里就敲起了钟。不是开会学习"最高指示",就是搞革命大批判、抓革命、促生产,弄得人困马乏。

为了按时起床,上工前能挑一挑水,我经常是将家里的小闹钟定好时间放在床头。第二天闹钟一响就爬起来,睡眼惺忪,拖着疲惫的身子,挑起两筲水,就像千斤巨石那么重,甚至往前迈步都觉得艰难。这种情况下挑水,真是咬牙坚持,不愿挑也得挑。

那个年代,虽然生活都不富裕,可每天都生活得快快乐乐!乡亲们身居茅屋,胸怀世界,一家有难,众人相助,团结的气氛十分浓。小青年们得知,队里的"五保户"老石匠老两口年过六十,失去了劳动能力,家里吃水有困难时,纷纷伸出友谊之手,争先恐后,每天为老人送去一挑水。两位老人感动得逢人便夸:"咱队这些小伙子姑娘们,个个心灵美,真不愧是毛主席教导的好青年啊!"

随着时代的不断发展,到了20世纪70年代末80年代初,屯中已有不少农户在室内打井。我家也打了一眼"厨房井",从此,结束了挑水的历史。更令人高兴的是,没过几年,我们这个拥有近百年历史的贫水屯,在上级党和政府的关怀下,优先吃上了甘甜、纯净的自来水。乡亲们那喜悦的心情简直无法形容了!

父亲去世后,按照他老人家的遗嘱,我决心保管好这条扁担和两只水筲,让后人知道,我家几代人挑水的艰难历史。可是,多年过后,那副水筲由于长时间不用,木板干裂、松动,无力支撑,竟然散花了。

我几经维修,精心呵护,都无济于事。看着那堆历尽沧桑、散花的木板觉得有点惋惜!

如今,那条黄榆扁担,早已失去了往日的光泽;两个铜扁担勾儿,也生满斑斑锈迹。好在,还有那四个孤伶伶的水筲箍儿相互为伴,它们一直静静地待在仓房的角落里。

"吱吱"的辘轳声,离我们越来越远了。

挑水,已成为历史。

2011 年 9 月 15 日三稿

想起当年学文化

看着家乡教育飞速发展,农民文化素质不断提高,我又想起当年学文化那段难忘的日子。

那是新中国成立后,由于旧中国贫穷落后,加之长期战乱,使得众多农家子弟失去了上学的机会,目不识丁。在一个屯子里,不要说有文化的人,就是识字人也寥寥无几。男人不会写自己的姓名,女人多数没有名字。出嫁前只呼唤乳名:三丫儿、腊月儿、狗剩儿……出嫁后则称老张、老李、老王。他们吃尽了没有文化的苦头!

后来,党中央做出英明决策:尽快在全国范围内,扫除农村青壮年中的文盲。因为,这部分人占农村人口的大多数,正年富力强。让他们用文化知识武装头脑,投身社会主义建设中,迎接新中国发展国民经济第一个五年计划的到来。

家乡是老解放区。人们经历了赶走小日本,推翻满州国,土地改革等重大斗争的洗礼,特别是新中国成立后,中国人民从此站起来了!家乡人由过去受奴役、受压迫变成了翻身得解放,扬眉吐气,当家做主人。他们对学习文化知识的渴求十分强烈。

那时,我家属于兰西县五区三村。区里成立了扫除文盲中心校。校长沈修朋同志专门负责抓扫除文盲、速成识字工作。三村也很快行动起来。翻身的农民,听说扫除文盲、学习文化,不当"睁眼瞎",个个高兴得手舞足蹈!于是,纷纷争相报名,积极踊跃参加。

当时,根据报名的人数和学员的年龄分为扫盲初级班和扫盲高级班。初级班的识字量可达到初小程度,高级班的识字量可达到高小程度。

村小学校,白天学生上课,晚上做民校。学习时间为每晚两小时。教室的梁上挂一盏大吊灯,照得满屋通亮。学员除了本屯的,还有东屯、西屯、北屯的农民,他们也提着灯笼或打着手电筒,纷纷赶来参加学习。教室里坐满了黑压压的学员,没有桌凳的就自带小板凳儿,挤在一边听课,那场面特别红火!

教材是省里印发的《扫除文盲国语拼音速成识字课本》。民师是村里的文化人,经过统一培训才上岗的。他们首先学会国语拼音,有较强的业务能力。

农民们大忙时节,白天干一天的活儿,不顾劳累,晚上照样到夜校学文化。

速成识字,先学拼音字母,再借助音节和声调识字,有利于自学,学起来比较快。可大老粗学文化谈何容易?用他们自己的话说:"白纸画黑道儿,越看越发闹。"握惯了锄头的手,如今拿起笔来,总觉得别扭。一个字看了多少遍,还是学不会,他们第一次尝到学习文化的艰难!有的学员甚至干脆打起"退堂鼓",不想学了。可又一想,时代的发展和社会的进步,没有文化知识是不行的,实在是欲罢不忍!

尽管困难重重,可他们不灰心,不气馁。一遍又一遍地拼啊、读啊,有时,一个字、一个名词却闹得他们吃不香、睡不宁。功夫不负有心人,他们一旦学会了识字、写字,有了文化,心中就像打开了两扇门,一下子豁亮了!

那动人的梆挞声

乡亲们把识字、学习文化当成生活中的头等大事，长年坚持，雷打不动。在民校里，出现了夫妻识字、父女识字、姐妹识字、妯娌识字、兄弟识字互相标劲、你追我赶的学习热潮。

可是，也有的人家的老年人思想守旧，不愿年轻人到夜校学文化，便横加阻拦。还记得，前院二柱子媳妇到夜校学习文化，婆婆说啥不让。说什么"老娘们儿学不学文化，都是围锅台转，有啥用！"因为婚姻受父母包办，婆婆生怕儿媳有了文化，远走高飞，和二柱子打离婚。二柱子媳妇毅然决然地到夜校学文化，还理直气壮地说："过去我们妇女受欺压，没有地位，如今，翻身得解放，有共产党给我们做主，就什么也不怕！"

每年打完场，送完粮，就是冬闲了。这时，是扫除文盲、速成识字的最佳时机。区里的干部和扫盲中心校的同志纷纷深入村屯抓扫盲工作。

每当夜幕降临，小屯便活跃起来。男男女女，仨一帮俩一伙，哼着小曲儿，高高兴兴地走进农民夜校。上课前，民师先领学员唱支当时流行的歌。民师先起个头，喊一声："预备——唱——！"

学员们便亮开嗓门，放开歌喉唱了起来。民师在前边挥动手臂打拍子：

> 解放区的天是明朗的天，
> 解放区的人民好喜欢；
> 解放区的太阳永远不会落，
> 解放区的歌声永远唱不完！

唱完一支，大伙都喊道："再来一个！"于是，歌声又响起来了：

> 没有共产党就没有新中国，
> 没有共产党就没有新中国；
> 共产党他一心救中国，
> 共产党他一心为人民；
> 他指给人民解放道路，
> 他领导中国走向光明！

激昂雄壮的歌声在教室里回荡，表达了劳动人民翻身得解放、当家做主人的无比喜悦心情！

课堂上，大家学得那么认真投入，简直是如饥似渴！常常是放学了还不肯离去，一个个围着民师问这问那。

北方的冬季，一进入"数九"天，老北风呼啸着猛刮，时常下起大烟雪，考验学员们的时刻到了。面对这冰天雪地，男学员都戴上狗皮帽子、脚下穿着乌拉。女学员把头包得严严的，穿着厚厚的棉衣，顶风冒雪，不畏严寒，不缺课，不掉队，她们有的手脚都冻坏了，还坚持到校学习，而且劲头更足了。

冬天夜长，学员们回到家在火盆上烤烤手，在被窝儿暖暖脚，看看熟睡的孩子，那红扑扑的小脸儿，就像熟透的大苹果，立时，喜悦的心情溢于言表！这时，他们仍不肯休息，小小的煤油灯下又成了他们学习文化的天地。夜深了，小屯像个沉睡的汉子，早已进入梦境。可许多农户的窗口上还闪动着那学习的身影儿。他们决心以优异成绩拿到结业证书，早日摘掉文盲帽子。

  我们三村的扫盲工作,由于抓得实成果显著,被区里评为"扫除文盲速成识字先进单位"。不少学员由于识字多、进步快、成绩突出,受到区里的表彰奖励。那时,奖给一支抽水钢笔和一本硬壳笔记本,学员都乐得直蹦高!

  辛勤的耕耘换来了喜人的收获。到1952年12月末,第一批扫除文盲速成识字班圆满完成了上级规定的课程。全村有二百余名青壮年学员摘掉了文盲帽子,光荣地拿到初级班或高级班的结业证书,达到了初小或高小的识字水平。

  这些人能看书,能看报,会写信,一批农村实用人才脱颖而出:有的当上了供销社店员;有的当上了会计;有的成为生产能手;有的被提拔为村干部或到区里工作……他们成为社会主义建设的骨干力量。

  这批扫除文盲速成识字工作结束后,兰西县仅五区就有一千多人脱盲。县里召开表彰奖励大会,我们五区不仅夺得了一面"扫除文盲标兵"的锦旗,还有许多学员获得了"学习模范"的荣誉称号,受到表彰奖励。

  岁月如歌。在创立和建设新中国的伟大历程中,中国人民在中国共产党的领导下谱写了中华民族历史上多少感心动耳、荡气回肠的壮丽篇章!

  回想当年学文化的日子,往事仍历历在目,朗朗的读书声响遍家乡大地,那是多么令人难忘啊!乡亲们真心实意听党的话,坚定不移跟共产党走,他们知难而上的求知精神鼓舞着一代又一代人,在前进路上战胜重重困难,大步向前!

2011年4月29日

老妈的偏方

虽然都是过去的事了,可现在提起来仍记忆犹新。

那时,我还是个孩子,家中两个姐姐,加上老爸、老妈总共五口人。我们整天在贫病交加的环境中,苦苦挣扎。

俗话说"人吃五谷杂粮没有不生病的",可那时,缺医少药,得了病上哪里请医生啊?屯子里有个"栽花先生"(种牛痘的),不会看病,只能给小孩栽花。无奈,只好挺着。要是摊上"这一伐子"(其实是感冒,那时还没有感冒的说法),常常是盖上棉被,在炕上躺好多天也不过劲儿,等病好了,吃东西嘴里都不是味儿,人也消瘦多了,眼窝儿深陷,甚至走路都打晃,严重者(重感冒)还被夺去了生命,真是太可怕了!

在那医学极其落后的年月,我们姐弟几个能安然无恙地成长起来,老妈的"偏方"起到了至关重要的作用。

那时,由于生活贫困,无经济来源,衣服补丁摞补丁,也买不起新的,屯子里的供销社用土坯砌成的简陋柜台上,放着几卷白花棋、青花棋、青斜纹布,可买的人却寥寥无几。

严寒的冬季,我们小嘎子尽管身上穿得单薄,却照样在外面打闹、疯跑、玩耍,半宿半夜地在各家的柴草栏子里藏猫猫,回到家里常常是一阵阵不停地咳嗽,有时连觉都睡不好,我们虽然不拿它当回事,可老妈受不了啊!她板起脸,厉声地说:"小嘎头(我乳名),明儿不准出去玩了,看你咳嗽成啥样了!"

孩子是大人的命根子,这简短的话语中,蕴含着多少关爱啊!

临睡前,老妈不声不响地从屋檐下取下那串红菇娘皮子,摘下几个放在大茶缸子里,在火盆里"咕嘟咕嘟"熬水,不一会儿,水熬好了,又从糖罐子里掏了半天,舀出一小勺白糖,加在茶缸子里,让我当水喝。谁知,第二天我的咳嗽轻多了。连喝了两天,果然不咳嗽了。偏方治大病啊!老妈见了,一双深情的目光久久地看着我,脸上露出欣慰的笑容!

我九岁上学,家里的生活仍没有一点起色,天冷了,还没有东西做棉鞋,老妈急得团团转,后来,终于想出一个办法:用苞米叶子编成长长的小辫子,晚上,在昏暗的麻油灯下,用麻绳引上大马提针,一圈一圈地钉苞米叶子鞋,鞋钉成了,还要将鞋底用猪皮包上,冬天上学,就穿老妈钉的苞米叶子鞋。

那时,教室里没有炉子,中间用大铁锅扣过来,搭"地闷儿"。烧柴火的时候住火就凉,加上屋子透风,手和脚都冻得红肿,出了水泡泡。

老妈见了,心疼得掉下了眼泪!

为此,老妈调着样地给我想着儿。先是让我用热水烫手、烫脚,缓出冻气,活血化瘀;接着,便将园子里的冻茄秆子,放在锅里熬水,用熬好的水泡手泡脚,然后,再放在火盆上烤。开始我还不相信,后来,冻了的手和脚不知不觉地恢复了正常:红肿的部位消了,水泡也干巴了,才觉得老妈的偏方土法真有奇效啊!

记得老姐那时候好闹肚子。一次,闹肚子折腾了好几天,拉得小脸焦黄,就是不见好。常言道"好汉架不住三泼稀屎",一个女孩家能有啥章程?她简直起不来炕了,这可如何是好?

看老姐拉成那样子，老妈害怕了！正是雨季，老妈踏着泥泞的道路到处讨偏方，饭都顾不上吃了，辛苦劳累就不用说了，老妈将新下的红皮鸡蛋，用谷糠火烧熟，蘸醋吃，三个为一次。别看难吃，又咽不下，良药苦口利于病，你别说，还真当事！连吃了几天，老姐的病终于得救了！见此，连爱拔犟眼子的老爸都竖起拇指，夸老妈有两下子。

老妈是个细心人。她的"偏方"来自多方搜集和精心积累。逢年过节杀猪，她总是把猪苦胆留着，事后，用箭杆儿夹着，插在门上坎上或别在房笆上；平时杀小鸡，鸡内金多咱不扔，总是妥善保管，闲置忙用。老妈说："你别看这些玩意不起眼儿，到时候用场大着呢！"

我小时候偏食，每逢好吃又顺口的饭菜就暴饮暴食。因此，胃渐渐地出现了毛病：消化不良，饭后肚子发胀，受尽了折磨。若是搁现在，吃点"葵花"牌胃康灵胶囊，就迎刃而解了。那时不行，上哪买药去啊？

老妈看我难受的样子，皱起眉头，打开她那小木箱子，翻了半天，找出一个鸡内金皮，用热水洗干净，然后，用大茶缸子熬水，让我每天喝三遍。你说怪不？没过几天，消化好多了，肚子也不胀了，真是神了，乐得我直蹦高！

那时，别看贫困，老妈总是乐呵呵地忙这忙那，一点忧愁也没有，有老妈的精心呵护，我们小孩子更是整天高高兴兴，欢蹦乱跳。因此，穷日子也过得有滋有味儿！老妈的偏方，不仅在我家显出神奇的疗效，也使街坊邻居受益匪浅。

我家东院的王大老板子赶了一辈子大车，媳妇生了好几个丫头，就生一个小子，两口子爱如掌上明珠，那娇气劲儿就不用说了。

天有不测风云,这孩子白天还活蹦乱跳地和小伙伴们玩耍,可到了晚上,竟然尿不出尿来,憋得孩子直门叫唤,两口子可吓坏了!这可如何是好?!看着孩子被折磨得坐立不安的样子,女人心疼得放声哭了起来。

老妈听说后,急忙来到王大老板子家详细地打听了情况,安慰两口子不要害怕,孩子可能是凉着了,说自己有个偏方,不妨试一试。全家人一听,还有点半信半疑?

只见老妈不慌不忙地上了炕,抬头撒目了一会儿,从王家的房笆上,撅下一个小小的秕高粱穗儿,用剪子铰巴铰巴放在锅里,让孩子妈妈马上烧火熬水。然后,将熬好的水舀出一小碗,让孩子趁热喝下,不一会儿孩子便排尿了。这不起眼儿的陈年秕高粱穗儿,竟有通便利尿的作用!王家两口子十分惊讶!握住老妈的手,说她救了孩子的命,一时乐得眼泪都流出来了,不知咋感谢好!

前院二生子媳妇,头一胎就生了个大胖小子,可把老爹老妈乐坏了!美中不足的是,媳妇没有奶水,孩子饿得哇哇直叫,想了不少着儿,都无济于事。老妈告诉他们,找点毛驴子奶喝,试一试,喝不好也喝不坏。

二生子跑遍了附近的十里八村,好不容易找到了一家新下驹的母驴。向人家要了一瓶子驴奶,高兴地拿回家。她连喝了两天,媳妇的奶水就供上小孩儿吃了。

老妈的"偏方",在那缺医少药的年月可解决了大问题。它虽然算不上什么灵丹妙药,却无数次地为我们解除病痛的折磨,把我们从危险的边缘拉回来。

老妈为子女付出得太多了!七十八岁那年冬天她离开了我们,弥留之际还嘱咐我们要保重身体,使在场的人禁不住流下了眼泪……

她那些"偏方"我已认真记录整理,并且精心保管,在医疗事业飞速发展的今天,这些偏方仍在我家和街坊邻居中发挥着神奇功效,成了无任何毒副作用的"绿色疗法"。

2012 年 3 月 6 日二稿

家乡的"野台子戏"

我的童年,是在地处松嫩平原腹地的兰西县西北部一个偏远乡村度过的。

那里,不依山傍水。冬天冰封雪飘,大地一片银白;夏天满眼皆是绿色,走出几里远,就是大草甸子。

那里,交通闭塞,活了六七十岁的老人,有的连县城都没去过,文化生活就更不用提了,人们唯一能看到的,便是"野台子戏"。

"野台子戏",也叫"蹦蹦戏"或"唱玩意儿"的。一般都是农家忙完了铲蹚,"挂锄"后的农闲时节才上演的。

组成戏班子的都是民间艺人:什么"唐金凤""刘金凤""刘老丫儿",什么"李大撸""小日本子"……在我们这里,唱得相当出名!

戏班子不像专业剧团那么正规,除了演员还有"后台"(唢呐、二胡等简单的乐器),能演拉场戏、二人转、独角戏(单出头)。

我家住的小屯,由于人家不多,"野台子戏"很少轮到。来的都是唱"洋戏片"的、"耍猴"的、"变戏法"的、说书的。而姥姥家住的"瓦盆窑"屯,屯子大,人家多,四外的小屯都能够得上,所以,"野台子戏"常常在那儿唱。

到了农闲时节,就天天盼啊!

听说唱戏的要来，屯子里的男女老少，早就哄嚷上了：

"快来唱戏的了！"

"听谁说的？"

"后院我二大爷说的！"

"真的吗？"

戏班子一到，消息就像一阵风立时在南北屯传开了。

这时，最活跃的顶数我们这些般大般的小嘎子，可屯子跑，通风报信儿：

"唱戏的来了！唱戏的来了！"

当天下午，姥爷便赶着二马花轱辘车，接我们去看戏，我那时别提有多高兴了！

父亲在家里，是很少讲民主的，可每当这时，他总是"政策放宽"，笑着说："你们都去吧，我看家就行了，反正也没什么要紧的活儿！"

母亲嘴角上露出一丝微笑，简单地收拾一下，胳膊上挎着个包儿，领着二姐、老姐和我，乐得蹦高地坐上了姥爷赶的花轱辘车。

道路崎岖不平，花轱辘车走起来蹾蹾哒哒。遇到深辙沟儿，姥爷十分吃力地摇晃着鞭子，嘴里不停地喊着："嘚儿——驾——驾！"马喘着粗气，蹬开四蹄。正走着，突然从道旁的草地里蹿出一只野兔，马一惊，竖起耳朵一闪，差点跑起来，幸亏姥爷抓住了辕马的缰绳，把车稳住，才避免了一场"毛车"事故。想起来真有点后怕！花轱辘车绕过一片泥洼子，又上路了，我们的心才平静下来。

姥爷的鞭子，甩直卷起，卷起又甩直。八九里路，加上拐弯抹角儿，竟走了两个多钟头。我们别提有多着急了，一个劲

儿地埋怨：这车，咋走这么慢啊？

第二天，我们老早就去看戏。

台子就搭在姥姥家门前那块开阔的空地上，前来看戏的人"海"了，都是从四面八方赶来的。只见人头攒动，比肩接踵。

做生意的也不少：推车的、挑担的、摊煎饼的、卖凉水饭的、摆卦摊儿的、相面的、摇货郎鼓的、卖丝线的、卖头绳儿的、卖腿带儿的、卖瓜籽儿的、卖冰糖块儿的……戏台底下，人声鼎沸，热闹极了！

听着叫卖声，可眼馋了。

姥姥给二姐、老姐每人买了几尺红头绳儿，给母亲买了几扎丝线，又给我买了一把冰糖块儿。总共花了一元五角钱，可母亲却一门阻拦："行了，行了，别破费了，挣钱不容易！"

姥姥推了母亲一把，走到煎饼摊前，又买了一卷煎饼，塞到我的手里。当时，我那高兴劲儿就甭提了！

"咚咚呛——咚咚呛——"

在一阵紧锣密鼓声中，台下的人静了下来，一双双渴求的目光，向台上望去。

"咚咚——呛呛——咚咚——呛！"

不一会儿，锣鼓声戛然而止。接着，便是开戏了，一个短粗胖的演员，打着竹板走上台来，有板有眼地说道："说一个，道一个，想起哪个说哪个。张家长，李家短，驴套包子马枷板，三只蛤蟆六只眼……"台下不断发出哄笑声。听大人们说，这些扯淡嗑是压场子的，然后才是正戏。

演的都是传统剧目——《西厢记》《回杯记》《马寡妇开店》《冯奎卖妻》《梁赛金擀面》，还有《王美容观花》《红月娥做梦》《王二姐思夫》等节目。

尤其是《西厢记》这个段子,人们百听不厌,百看不烦,那优美的唱腔、精彩的表演,伴着欢快的锣鼓和清脆的唢呐,一开始,就把人们吸引住了:

> 一轮明月照西厢,
> 二八佳人巧梳妆;
> 三请张生来赴宴,
> 四更无人跳粉墙;
> 五更夫人知道了,
> 六花板拷打莺莺反问红娘;
> 七夕胆大佳期会,
> 八宝亭前降夜香;
> 九(久)久恩爱难割舍,
> 十(时)时想念小张郎。

然后,用"珍珠倒卷帘"句式,再由十唱到一。真是修辞严谨,艺术性强!

最逗人的是《王二姐思夫》这个独角戏。表的是二哥张延秀到南京科考,一去六年没回,把王二姐思念得——

> 一天吃不下半碗饭,
> 两天喝不下一碗汤;
> 半碗饭,一碗汤,
> 瘦得前腔塌后腔;
> 胳膊上的镯子戴不住,

未曾走路手扶墙。
更有意思的是——
二哥你走一天，
我画一道儿；
你走两天，
道儿成双；
东墙西墙全画满，
打开"样册"画八张；
若不是二老爹娘管得紧，
从家门口画到沈阳！

现在想来，这些传统节目，不怪老百姓爱看，就是有"人情味"，把人物写活了！

戏班子每到一个地方，至少要演三天。

那时演戏，女角都是男扮女装，叫"包头的"，男角叫"唱丑的"。"包头的"斯斯文文，留一头秀发，擦胭脂，抹口红，化上妆，真美！

演出时，手掐"手板"，柔腔细嗓，扭动腰肢，簪环耀眼！尤其吸引人们的目光。"唱丑的"打情骂俏，滑稽逗人，引人发笑！

戏中那感人的艺术效果，不仅令台下的观众亦悲亦喜，如痴如醉，而且，使姑娘小伙子们心中燃起爱情的火花！

听姥姥说，有一年唱"野台子戏"，有个叫"小日本子"的青年艺人，长得漂亮，唱得也好。台下有一个看戏的姑娘，一见钟情，爱上了他，两人偷偷地钻进了高粱地，把那事做了。后来，听说那个姑娘竟和青年艺人私奔了……

我们这里，到了农历十月，连降了几场雪，大地一片白茫茫的，庄稼人一年的活儿忙完了，都待在家中，坐在热炕头儿，守着火盆猫冬。

这时，"野台子戏"便摇身一变，化整为零：两个人一副架，带上二胡、唢呐、锣鼓，四五个人一伙，屯子里的小学校，成了最佳剧场，更受群众欢迎！

几张课桌一并，做台子；房梁上挂一盏大吊灯，照得满屋通亮！男女老少就围着台子看。冬天夜长，演到"三星"平西还不散。还记得，拉场戏《冯奎卖妻》使台下看戏的女人们不断地撩起衣襟擦眼泪，被那生动的剧情深深地打动！李三娘想起伪满时，大灾之年死去的儿子——大锁子；张二婶想起了逃荒路上送给人的二丫儿……

每晚能演一两个成本大套的段子，大伙还看不够。虽然条件简陋，一演就是好几天。

时光流逝，几十年过去了。一些生活琐事统统忘却了，可家乡的"野台子戏"却在我的记忆中挥之不去。每当和同龄人谈起此事，总是啧啧称赞，回味无穷！

现在，虽然家家都有电视，有的还看上了影碟，但老百姓仍喜欢家乡的东北地方戏。"宁舍一顿饭，不舍二人转"，说得一点不假！

真渴望家乡的"野台子戏"，重新回到生活中来！

2009 年 3 月 10 日改毕

田野里的"毛道儿"

在故乡的田野里,有许多条"毛道儿"。它窄窄的,弯弯曲曲的,一头连着这个小屯儿,另一头牵着那个小屯儿。

当年的乡下,交通闭塞,出门多是徒步走。通往各屯的土道,路面满是很深的车辙沟儿,崎岖不平,走起来不但费力,还很绕远。如果把大道比作弓背,那么,毛道儿恰好是弓弦儿,走起来既近便又省时间。

在我童年的记忆中,毛道儿犹如一条长长的绳儿,穿缀起串串美丽的童话!

我家离村小学三里远,毛道儿成了我每天上学和放学必走的路。

春天,当春姑娘用她那双巧手,给大地绣上新装的时节,走毛道儿,简直就是在幅幅画卷中游览。

片片绿油油的麦苗,含嫩欲滴,微风吹拂,碧波荡漾!玉米苗甩开叶片,比赛似地向上长着;一片片的谷子苗、黄豆苗,柔柔的,嫩嫩的,扬着笑脸儿,向你展示优美的身姿!大片的油菜,绽放出小小的金黄的花朵,招来了嗡嗡叫的小蜜蜂……走过去衣服上、裤脚上都沾满了香味儿。放眼望去,真是美不胜收!

盛夏时节走毛道儿,却是另一番景象。

地里的庄稼都起身了,走进毛道儿里,就像鱼儿钻进了水,连个影子也没有。

玉米蹿蓼儿了,那硕大的叶子,就像张开的手臂,接二连三地向你扑来;高粱拔节了,那个头儿足有一人多高,正打包儿绣穗。那确青的高粱叶子伸展着,似乎故意把那密麻麻的露水珠儿抹到你的脸上和身上,一时感到凉爽极了!

特别是沿着毛道儿,走过那片小草甸子,更令你动情:脚边那浅粉色的打碗花悄悄地张开了喇叭筒儿,虽不怎么娇艳,却发出诱人的清香!草丛中的蟋蟀无休止地鸣叫,道旁的蚂蚱,像皮球似地跳起来,向人们的脸上撞。最逗人的是,蒿蓬间的"车豁子鸟"直门喊:"加油!加油!"……曾有多少次来到这儿,因贪玩捉蟋蟀,竟误了到校时间,受到班主任老师的严厉批评。

走毛道儿,还有喜人的收获呢!

小麦拉齐穗时,蝈蝈就开始叫了。放学后,我手提用箭杆穰儿扎成的"A"形小巧玲珑的蝈蝈笼,踏上小毛道儿,背着看青的倔二叔,走进麦地里抓蝈蝈。大热的天,蹲在麦地打"埋伏",老长时间都抓不住。有时,捉到一只大肚子"火蝈蝈"或是"绿豆蝈蝈",高兴得了不得。怕倔二叔看见扑腾麦子,将蝈蝈装进笼里,拎起来就跑。到了家,掐一朵角瓜花,放进蝈蝈笼里,喷上水,挂到屋檐下。

进入农历七月,地里的香瓜熟了。那香味儿,飘出老远。对于我们小孩子来说,这可是个不小的诱惑!星期六上午上完三节课就放假了。于是,我和几个小伙伴合计好,家也不回,便顺着毛道儿,来到瓜地旁,埋伏在谷地里,等待时机。乘老瓜头不备,我们从谷地垄沟儿,爬进瓜地偷瓜。

我们分工相当明确——老球子负责放哨,腊月子、狗剩子

我们几个摘瓜。说来可笑,我们一边往瓜地里爬,一边默念道:下定决心去偷瓜,不怕牺牲往里爬,排除万难摘大的,争取胜利扛回家!

偷来的瓜,都放在谷地垄沟里。我们个个都是汗巴流水的。再看那小脸儿,又是汗,又是泥,成了京剧中的"花脸"!老球子使了个暗号,我们马上收兵。大伙儿坐在谷地里,快乐地分享胜利的果实。不过,这种事要绝对保密,是不能让大人们知道的……

有时,放学后我们常常是几个人结伙,顺着毛道儿跑到庄稼棵子深处,寻找黑悠悠。那珍珠般的油黑的果实,挂满秧枝,摘一把放到嘴里,甜甜的,爽爽的,味道鲜美极了。比那红樱桃果都好吃呢!

田野里的毛道儿虽然又窄又小,蜿蜒如蛇,可它却是故乡人出行的一条特别重要的路啊!

乡亲们到外屯子办事,串亲访友,除了有便捷的路,往往走的都是田野里的毛道儿。据我所知,仅我家住的小屯通往四面八方的,就有许多条小毛道儿。比如,屯子西通往八里川屯,就有一条七八里长的小毛道儿;屯西南通往廉家窝堡屯,有一条四里长的毛道;屯东南通往东小城子屯,有一条五里长的小毛道儿;通往宋勇屯,有一条五里长的小毛道儿;屯北通往前孙家店屯,有一条二里长的小毛道儿……这些毛道儿,每天行人不断。人们肩上背着,手里提着或轻或重的东西,走起来是那么轻快!

毛道儿冬天雪后不好走,因为走的是垄台,雪后光滑,不小心很容易跌倒。但有时急需出门办事,无奈也得走。

走毛道儿,快走时,一步一个垄台,每小时可走十多里路,但很累，常常是浑身是汗，感到腿疼。若是无急事，可以慢悠悠地走，再看看四野的景色，也是一种享受！

有时，很多人挤在一条毛道儿上，为了赶路，就拉横排走；有的还不自觉地牵着大牲畜走毛道儿，这样，地里的庄稼就会遭到祸害。

我家距离青冈县城走大道有四五十里，可走毛道儿只有三十里路，实在是太近便了。在那个交通闭塞的年代，故乡的人们都是徒步走毛道儿去青冈，当天来回一点也不觉着累。

记得，当年上级为了贯彻"以粮为纲"方针，曾一度下令关闭毛道儿。各屯的毛道儿口都有老贫农把守，发现走毛道者坚决制止！人们白天不敢走，可晚上和清晨仍照样走。尽管上头费尽了心机，想出千方百计，毛道儿还是闭不住。连忠心耿耿的老贫农也束手无策！

改革开放以来，故乡发生了翻天覆地的变化。水泥铺成的白色路面，四通八达。摩托车、各种"微型车"、小轿车越来越多了，出门骑自行车是最次的了。村里的学校有三台"校车"，孩子们每天上学、放学都是车接车送，用不着徒步走了。

如今，在我的故乡，那行走便捷的田野里的小毛道儿，已悄然消失了。

2011 年 7 月 2 日二稿

那份浓浓的乡情

二哥：

您好！很久没给您写信了。我想急于告诉您的是，自从我离开故乡老屯到异地定居，那份浓浓的思乡情怀实在让我无法释怀。特别是随着年龄的不断增长，想念故土的心情愈加强烈了！

二哥，我们都是在故乡老屯长大的，老屯的那块黑土地养育了我们。不管走到哪里，哪怕是海角天涯，故乡总在心中。只要打开记忆的闸门儿，那许多难忘的镜头，犹如放电影似的，一幕一幕地在脑海里展现……

老屯那排排低矮的土屋，房顶上的烟囱正冒着乳白色的炊烟；土墙围起来的农家小院，屋檐下挂着一串串红辣椒和苞米吊子；窗前，谁家的老大娘，正挥动酱耙打酱缸，大酱的香味儿飘出老远。

谁家的院子里，不时传出"喔喔"的鸡啼、"汪汪"的狗吠、"哞哞"的牛叫和那"嘎嘎"的驴鸣……这一切，是那么亲切，那么熟悉！

曾有多少个清晨，东方刚刚出现一抹红霞，屯中那眼辘轳老井，"吱吱"地轻唱，犹如一曲动情凄婉的歌，人们挥动臂膀摇啊，岁月的辘轳缠绕命运的井绳，打捞着希望！一条扁担两只水筲，乡亲们长年累月地挑水，每逢干旱年头，老井的水不断下降。井前排起长长的队伍，挑回的却是浑浊的水和苦涩的泪。

还记得老屋窗前的那株老杏树吗？它曾给我留下了最美好的记忆！每年一到"立夏"时节，那满树的花蕾，一夜之间便绽放出浅粉色的五瓣儿小花儿。那花儿密密麻麻压颤枝，发出淡淡的清香，一时招来许多采花儿的小蜜蜂。远处看，那满树盛开的杏花，太美了，简直就是一树诗哟！老屯人每逢路过，都要驻足观看，欣赏一番。有时，伴随着微微吹拂的南风，老天似乎有意降下一场蒙蒙细雨。这时，仿佛使你一下子进入那"沾衣欲湿杏花雨，吹面不寒杨柳风"的意境中去了！

老屯的南大坑长年不断积水。不仅是鸭子、鹅的最佳游乐场，春天，这里有水，还是人们脱坯的好地方。到了炎热的夏天，酷暑难耐，这里摇身一变，又成了老屯人的天然浴池。记得那时，我们这些般大般的小蛋子，大热的天，常常背着大人到南大坑洗澡。来到大坑边，就急不可待地脱光衣服往水里钻。二哥，是您教我"打狗刨""扎猛子"。有时，我们还和小伙伴们打水仗，玩得可开心了。一次，我"扎猛子"竟扎到水深的地方，半天没上来，还喝了一口"老汤"，是您把我救上来并帮我保密。后来，到底让妈妈知道了，不仅把咱俩好顿骂，每人还挨了两鞋底子，再不准我们到大坑洗澡！现在想起来，还觉得有意思。

让我最难忘的是，屯中间的那棵大杨树，树干粗粗的，两只胳膊都抱不过来，树龄有几十年了，可还是那么枝繁叶茂，树冠犹如巨型的大伞。

每到农闲时节，田里的活儿忙完了，吃罢早饭，大家伙闲着没事，都不约而同地来到树下相聚乘凉。女人们带着针线活，坐在树下"丝丝"地纳鞋底儿，飞针走线缝鞋帮儿，挥动拨浪

棰子"嘤嘤"地打麻绳儿。手里干着活儿，嘴里却张长李短地唠闲嗑儿，扯闲白儿。男人们坐在树下，常常是卷上一棵老旱烟抽着，或两人面对面地"走五道儿"，或南山打个虎、北山猎只豹地侃大山、拔犟眼子。有大嗓门儿的，有公鸭嗓儿的，有嗑嗑巴巴挂不上挡的。"关姐夫"们还乘机挑逗闹着玩。一时，大杨树下，欢声四溢，笑语频传，热闹得很！那时，文化生活贫乏，大杨树下，就是乡亲们的乐园。

　　二哥，您知道吗？我最盼望的就是每年农历七月的到来。还记得，每天放学回家，一进门就能闻到烀苞米的香味儿。开饭了，妈妈把黄澄澄、鲜嫩嫩烀熟的苞米从锅中捞出，放到盆子里，紧接着又将蒸好的茄子、鸡蛋焖子都端上桌子。全家人啃着香喷喷的烀苞米，吃着鸡蛋焖子，吃着撕碎的茄子拌蒜泥，真是别有一番风味啊。相比之下，什么样的丰盛大餐都显得逊色！有时候，妈妈还捞一盆小米干饭，用白菜叶给我们打饭包。白菜叶铺在桌子上，放些撕碎的小葱、小香菜，拌上点大酱，盛上两勺子干饭，将白菜叶包起来，两手捧着，吃起来可真香啊！妈妈看着我们满嘴巴儿都是饭，脸上挂满了欣慰的笑！

　　人都说，最甜莫过家乡水。可家乡人更难忘啊！我喜欢老倔叔的倔强直爽、刘大伯的纯朴宽厚，我喜欢李二婶乐于助人的善良之心，更敬佩单身汉老吕头的吃亏让人的性格……他们的名字虽不见经传，却是我做人的楷模！

　　二哥，无论走到海角天涯，不管送走多少年华，都不能忘记家乡这片故土和亲人对我们的养育之恩。这就是我们的共同情感：记住乡愁！

您的弟弟　于凌云
2016 年 4 月 25 日写于家中

七月,田野里的乐章

记忆中的故乡,是我魂牵梦绕的地方。

她诗一般地令你陶醉,童话般地使你神往!小屯地处松嫩平原腹地,距离县城九十里。屯子周围是一马平川,肥得流油的土地三百垧,年年风调雨顺,生产的粮食都是绿色食品。

每年进入七月,是故乡最美的季节:玉米、高粱甩开叶子,摇头晃脑地起身了;小麦比赛似地拉齐穗子;黄豆伸展着腰肢,拥拥挤挤地往高蹿……放眼望去,到处青枝绿叶,含翠欲滴,恰似一幅美丽多姿的画卷!

就在这时,田野里昆虫们的音乐会便迫不及待地拉开帷幕——

火蝈蝈,是田间音乐会的领衔主演。吹唢呐是它的拿手绝活儿,麦田是它表演的主阵地,越到晌午头儿,演奏得越精彩。它们常常是在晃动的麦穗上或碧绿的麦叶上,"哇哇"地吹着小喇叭,起着高调儿。那欢快的声音,有高有低,有舒有缓,虽没有高山流水、万马奔腾的气势,却令你感心动耳,荡气回肠!

火蝈蝈有时独唱,有时合唱。那声音此起彼伏,互不相让,大有你方唱罢我登台的架势。一片片碧波滚滚的麦田里,简直成了蝈蝈的世界!

黄豆地里的绿豆蝈蝈,嗓门不像火蝈蝈那么洪亮、豪放,倒像是优秀的女声歌手。演奏起来,是那么温柔、亲切、和谐又声情并茂!我喜欢火蝈蝈那欢快热烈的鸣叫,更欣赏绿豆蝈

蝈的委婉含蓄!

蝈蝈们唱累了、嗓子唱干了,刚刚停下来,苗棵下那些油黑发亮的蟋蟀便钻出小洞洞,不停地摆动着头上的两条触角,瞪着一对黑亮的眼睛,吹起了短笛儿:"蛐蛐——蛐蛐——蛐蛐——"那声音虽不那么洪亮,却清脆得很!使你感到似乎是金属撞击的声音,尖尖的,脆脆的,那么微妙,那么动人!

这时,除了微风轻轻地吹拂着庄稼,田野里只有蟋蟀"蛐蛐——蛐蛐——蛐蛐——"地鸣叫。大地显得那么空旷而又辽阔,大有"蝉噪林欲静,鸟鸣山更幽"的氛围。

记得那时,我们这些小蛋子架不住蝈蝈的诱惑,上课时常常溜号。放学了回到家,把书包往炕上一扔,拎起三角形用秫秸儿扎成的蝈蝈笼儿,就往地里跑。

谁知,到了下午,蝈蝈竟不那么爱叫了!即使有叫的,声音也不那么高亢和洪亮了,大概是它们唱累了吧?麦地的蝈蝈不爱叫,我们便跑到黄豆地里,抓绿豆蝈蝈。可来到黄豆地里,更叫你失望!

有时,听到一两声蝈蝈的叫声,等你循着声音悄悄地走过去,蝈蝈的叫声却停止了,好像是故意逗你玩,把你折腾多少个回合,不管是蹲下身子"打埋伏",还是猫着腰"主动出击",都不管用。结果,还是两手空空……

到了太阳偏西时,"飒虫"便操着沙哑的嗓音,张开红色的翅膀,又在田间扯着嗓子,呐喊起来:"飒——飒——飒——"细听起来,就是"咱仨——咱仨——咱仨——"飒虫接二连三地飞起来,一时间,田野上空远远近近,全是飒虫声,好听极了!

见此,我们立刻拍起手掌,口中念道:"飒虫,飒虫,起个早,把眼红!"说来也怪,这种昆虫,听到拍巴掌声,立刻向你

"飒——飒——"地飞来。飞到你跟前,就落下来,"飒——飒——"地向脚下蹦,就像和你亲近似的,是那么有意思!只要你伸出手,一把就能将它扣住,好玩得很!仔细看,它身上是微黑的颜色,不仅展开翅膀是红色的,还有一对红眼睛。

据民间传说,飒虫是公子马文才变的,当年,祝英台和梁山伯相爱了,可祝英台的父亲祝老员外却把英台许配给了马文才为妻。有情人不能成为眷属,梁山伯思念祝英台,一病不起,离开人世,马家的花轿来娶亲那天,英台提出,只有答应三个条件才能上轿:一、身穿白色孝衣;二、花轿必须从梁山伯坟墓经过;三、下轿祭拜梁山伯。马家一一答应下来。

当马家娶亲的花轿行至梁山伯坟前时,祝英台走出花轿,到坟前祭拜,正在这时,天空电闪雷鸣,倾盆大雨从天而降。梁山伯的坟裂开了一道缝,英台纵身跳了进去。顿时,雨过天晴,从坟里飞出一对蝴蝶,自由自在地飞上天空。马文才见此,眼睛都急红了,摇身变作一只飒虫,追了过去,口中喊着:"咱仨——咱仨——"它一直在田野里转悠,见到人就往跟前飞,到现在也没有找到。它那红色的翅膀,不正是娶亲时披的红吗!

飒虫的鸣叫声,送走了火红的夕阳,"田间卫士"青蛙,便伴着一丝凉爽习习的晚风,演奏起那通宵不息的"小夜曲儿"。每只青蛙,都是出色的口技演员。"咕咕——咯咯——呱呱——"那有节奏的叫声表达出不辱使命守护农田、确保五谷丰收的自豪心情!

记忆中故乡的七月,田野里各种昆虫的鸣叫,汇成了一曲迷人的乐章,听起来令人身心愉悦,激情澎湃,浮想联翩,美妙极了!透过那动人的乐章,似乎看到了金色的麦浪,滚向天边,大豆摇金铃儿,谷穗压弯了腰,玉米敞开怀、高粱举红灯……丰收正向我们走来。

如今,每到七月,庄稼渐渐地长高了,满眼一片绿色,闲暇之余,我总爱到田间地头散步,寻找那美好的记忆,尽管我走遍了故乡的田野,可令我奇怪的是,蝈蝈的唢呐声听不到了,蟋蟀的短笛儿无声息了,就连引人发笑、富有传奇色彩的"飒虫"竟然不见踪影,那"田间卫士"青蛙的口技表演也偃旗息鼓了。它们都到哪里去了呢?让我这个土生土长的农村人,不免心生几分悲凉!

也难怪,如今的庄稼人,夏锄季节,连地都不铲了,锄头闲起来了。"锄禾日当午,汗滴禾下土"的劳动场面,看不见了,什么"封闭药""除草剂""灭草丹""杀虫灵"……化肥、农药充斥着田间,使生态环境受到破坏,惨遭厄运的是那些昆虫歌手们。

真渴望,田野里的乐章,再演奏起来!

2015 年 7 月 11 日二稿

香喷喷的故乡七月

回首金色的童年，记忆深处那许多美好的往事犹如颗颗晶莹的宝石，璀璨生辉，闪闪发光！

农历七月，是故乡一年中最好的季节：小屯四周郁郁葱葱，满眼皆是绿色。空气中弥漫着一股香喷喷的味道，那醉人的香，是从瓜园飘过来的，浓烈悠长，香味扑鼻，沁人心脾，好馋人啊！

香瓜开园了！最经不住诱惑的，自然是我们小嘎子，我们缠着大人买瓜，变着法地作：常常是又哭又号，坐在地上搓搓脚，躺在炕上打滚儿……那架势，不达目的决不罢休！

人都说"老儿子、大孙子，是老太太的命根子"，父亲四十岁那年生的我，我是家中唯一的男孩，在家中占有绝对优势，啥事都惯着我。母亲哪能受得了我作，心疼地向父亲说："这何苦的，让孩子哭啥啊？还不上瓜园买瓜去！"我听了，破涕为笑，心想终于可以吃到香瓜了！

瓜地就在屯子南那排南北垄，过了一个面积不大的草甸子即是。父亲拿条小布袋子，我悄悄地跟在身后，心中暗暗高兴，从来没上过瓜园，这回，总算如愿以偿了，一时还觉得挺自豪！

走过地头那排不伸蔓儿的打豆子，就是瓜地。只见碧绿的瓜秧覆盖着地面，最显眼的是瓜地里那一排一排的芨芨草（凤仙花），粉红色的花朵开得正旺，在绿色瓜秧的映衬下，显得格外鲜艳！

那动人的棒槌声

浓烈的瓜香扑面而来,直往鼻子里钻,一时心里有种说不出的惬意和愉悦!此刻,我完全沉浸在香气醉人的气氛中了,犹如走进了一个奇妙的童话世界。

低矮的瓜棚就在不远处的冈包上,种瓜的是老毕头,是屯里有名的"关姐夫",老人五十多岁,老伴去世早,和一个二不愣登的傻儿子相依为命,老头人缘好,乐于助人,乡亲们没少帮助他,生产队年年安排他种瓜。

老毕头种瓜细致有耐性,年年串块糜茬,将鸡粪发好了,种瓜时施进地里,出来的瓜苗不仅壮实、不烂根子不起虫子,而且长成的瓜格外口头好。

种瓜这活看似轻闲,其实是个辛苦活,老麻烦了:瓜苗长到三个叶时,就得定心;一棵瓜秧结三个门瓜,就得掐尖。尤其不能忽视的是打蔓子,若是跑了蔓子,瓜就坐不住了,老毕头起早贪晚地在瓜田里忙活,常常是顾不上吃饭,收获的却是无比香甜!

我们来到瓜棚,老毕头正在瓜地里忙着,傻儿子在瓜棚边的草棵里,专心致志地捉蚂蚱,还一门"啊啊"地摆手,不让走近,老毕头见有人来,急忙挎着满满一土篮子瓜,走了过来,乐呵呵地说:"是老于七叔(父亲在家族中排行老七,晚辈人都称他七叔)啊,快让孩子吃瓜!"说着,拿起一个白皮牙瓜,"咔"地用拳头击开,一半给父亲,另一半给了我:"孩子,管够造吧,来到瓜园,你就别见外!"

老毕头种瓜,来到瓜地,买不买瓜都是先让你吃,哪怕是过路的,吃个瓜解解渴,也不要钱。但有一条,必须倒出瓜子来。因此,老毕头种的瓜,从来没人祸害,即使晚上不看着,也无人偷。

父亲只买了十斤瓜,可称秤时老毕头却将秤杆挑得高高的:

"自种的,拿回去给孩子们吃吧!"临走,老毕头还亲亲热热地将一个歪把牙瓜,塞进我的手里,我顿感心里甜甜的!很多年后,我还时时想起那一幕:那个种瓜的老毕头,是最值得我敬佩的人。

那时,七月天不仅大地里瓜园的香味四溢,屯子里的香味更浓啊。卖瓜车接二连三地来到屯子,有的是四马拉着的胶轮车,有的是二马拉着的花轱辘车,车上都装着满满登登的香瓜。为了保鲜,车上还苫着香蒿。瓜的品种繁多:羊角蜜、蛤蟆酥、老头乐、灰鼠子、小牙瓜、大麻瓜……甜甜地叫卖声,馋得人们坐不住炕,纷纷出门把瓜车围住。

品尝是少不了的,乡亲们也不客气。你吃半个,他吃半个,卖瓜人根本不在乎。他们常常是"王婆卖瓜,自卖自夸":咱这瓜你就吃去吧,保证个个口头好,不甜不要钱!没有现钱,可以赊账,到秋给钱,都在跟前儿住着,差不了事。大伙儿觉着赊账合适,不吃亏,于是你买十斤,他买二十斤,人口多的人家成袋子买……不多时,一车香瓜包了了。瓜车向前走去,留下的是一条香喷喷的路。

家家庭院里的香味,更令人称道啊!

那时,家家都不富裕,可乡亲们过日子的劲头儿都挺足。院里的小园,是他们生活中唯一的"菜蓝子"。我家的小园,是母亲的杰作。别看只有半个院子大小,可谓内容丰富,品种齐全,到了农历七月,园子里的瓜果啊、蔬菜啊,早下来了,简直是满院飘香啊!正如后来,我写的短诗《庭院飘香》那样:

农家小院分外娇/垂金挂玉汇珠宝/黄瓜顶花爬满架/嫩豆角嘀哩嘟噜缀小刀/最逗人的是西红柿/躲在叶下藏猫猫/绿的似翡翠/红的赛玛瑙/顶数茄子爱打扮/

那动人的棒棰声

白小衫外面穿紫袍/辣椒羞得红了脸/甜菇娘咧嘴偷着笑/牵牛花爬上墙头吹喇叭/甜高粱列队挺胸在放哨/香喷喷的农家院啊/丹青妙笔难画描!

农家七月,老屯人的餐桌上,更是无比丰盛又香味十足:土豆熬窝瓜"两道面饭",吃起来那是又面又甜又香啊;"一锅出",是最实惠不过了,周围贴一圈苞米面大饼子,锅中土豆炖茄子或腊肉炖豆角。菜炖好了,大饼子也熟了,一掀锅盖,香味扑鼻,连大饼子上都是一层油珠儿。吃着暄腾腾的大饼子,就着炖菜,什么美味佳肴、大鱼大肉都显得逊色!会喝酒的,烫上一壶本地纯粮小烧,顿时酒香绕梁,喝得满脸红扑扑的,真是美透了!

若是谁家烀苞米,尽管锅盖捂得严严的,一进屋立刻就能闻到香喷喷的苞米香。开饭了,全家人围坐在炕桌旁,啃着烀苞米,吃着蒜酱拌茄子,吃着蒸好的鸡蛋焖子。老屯人性格都那么纯朴,处事贼拉实,常常是一家烀苞米,吃遍了全屯子,谁赶上了都要吃一穗,一点不见外。

在故乡老屯,"打饭包"是农家餐桌上的一道亮丽风景!现在想来,仍觉得情趣盎然,回味无穷。

母亲打的饭包是最好吃的!常常是中午吃打饭包。之前,母亲就将白菜叶子准备好,再备好鲜嫩的小葱、小香菜,这些都是自家小园里的。母亲捞了满满一盆干饭,把饭盆放在锅里,盖上锅盖,"咕嘟咕嘟"炖好长时间。

开饭了,我们姐弟几个,坐在桌边,一双双目光投向母亲,就像待哺的雏燕,眼巴巴地看着母亲为我们打饭包,母亲的脸上挂满笑容,拿过一片大白菜叶子,铺在盖帘上,把切碎的小葱、小香菜放在白菜叶上,再放点大酱,拌好之后,香味马上出来了,然后,盛上两勺子干饭,放在拌好的葱和香菜上,最后,用白菜叶将饭包起米,让我们两手捧着吃。这不起眼儿的饭包,竟别有一番风味儿,吃起来可使你食欲大增,"八碟八席"都不换。一个吃不够,就得再来一个。

这时,最忙的是母亲,她一点都不嫌麻烦,看着我们一个个吃得鼻子上、嘴巴上都是饭粒儿,母亲还乐呢!

那时,生态环境就是好,没有污染。

农家七月,那香喷喷的味道,何止是从瓜园里传出的?大道边、地头上、沟边池畔……都是绿油油的青草。小黄花、打碗花、马兰花和许多叫不出名字的野花,就开在草丛里,争奇斗艳,夹着淡淡的清香,实在诱人!清晨,空气是湿润润的、甜滋滋的,让你感到天朗气清,惠风和畅,大地就是一个天然氧吧。地里的"农田防护林",犹如一道道天然屏障没人敢滥砍乱伐,连盖房取土都有指定地方,屯邻们和睦相处,小屯的风气非常好。

童年的记忆是美好的。回首那桩桩有趣的往事,让我怦然心动,陶醉其中。

无论送走多少年华,也不管走到海角天涯,我都忘不掉记忆中的那——

香喷喷的故乡七月!

2017 年 9 月 2 日稿

第三辑

那年那月

补拍"结婚照"

自从我家的日子有了新起色,妻子虎巴儿地撺起时兴来了:见天没事,收拾干干净净的,和老姐妹们做舞步健身操,到广场上扭秧歌,跳舞……也说不上哪来那么大瘾头子?这还不算,最近一段时间,一再提出,要跟我合个影,拍张"结婚照"。而且,那心情相当迫切!

说来可笑,我和妻子,是20世纪60年代结婚的,连张"结婚照"都没有。和现在的年轻人比,简直是马尾穿豆腐——提不起来!

时下的年轻人结婚,可真够潇洒的了!

寻常人家,都是"松花江微型"或大客车送亲。新郎、新娘坐的是"彩车"豪华轿子。新人一下车,"数码相机"就"咔——咔——"地拍上了,闪光灯一闪一闪的,直晃眼睛。婚礼的个个场面,全有镜头。这还不算,近几年,农村又兴起了:婚礼录像,请司仪、请乐队的新时尚,那场面可真壮观!

妻子每当看到这些,就打心眼儿里羡慕:"看看人家,那才叫没白托生一回人!"说着,还风趣地转向我:"哎,趁着年轻,明儿咱俩也照两张吧,这个空儿,可得补上!"

我看了一眼妻子,她是如此兴致勃勃,脸颊上飞出两朵红云,好像是个天真烂漫的孩子。

我禁不住笑了起来:"你可真有意思,多大年纪了,还想那个景儿呢?!"妻子瞥了我一眼,腼腆地笑了。笑着,笑着,两

那动人的捧槌声

颗晶莹的泪珠儿竟从眼里噼里啪啦滚落下来!

这滚烫的泪花儿,这真诚的情感,使我怦然心动!往事如烟,一时在我脑海里萦绕开来。

那个年代,老八分,少八分,干多干少都一样,干一天活儿,还挣不上一块钱。为了给我娶上媳妇,两位老人真是口挪肚攒。父亲几年都舍不得做件新衣服,母亲的衣服,更是补了又补。炎热的夏天,父亲常常是光着膀子,在地里劳作,皮肤晒成了古铜色。平时,家里的零花钱,全靠那两只老母鸡下蛋。家里除了买盐、买火柴,是很少去供销社的。

一口红地儿的花柜,一个"柜跑"(安在柜上,垛被或摆放大镜子用的),一对扁匣,构成了我们结婚的全部家具。为图吉利,老岳母还特意提出:必须买根幔竿儿,一竿子支到头,有夫妻白头偕老的含义。我们的婚事,总共花了不到五百块钱,家里却拉下了债务。记得过礼的前一天,钱还没张罗够,母亲急得抹眼泪,为了凑齐礼钱,父亲毅然冒着大雪,到几十里外的亲戚家求借,回来时脚和鞋冻得粘在了一块。

送亲,自然是两台四匹马拉着的胶轮车。

车老板挥舞长鞭,伴随着"喏——驾——"的吆喝声,马蹄"哒哒"地敲着土路。走起来蹲蹲哒哒,尘土飞扬,夹杂着马粪味儿。娘家客人弄得灰尘满面。那时,农村多数是冬季办喜事,送亲的都得穿上大皮袄、棉大衣,男的脚上穿着"乌拉"或毡疙瘩,头戴狗皮帽子,不然,谁也受不了!新娘子穿一身棉衣服,显得笨笨的,哪有一点新人形象?新娘子一下车,不知为啥,就让戴顶狗皮帽子。怀里不仅兜着高粱,还要兜把斧子。大概是祈求好运吧?那种条件,那样的场面,谁能想到拍张结婚照呢?也难怪,那时乡下很少有照相的。都是到城里的照相馆去照,相机是那种支架式的"慢匣子"。"快门儿"是一根胶皮管儿连着一个状如鸡蛋大小的皮囊。摄像师的头,钻进连着照相机的黑布围子里,鼓捣好一阵子,对好镜头之后,随着一句:"不要动,向前看!"然后摄像师用手捏了一下皮囊儿。只听"扑"的一声,便照完了。照相人还觉得挺神秘。再说了,我们这儿,离县城一百多里地,交通又不方便,想照也实现不了。

"新房"更简陋。那时,我家和别人家住东西屋,只有一间半土坯房子。南炕是两位老人,一铺半截小北炕,把柜安在炕梢,北墙上贴张大红喜字,就算"新房"了。晚上睡觉,挂上幔帐,两炕间一步之遥,连说悄悄话儿,都慎之又慎。

几十年的风风雨雨、几十载的沧桑岁月,在人生的道路上,我们一直是艰难地跋涉着。吃了多少苦,遭了多少罪,流了多少泪,数也数不清。虔心祈求,没能迎来好运,是改革使我们放开了手脚,我和妻子靠勤劳的双手,挣脱了旧观念的束缚和羁绊,穷日子就像小燕垒窝似的,一点一点地好起来!

我望着妻子那张温馨的笑脸儿,心头登时涌起一股清泉似的甜丝丝的感觉!羡慕时下年轻人的,何止是妻子?我更为之眼红啊!

春节前,妻子又去参加了一个婚礼。

回来后,依然是绘声绘色地描述着:"你瞧人家婚礼那场面,赶上电视剧了,咱那时候可倒好,刚给毛主席像敬完礼,一把把五谷粮就打上了,只好蒙住脸往屋跑。你瞧人家那新房,布置得多漂亮,新款的家具,精制的双人床,席梦思的床垫,洁白的墙壁上,挂着小夫妻的巨幅艺术照。两个人相亲相爱地依偎着,太幸福了!"

接着,妻子眨动着眼睛,笑眯眯地说:"咱俩若能重新举行一次婚礼多好,真渴望再做一次新娘!"说完,竟捂起脸笑个

不停。

听了妻子这激动人心的话语,我犹豫了:"照相,这好吗?""又不是磕碜事,有什么不好啊!"看着妻子那真诚的表情,我还能说什么呢?于是,我郑重地告诉她:"行,照就照吧!""啥时照啊?"妻子急不可待。

"过完春节吧!"我肯定地说。妻子听了,高兴得了不得!

正月十五这天,是个不寻常的日子。元宵节撞上了情人节!

我们的夙愿终于得以实现。我和妻子有说有笑地走进小镇的一家"新世纪时尚新娘"影楼。

妻子兴冲冲地租了一套不太鲜艳的新婚礼服。我身着银灰色西装,扎着红色领带,裤线笔挺,脚蹬铮亮的皮鞋。我俩对着镜子一瞧,嗬,这么年轻啊!妻子的头发又黑又亮,啥时抹的油呢?可真够潇洒了。让熟人看见了,准会说:"这两口子可真能作妖!"

妻子瞥了我一眼,极认真地说:"都啥年代了,还这么守旧?跟你过了半辈子穷日子,如今生活好了,也该撵一把时兴啦!"

摄影姑娘,看了看我俩,不禁咯咯地笑了:

"二位,照什么样式的?"

"结婚照,全身的!"说罢,我俩都开心地笑了,而且笑得那么甜,整个心窝儿都甜透了!

就在这一瞬间,姑娘以神奇般的动作对好焦距,按动快门儿,"咔——"拍下了这个镜头。

我俩一时陶醉在这美好的气氛中了!

2015 年 9 月 20 日

忘不掉的火炕情怀

住在城里的子女们，逢年过节总要回家团聚，他们除了惦念老爸、老妈，尤其忘不了家乡的火炕。

孩子们每次回来，把大包小裹老爸、老妈爱吃的水果食品放在那儿，就急忙脱了鞋，抢先坐在滚热的炕上，那种美滋滋的感觉，简直无法描述！

说真的，北方人有谁不喜欢、又离不开火炕啊？看着孩子们对火炕如此亲近，我脑海里顿时点燃了记忆的火花……

家乡的炕，都是用土坯搭成的，也叫土炕，为了确保炕不堵、好烧，冬天热得匀乎，不受凉，每到农历七月的农闲时节，家家都忙着扒炕。

这是个又脏又累的活计，男人自然扮演"主角"。他们用二齿子，把炕面子坯"咚——咚——"一块一块地掀开，尽管打开了窗户、门，那干火拉的灰土依然呛得鼻子口都发干，吐出的痰都是黑的，怕灰尘的东西，都苦起来了，老人领着孩子，或到树下乘凉，或到邻里小憩。

男人忙了一会儿，呛得直门咳嗽。见状，女人心疼自己的男人，便不声不响地包好脑袋，扎上围裙，打下手。男人把炕面子坯上挂的炕釉子，用铁铲子"嚓嚓"地刮干净，女人再把这些废坯，搬到外面去。

烧了一年的炕，炕洞子灰和炕釉子，可是小少。男人屏住

呼吸,把炕洞子灰和炕釉子收拾好,装进土篮子筐里,女人歪着身子,吃力地往外挎,直到把炕洞子和"落灰堂"清理完了,才松了一口气。

这时,男人和女人的脸、鼻子黑乎乎的,而且,满是汗道道儿,就像唱戏中的"花脸"。两人你看看我,我瞅瞅你,相视一笑!浑身的劳累早跑到九霄云外去了。

接下来,便是整修炕洞子。烧了一大年了,破损的地方需重新修好,洼的地方垫上土,烧坏的地方抹上泥,还要搁好"迎火石"和"迎风石"。一切都处理妥当了,再棚上四角四棱、方方正正的新炕面子坯,抹上大洋角泥,炕就算扒完了。

炕要一气烧到出现花达脸儿时,才能抹二遍泥。几天后,炕彻底干了,方可铺上炕席,别看扒炕这活儿不起眼儿,"二五子"(农活不精通)庄稼人根本干不了。

听母亲说,我们姐弟三人,都是在土炕上出生的。那时,生活极度贫困,女人要生产了,就把炕席卷起来,炕上铺些谷草,找来本屯的接生婆给孩子接生,女人就在谷草上生孩子。因此,孩子生下来了,叫"落草"了。

老姐是农历腊月出生的。那时,冬天特别冷,雪又大,屋里唯一的取暖工具就是泥火盆,再就是靠火炕取暖。三九天外面更冷,北墙上都挂了白霜,屋子里有点凉哇哇的,侍候月窠小孩儿,实在是不容易,一天得换好几次尿布。冷一点儿就哇哇地哭叫。洗完的尿布拿到外边,马上就冻了,这可如何是好?母亲无奈,便发挥火炕的作用,把洗干净的尿布,拧净水铺在炕头上。由于炕头热量高,尿布很快就干爽了。每天炕头上都摆满了尿布,加上放孩子,足足占去了半铺炕。

在那寒冷的冬季,有多少个漫漫的长夜,我们一次又一次醒来，哭闹着无法入睡。母亲坐起身，口中哼着无名的"摇篮曲"哄我们睡觉，母亲见我们睡不着，似乎明白了什么？伸手摸摸炕，急忙披衣下地，在炕下的攮灶子烧了几把柴。不一会儿，炕热上来了，我们都呼呼地睡着了。

冬日里，外面嘎嘎冷。母亲怕冻坏我们，总是千叮咛万嘱咐，不许我们到户外玩耍，躲在屋里猫冬。母亲在炕头上放一床小棉被儿，我们将小脚丫儿插在被窝里，享受火炕给予的温暖，那一刻幸福极了！

在姐弟中，我是最小的，不谙事，常常是盖着被坐了一会儿，就可炕跑，和姐姐们嬉闹。外面虽是冰天雪地，可小小的泥屋中却充满了欢乐！

记得，那时每到打完了场，新粮一进家，火炕的用场便愈加明显。家家都要抓紧时间炕谷子，碾小米。那时没有打米机，若是谷子不炕干，不但不出米，反而会碾碎。哪家都得炕出几麻袋或更多谷子，碾出足够吃一年的小米。

炕谷子，其实是件挺麻烦的事。谁家也不愿炕，又想不出合适的办法。房子里是足丈的标准炕，每次只能炕半麻袋谷子。一麻袋谷子，正好炕两次，每次需炕五六天。直到把谷子放到手心，用大拇指一捻就出米了，才算真正炕好。

为了减少谷子的潮气，往往都是先把谷子堆在炕头的席子底下，搁一宿，第二天早上再摊开，这样潮气少多了，不然，人受不了。那时，多数人家都没有褥子，谷子在炕上摊开后，头一宿睡在光炕席上，感到潮乎乎的热，一翻身，肉皮子粘得"咯噔咯噔"的。几天下来，潮气少了，炕席粘肉皮子的感觉，便悄然消失了。

谷子在炕上炕几天后，还要进行大调个儿：把炕头的换到

炕梢去，把炕上的换到炕下去。这样，再炕几日，才能收起来，炕下一轮。

在农家，小孩子夜间尿炕，常常给炕谷子增添一曲不和谐的插曲儿：眼看一炕谷子炕干了，小孩子不争气，"哗"一下子给你浇上一泼尿，你说咋办？叫人气不打一处来，瞪眼没着儿。只好把尿湿的谷子收出来，然后，还得烤炕席。

此时，小孩子依偎在奶奶身边，没事人似的！瞧着这阵势，奶奶抚摸着孙子的头，慢条斯理地说："谁也不兴给招啊，炕上没有拉屎的，坟头没有烧纸的，炕上没有撒尿的，死了没有哭道的，这是免不掉的，算了，这篇儿揭过去吧！"女人听罢，细想想可也是，顿时，火气全消了。

在故乡老屯，进了腊月门儿，吃完"腊八粥"过年的帷幕便徐徐拉开了。小嘎子们见天掰着指头算，盼年的心情相当迫切！乡亲们苦巴苦业干一年，就盼着杀年猪解解馋。杀完了年猪，又相继开始淘年米了。那时，白面少，哪家都淘二三斗黄米。等到压完了黄米面，发面时火炕又派上大用场。

一般农户，除了撒黏糕，光发黄米面就是好几大盆（泥瓦盆），一拉溜放在炕头上，盆上都盖着盖帘儿，上面用棉被捂得严严实实。发面时，都是胳膊粗力气大的棒小伙子，女人只能舀水，加面打下手。老太太吃咸盐年头多，此时发挥了绝对权威，把炕烧得滚烫子热，谁说啥也不好使：炕不热，面发不到劲儿，蒸出的豆包不筋道！你们小年轻的知道个啥？不是夸海口，可屯子数数，俺屋里活儿没报过下洼地！

那年月家家都不富裕。记得我上小学时，家中的经济状况仍不见好转。二姐一天书没念就出嫁了，老姐失去了上学的机会，只能上农民夜校，在扫盲班学习文化。我在小学念书，连三五块钱的学杂费都拿不出。那时，鸡下蛋成了平时唯一的进钱道。家里的鸡蛋，一个也舍不得吃。都留着到供销社换点灯油、食用盐和火柴。

家里的几只老母鸡不爱趴窝。为了多养几只鸡，母亲在左邻右舍有公鸡的人家，换了20个种蛋，就在火炕上摸小鸡，当起老抱子。母亲摸小鸡，还是头一次，一点经验都没有。还是在家做闺女时，看见老妈摸过小鸡，于是便照着葫芦画瓢，按老妈摸小鸡的程序，在炕头铺个小薄棉垫儿，把鸡蛋放在上面，然后，用小棉被捂上，保持炕上的温度，按时翻个儿。

母亲干啥细致，从不马虎大意，摸到六七天时，晚上对着灯光，用纸筒一照，没有实蛋，都坐小鸡了。见此，母亲高兴极了！她常常是夜间起来好几次，摸摸鸡蛋都是热乎乎的，才放心地睡下。

到了三七二十一天头上，奇迹出现了，鸡蛋里的小鸡儿，都打结了，一个个从蛋壳里蹦出来，20个鸡蛋竟变成了20只毛茸茸的小鸡崽儿，太棒了！见此，母亲乐得眼泪都流出来了！

后来，母亲又在火炕上摸小鸭子，也获得了成功。

随着生活的不断改善，火炕为人们服务的内容，也在起着变化。

再后来，母亲理直气壮地在火炕上搞起了火炕人工孵小鹅来。白花花的种蛋摆了一炕，一次能孵几百个鹅蛋，收入相当可观！

火炕是农家的好朋友，多少年来，它一直心甘情愿，默默无闻地为我们服务，奉献爱心。火炕是摇篮，养育了我家一代又一代人。我的成长虽然有深情的母爱，可是，火炕给予我的温暖呵护，实在是无法估量的。古老的火炕，已成为中华民族

五千年灿烂文化中的瑰宝!

随着岁月的流逝,往事如烟,都在记忆中淡去。独有一件事,却常常在我脑海里泛起小小的浪花。那就是令我心动、让我感叹,抹不去、忘不掉的那份浓浓的火炕情怀!

2014 年 7 月 31 日写成

记忆中的算盘子

说起算盘子,我们并不陌生,它虽然已经退出了我们的生活,可它那辉煌的功绩,却实在令我们难忘。

算盘子也叫珠算,是古老传统的计算工具,世代相传,历史悠久,源远流长。据考证,早在我国唐代时期,就有了算盘子,距今已有 1 300 多年的历史。

20 世纪 80 年代以前,作为计算工具的算盘子,曾在人们的日常生活中被广泛应用,而且,发挥了十分重要的作用。

给我印象最深的,便是故乡老屯的供销社,天天都离不开算盘子。

记得,供销社就坐落在屯当间儿,那时的供销社,可是小屯四面八方唯一的购物中心:油盐酱醋、白酒香烟、锅碗瓢盆、大坛小罐儿、煤油火柴、布匹鞋帽等生活用品,小鞍子、辕马家什、滚缰皮、鞭子、大小铁圈儿等马具……吃的、喝的、用的,一应俱全。

柜台上就放着算盘子,不管你买什么东西,售货员总是"噼噼啪啪"地拨弄算盘珠儿,一样一样地算出钱数,不慌不忙,十分专注,那动作麻溜快,叫人生出几分敬意!

那时,在供销社售货员中,算盘打得最出色的顶数小杨,小杨是个二十多岁的年轻售货员,名叫杨秘林,长得黑不参儿的,一笑便露出两个小虎牙,服务态度也好。他打算盘,加减

乘除都熟。加法会"袖里吞金",除法会"大扒皮"。不管算什么账,多大的数字,都是一勺成,不用打第二遍,可真有两下子!

台前一分钟,台后十年功。售货员小杨,乍到供销社那会儿,打算盘并不那么精通,只会加减法,算起来还挺慢,有时还出错。为了学好算盘,小杨可下了不少功夫。在供销社经理老李头的耐心帮助下,小杨在工作之余,半宿半夜地练啊,背口诀,连吃饭都忘了。为了练拨珠儿,他一有空儿,就用右手的拇指和二拇指捻黄豆粒子。新中国成立初,文化人少,为了学会除法,他曾到处拜师、登门求教……

功夫不负有心人,他终于掌握了打算盘的技巧,成为响当当的打算盘能手!那时是一公交、二财贸,实在没招上学校,像小杨这样,在供销社上班,手把又过硬的青年人,在当年可是个香饽饽儿,乡下的姑娘都主动和他求婚搞对象。当媒人的可多了!后来,小杨因业务熟,被调到乡里的供销总社工作。

当年,生产队、生产大队的会计,他们都离不开算盘。集体的收支账、社员的往来账,都是靠算盘这个计算工具计算出来的。

每到年终岁尾,开始整账了。

这时,最忙的是生产队的会计。会计室里噼噼啪啪的算盘珠儿声,犹如爆豆似地响个不停。会计就像音乐师,拨动那一个个跳跃的音符,奏响了一曲美妙的收获乐章!社员们辛辛苦苦干一年了,这时,他们的脸上都挂满了难以掩饰的笑,他们那一双双关注的目光,纷纷投向会计室,这个小小的泥屋,牵动着他们的心啊!

此时,会计们倍感肩上责任的重大,他们一手托两家,要用手中的算盘子，准确无误地算出队里的总收入，再减去集体积累部分，其余的除以社员的总工分，日值就出来了。再列出各户的分配明细单，最后，经公社审批才能分配兑现。其中的辛苦劳累，就不用说了。夜深了，劳累一天的社员们早已休息，可会计室的窗上还闪动着会计们那忙碌的身影儿。

为了不出差错，每个农户的分配清单，往往要算上好几遍，打算盘的右手，累得都抬不起来了。最后核算时，为了准确，常常是一人拖着长腔儿念数字，两人打算盘，曾度过了多少个不眠之夜！那时，每个公社都设一名"会计辅导员"，专门辅导全公社大小队会计业务，其中，最重要的一项，就是学习打算盘。

在当年，算盘在生活中应用得比较普遍。会打算盘的多数是能写会算的文化人。据我所知，一个屯子，算盘打得好的，也就是那么几个人。其中，不少都是通过别人口授指导自学的。因此，会打算盘，竟成了一种自豪和荣耀，在屯中可吃香了！

我有一个表姐夫，叫姜少先。此人好喝酒，外号"大酒包"。过去在"国高"毕业，虽其貌不扬，却打得一手好算盘。在当地是个有名的"铁算盘"。只是因家庭成分不好，一直在生产队务农当社员。

一年秋天，队里分派表姐夫跟车往粮库送粮，在结算卖粮款时，他眼见会计拨错了算盘珠儿，算错了钱数，就在一旁说："你打得不对吧？算错了！"会计抬眼一看，说话人是个衣服不整，头戴一顶破帽子，脸上还挂着尘土的庄稼人，立刻急眼了："怎么不对？你来算啊？！"

表姐夫什么也没说，接过算盘，只见拨珠儿灵活，噼啪作响。一看就知出手不凡！不一会儿就算完了。粮库会计见此，

老太太穿毡鞋——毛脚了。于是连连说:"有账不怕重算,差不了!"打了好几遍,结果都和表姐夫的一样,整整找回了二百元,这回服了。

这二百元,在当年可是个不小的数,够一个棒劳力挣半年了。这件事被人们传为佳话,表姐夫还受到了队里的表扬。表姐夫能写会算,人品又好,后来,竟被破格录用为大队的会计,一干就是好多年。

在当年,学校都开设珠算课,三四年级就开始学习算盘了。记得那时,每周都有好几节珠算课。上课时,黑板上挂着一个大算盘子,叫"毛算",是专供教学用的。算盘珠儿拨到哪一位,就定到哪一位,不往下滑。老师在前边用"毛算"示范,学生在下边用算盘子练习。一双双笨笨的小手,拨弄着算盘珠儿,有意思极了!先从加法开始,打"小九九"。老师说,"小九九"不用打,上边俩,下边俩,加起来即一千一百五十五。

到了小学五年级,就学乘除法了。乘法还好学,除法学起来就感到有点难。"二一添作五,逢二进一十""三一三十一"等……有些口诀,现在还记忆犹新。那时,我们对学珠算,都不怎么认真,不像语文、数学那么下功夫。一次,学校举行打算盘比赛,我的成绩才打了50分。后来,念完书走向社会,走向生活,才知道学习珠算是多么重要!实在是后悔莫及。

当年,算盘在我们国家可谓方便又快捷的计算工具了,无论是农村还是城市,各个行业、各个单位,都离不开算盘子这个计算工具。著名数学家陈景润的"哥德巴赫猜想",就是靠珠算和笔算完成的。

2013年,被誉为"中国第五大发明"的算盘子珠算,被列入联合国教科文组织人类非物质文化遗产名录。珠算通过传统的口述和自学等方式，世代相传，在我国人民的日常生活中广泛运用，已成为我国传统文化的一个重要象征。

在计算机、计算器、手机计算普遍应用的今天，算盘子已无人使用了。它虽然远离了我们，可它作为中华传统文化的瑰宝，将世代相传，大放光彩……

2014 年 4 月 30 日二稿

打　尖

　　打尖，就是出行时中途休息下来吃点东西，是老屯人多年来的习惯称呼，现在还是这样。可每当听到人们说起打尖，或看到这个字眼儿，许多往事又从记忆深处渐渐清晰起来……

　　我知道得最多的，还是赶车老板子打尖。

　　听母亲说，我二姥爷是个赶大车的老板子。我二姥爷十八岁就赶大车，当老板子。俗话说"三岁的忙午，十八岁的汉"，二姥爷是车轴汉子，五短身材，黑不参儿的脸膛，长得结实。一百八九十斤装满粮食的大麻袋，一哈腰夹起来就走——扛麻袋上跳板，腰不弯腿不颤，谁见了都竖大拇指！

　　土改后，土地回到了农民手中，劳苦大众成了土地的主人，生产的热情空前高涨！二姥爷划成贫农成分，按人口分得了两垧多土地，一匹老黄马，和别人家插牛犋种地。由于风调雨顺年成好，头一年就获得了大丰收。家家忙着交公粮，卖余粮，干得可心盛了！二姥爷便从此赶起了大车，当上了老板子，那一年他刚满十八岁。

　　二姥爷当年赶的是大铁车，车轮辋子的周围，都镶嵌着辋铁，钉着大铁钉子，走起来很笨重，大车出行时，还备有浇车的油瓶，用长杆油刷子在油瓶里蘸几下子，然后，往车轴上"呱哒呱哒"地浇油，起到润滑的作用。

　　那时由于我家地处偏远，送公粮都往安达或齐齐哈尔送。

送粮车起早出车,走到安达火石山就得打尖、喂马。那时的大车店,都是私人开的,店内是南北大炕,店里开着小饭馆,有酒有菜,价格也不贵。对远道来的送粮车,非常热情!车老板子给马饮足水,填上草料,便开始打尖。

那时,由于伪满洲国的十四年压榨加上多年抗战,老百姓的生活极为贫困。从乡下来的这些赶大车的,虽然在路上又冻又饿,可谁也没钱下饭馆,到粥铺喝两碗热汤大楂子粥,暖暖肚子就又上路了。

那时送公粮,都是寒冬腊月天。赶车老板子,一身厚厚的棉衣,还要穿上大皮袄,脚上穿着乌拉,常常是顶风冒雪。野外的土路崎岖不平,车走得很慢,车轱辘发出"嘎嘎"的响声,实在冻得架不住了,常常是停下车,在道旁笼起一堆火取暖。

二姥爷性子刚烈,用老百姓的话说就是"尿性"。他赶的车,有时遇上"打误",他却从来不着慌,而是先让马喘喘气。然后,跳上车两腿叉开,站在辕马后的两个车辕子上,两手握住大鞭,洪亮的喊号声,吓得四匹马直激灵,于是,纷纷绷直套股,使足劲儿往前拉。紧接着"咔——咔——咔——"也就是三鞭子,满载四千多斤重的粮车拉出去了。同路的车老板子见此没有不佩服的!那时,虽然赶大车起早贪黑,辛苦又遭罪,打尖住店却舍不得多花一分钱。

在车老板子中,我最熟悉的是我二姐夫。

二姐夫是合作化时期开始赶车的。他为人老实厚道,又喜欢马,因此,他被选上了当赶车老板。队长觉得,集体的牲畜交给他放心。当年,队里的赶车老板子,可不是谁想干就能干得上的,在社员们的眼中,算得上是个美差事。

其实,赶车当老板子,并不像人们想象的那么轻闲、自在,

辛苦着呢！熬更漏夜，车前马后，那么容易呢？二姐说啥也不同意他干，可怎么阻拦都无济于事，那是铁了心了。

随之而来的是闹粮荒，全屯子人在一起吃食堂，喝稀粥，一个跟着一个跑儿，看不着几个米粒儿。车老板子出车送公粮，每人只给带三个黑乎乎的糠窝窝儿。集体的牲畜草料不足，马瘦毛长，没有力气，走了几十里地，就浑身冒汗了。车老板子更是打不起精神来。一路上饥肠辘辘，满腹辛酸。马蹄哒哒地敲打着古老悠长的土路，如同撕扯着赶车人的心！往县城送粮中午打尖，就那三个糠窝窝儿。往返只有一百多里路，卸完粮往回走时，肚子里早空荡荡的了，拿大鞭的力气都没有了。

那年月，何止是赶车老板子如此，老百姓出门打尖，同样是苦不堪言。记得母亲有病，父亲到几十里外的县城买药，中午饿得团团转。用买药剩下的五分钱，买了几根水萝卜充饥，然后，便急急忙忙地往回返。

到了20世纪70年代，生产队的集体经济并不见好转。到处都在割"资本主义尾巴"，社员的日子越过越穷。那时，老板子出车，从我家到县城每天补助一元二角钱，到安达每天补助二元钱。这在当时已是相当可观的数字了，社员们都羡慕队里的车老板子。那时社员干一天活，到了秋天一个工日（以十分工算）才分几角钱。有的社员辛辛苦苦干一大年，连口粮烧柴都挣不出来，反倒成了欠债户。

二姐夫家人口多，就他一个劳力挣工分养家糊口，十分紧张。每次出车，二姐总是按照二姐夫的叮嘱，给他把蒸好的玉米面窝头用毛垫子包好，装在提包里带上。中途打尖喂马时，就吃两个窝头，喝碗开水。这样，就可省下每天的出车补助。

有一天晚上，我到二姐家串门儿，家家都掌灯了，二姐和孩子们还等着二姐夫回来吃饭。忽然，门开了，二姐夫带着一身凉气，帽子上挂满了白霜，抱着鞭子进屋了。只见他又是搓手，又是跺脚，连连说道："真冷啊，赶车这活不是好活！"说着，从腰间摸出一元二角钱，递给了二姐。那一刻，二姐的眼里却溢满了心疼的泪水！见此，我心里也一时觉得酸酸的……

随着改革的不断发展，城里的大车店黄摊了，农村的马车也悄然消失了。赶了几十年大车的二姐夫，终于放下大鞭，彻底地下岗了。回想起自己多年的赶车生涯，无论是打尖还是住店，没吃过一顿像样的饭，他感到自己无能，活得惭愧啊！

如今，农家送粮，全是装载八九万斤的十轮长厢大汽车，小四轮车早就没人用了。屯里的青年人，开着满载玉米的大汽车，见着熟人"嘀嘀"按两下喇叭，可牛了！听说他们给农户送粮，光挣运费，每趟车就可收入一两千元。司机们中午打尖比从前过年吃得都好。常常是要上几个菜，米饭、花卷、馒头……喜欢啥来啥。每顿饭花个百八十块钱，不算啥事！

尽管听起来让你有点不相信，可事实总是事实。

春节前，二哥的大小子常有子，开着自家的小车，领着媳妇到城里办年货，我也搭车走了一趟。

城里的年货大集，人山人海，热闹得很。买完了年货，已近中午时间，常有子让我们上车坐好，开起车就往家蹽。

车到城北的红光小镇时，常有子说饿了，得打尖了。于是，将车开到挂着四个幌、吃啥有啥的一家酒店门前停下。我们纷纷下车走进酒店。

常有子问我："老叔，咱们吃点啥啊？"我认真地说："这里的大碗面出名，咱们每人来一碗面条吧！"常有子看了我一眼，笑了："那是啥年代的事了，现在早没人经营了！"说着，拿起

"菜谱",让我点菜。我说,啥都行,随你们便吧。只见常有子在菜谱上指指点点地示意服务员,服务员是个年轻漂亮的姑娘,笑么滋儿地朗声说道:"好了,请您稍等!"

不多一会儿,服务员便将四个菜摆上餐桌:浇汁鲤鱼、小鸡炖蘑菇、排骨炖豆角,还有一盘凉拌菜。主食是白花花的米饭。见此,我急忙说:"都是自家人,何必这么破费?"常有子却笑了:"如今生活好了,我们出门打尖,从来不和肚子算账,吃点是正常事,不算浪费!"

一番话使我陷入了深思。这些年,常有子家里的日子是芝麻开花节节高,家里种着五十多亩土地,还养着一台十轮长厢大车,出门开着小车,本身又是成手瓦工。农忙种地,农闲外出干瓦工活,冬天给农户送粮挣运费,哪年都收入十多万元,在我们于氏家族中也说得出。

其实,在屯子里富起来的,何止常有子一家?看着满桌丰盛的饭菜,许多往事又出现在我脑海里……我想,出行打尖,在人们的生活中,看起来虽然是件平常的小事,可它却见证了时代的大变迁啊!

2015 年 2 月 11 日二稿

割 大 秋

金秋时节，在故乡老屯，漫山遍野成熟的庄稼绘成了一幅幅五彩斑斓的美丽画卷——

南大排金灿灿扒皮晾晒的玉米；

北节地一片片压弯了腰的谷子；

西下坡的大豆摇金铃儿；

东大岗的高粱举红灯……

金风阵阵，传送着醉人的谷香，收获的季节到了！

目睹这满眼丰收景象，我又想起了生产队时割大秋那许多难忘的场面。

那时，我二十多岁，风华正茂，在生产队里务农当社员。春华秋实，好收成来之不易，割大秋可是个至关重要的大事！

割地用的镰刀，早就准备妥当了。

进入农历七月挂锄时，社员们便抽空砍刀把。屯边的柳树林中，闪动着许多忙碌的身影。有经验的庄稼人，都用柳木的镰刀把。柳木刀把，木质柔软，手握上去舒适，不磨手而且耐用。

寻找刀把的材料，可不是件容易的事，需花费不少时间：一双双渴求的目光，紧盯着树上、树下，发现了一个好刀把，如获至宝！有时，选好的材料虽相当，却长在高高的树上，为了得到这个刀把，就得脱下鞋光脚丫子，爬上树用斧子把刀把

— 139 —

材料砍下。砍时还要特别小心谨慎,不能砍伤刀把的"护手"。

砍好的刀把扒掉皮,别在仓房的房笆上,阴干着,到时取下,修理好,用玻璃碴子刮干净,方可安上镰刀。小青年们常常因自己有个好使又漂亮的镰刀,在人前炫耀!

为了适时收割,不伤镰、不落镰,开镰前,生产队长领几个老贫农和庄稼老把式,到各地块认真查看。然后,召开全体社员大会,详细部署秋收工作。

社员们都来了,黑压压地坐了一屋。

老队长坐在办公桌后的凳子上,将抽透的烟斗使劲儿往鞋底上磕了几下,清了清嗓子,郑重宣布:"庄稼上得不大离了,明天开镰!"队长的话就是命令,立刻在社员们那平静的心中掀起了波澜,产生了强烈的共鸣!社员们站在家门口,眼望天安门,为了向毛主席献红心,哪怕上刀山、下火海也无所畏惧!

接着,老队长具体安排了队里的秋收工作:二三线妇女和老弱社员收割小杂粮;看青的、放马的、喂猪的坚守岗位;保管员看家护院,其余的男女强壮劳力,全力以赴投入秋收大战。

第二天,天还没亮,星星尚未消失,生产队门前挂着的那块耙片子,就"当当"地敲响了!社员们闻风而动,雷厉风行地来到队房子,男女劳力几十号人,由打头的刘歪嘴子领工,高唱着"下定决心,不怕牺牲,排除万难,去争取胜利"的语录歌浩浩荡荡地出发了。

谷子属于草田,怕风撸,自然要先动手收割。那时,社员们连自行车都没有,不管多远的地都得徒步走。偏远的地块,像西北大河附近,常常要走上个把钟头,才能到达目的地,够劳累的了!

人们来到地头,东方才放亮。连片的谷子,一眼望不到边。

秋风飒飒，沉甸甸的谷穗随风摇曳，沙沙作响，仿佛在向人们点头施礼！

割谷子每人拿六条垄，头刀、二刀……依次排开，拉开阵势，排出老远，一个个互不相让，你争我夺，叫着号地往前冲。

那真是：

> 虎背熊腰正当年，
> 臂膀挥动手握镰。
> 唰——唰——唰——
> 犹如展翅一群雁！

割谷子是刀刀见血的活儿。需要的不仅是镰刀锋利，人还得有力量，先拿两条垄往前"放绕儿"，然后，再来回地"盘腿儿"。左手抓把，右手握镰，探开腰，甩开膀子，那劲头儿割得垄台子都发颤！

当年，割谷子质量要求得特别严：不仅割得干净，铺子放得规整，而且，割完的茬子紧贴地皮儿，用手拍打不扎手，才算合乎要求。

为了确保割地质量，由队长、领工员和老贫农组成的质量检查小组，每到歇气儿时，都进行检查，因为，都在一个屯儿住着，都是老少爷们，沾亲带故，有点小小不然的质量问题，告诉一声，下次注意，也就过去了。可是，若让大队官儿或包队干部发现，质量跑粗，那可了不得！必须上纲上线，认真处理，豪不留情。

一次，正赶上歇气检查质量，大队官儿和包队干部来了。领导们在检查中，发现有个叫秦老窝瓜的社员割过的谷子，茬

子高,割得有点不干净,在得知他是地主成分时,二话没说,干脆把他拉过来,当场进行批斗。说他有意破坏秋收生产,是阶级斗争的新动向,必须向广大贫下中农和革命群众低头认罪!

秦老窝瓜当时吓傻了!表示:坚决痛改前非,脱胎换骨,重新做人!包队干部见他认罪态度好,让他在贫下中农监督下进行劳动改造,以观后效。

秦老窝瓜够倒霉的了,挨了一顿收拾,还得接着干活。他再也不敢马虎大意了。到晚上收工时,别人都割到了地头,秦老窝瓜却一个人在冈包上晃荡。我和二柱儿、狗剩、腊月等几个小哥们一合计,决定把他接上来一起回家。

老窝瓜这人,虽然成分不好,可有人缘,心眼好使,尤其喜欢小孩子,他们两口子都挺善良,我们小时候,常常到他家玩,两口子向着我们,有啥好吃的,总是给我们留着,我们都亲切地称他老秦叔……

我们把老窝瓜接上来,他累得一屁股坐在地上。气喘吁吁地说:"这么劳累,还没忘了接我,让你们受累了!"说罢,眼中那浑浊的老泪,竟接二连三地落了下来。

天已黑了下来,我们腿脚快,先走了。

看着老秦叔拖着疲惫的身子,慢悠悠地走着,我们心里感到热乎拉地不好受!……

经过十多天起早贪黑地苦干,割谷子任务终于拿下来了。我左手的五个指肚儿,都磨出了小洞儿,直淌血,劳累就不用说了。

紧接着,老队长又调兵遣将,部署下一个战役:女劳力收玉米,男劳力挥师东进,向东大岗的大片高粱进发。

我在生产队里已干了好几年的庄稼活儿,虽说算不上样样农活儿拿起来、放得下，但也干个八九不离十——扶犁、点种、扬场、垛垛……哪样也没报过下洼地。就是割高粱这活儿差劲！这种作物秆高，一抓就要钗，干忙活不走道，有点捏眼皮撩鼻涕——有劲儿使不上！时常落后，小哥们没少帮助我。

那日，男劳力来到高粱地头排垄时，老窝瓜秦叔示意我挨着他。我明白了他的意思，一时高兴得了不得！

老窝瓜秦叔虽然割谷子有时毛草点，可割高粱却是把好手，这是大伙公认的，他割高粱，十八般武艺，招招过硬：抓秆、夹秆、拉秆、抱秆……他手疾眼快，只听镰刀嚓嚓响，一转磨磨就是一捆。然后，"唰"下子，割下三根高粱做绕儿，一猫腰顺垄沟儿插上绕儿，用一只脚蹬着，两手绕几个劲儿，用绕子根部一别，把绕子梢部顺过去掖好，一捆高粱就捆完了。那麻溜劲儿，让你目不暇接！他割完的高粱个子，放得齐刷刷的，绕子上的疙瘩，都成一条线，光说不行！

老窝瓜秦叔怕当官的挑毛病，割得格外仔细，连风刮断的高粱穗儿，都一个一个地捡起来，插进高粱捆里。他紧跟打头的，有空就回头接我，因此，我哪天都在上游。

老窝瓜秦叔，还教我割高粱的技巧：怎么抓把，怎么捆个子，手把手教，十分耐心，使我学到不少窍门儿。

在老秦叔的帮助下，我割高粱的技术有了长进。晚上收工时，还伸出友谊之手，把落在后边的小哥们接上来，他们都夸我真行，够哥们！

那年割大秋，足足干了一个多月，加上天天晚上记工分、学习最高指示、搞大批判，造得人困马乏，身心疲惫。我和二柱儿、狗剩、腊月儿，浑身就像扒下一层皮，人也消瘦多了。

老窝瓜秦叔就像换了一个人似的，虽然才四十多岁，背却

显得有点驼了,看上去苍老了许多。做事更加谨小慎微,唯恐树叶掉下来砸破脑袋。

许多年过去了,当年割大秋已成往事。

我常想,一个人活在世上多不容易。在那特殊的年月,尽管人分九等,划清界限,阶级路线天天讲,可人与人之间的那份朴素的感情,一点都没减弱,真情的力量是无法阻挡的!

2013 年 9 月 25 日写完

搂大耙的年月

丰衣足食的好生活、幸福美满的好日子，常常使我高兴得夜不能寐！我这一辈子，活得不善劲儿，总算熬出来了！可我怎么也忘不了，20世纪六七十年代那不仅填不饱肚子，而且，烧柴还供不上捻儿的艰苦年月。

那时，生产队广种薄收，全队几十号男女劳力，忽忽拉拉"大帮哄"，除了干地里活计，便是常年积肥整粪。

队里年年整起个一人多高的大土堆，上面只有一层尺把厚的牲畜粪，像个"炒肉帽儿"。开春将粪发了，上下拌巴拌巴，就往地里送。人糊弄地一时，地糊弄人一年。结果是，亩产只有二百来斤。苞米秆子有三尺多高，苞米棒儿有一拃长；谷子更是长得可怜；小穗儿不大飘轻，谷子秆儿全支棱着！

谷子打完了，谷草自然留作喂马。做烧柴的只有苞米秆子和少量的高粱挠子。各户分的那点儿烧柴，根本不好干啥。到了寒冷的冬天，家家的屋子冷、炕凉，没有暖和气儿，北墙上都结了一层白霜，那时，解决烧柴的唯一办法就是下旬子搂大耙。

大耙为何物？如今三十多岁的年轻人，根本搞不清是何物。在当年，差不多家家都有。它是用筷子粗细的铁丝子，搣成一般长，一对一对的，穿透两道木头梁儿做成的。有十二个齿和十四个齿之分，耙齿二尺多长，头上搣成弯钩儿。还有耙杆、

耙背子和耙帘子，配套成龙，方可使用。

搂大耙，用社员的话说，就是拉独杆套，是个出力活儿。搂柴人将带着耙背子的大耙杆扛在肩上，连同大耙上挂着的耙帘子，使劲儿地往前拉。大耙上挂满了柴火，就得停下来，将柴火抖掉在耙帘子里，再接着搂。直到耙帘子里的柴火装得满满的、按得实实的，才能翻扣在地上，这便是一帘子柴火。然后，每搂一帘子柴火，都要依次放好，横成行，竖成趟。看上去规规矩矩，整整齐齐。

若是赶上柴火厚，一转磨磨儿就是一耙子，不大一会儿就搂一帘子。身强体壮的棒小伙子，每天搂三四十帘子柴火，不成问题。

当年，我在生产队里务农当社员，搂大耙这活儿可是没少干，饱受了其中的苦和累。每年一开春，队里的多数人家，就没有烧的了。趁着地面化得还不深，顶着冻碴儿，社员们便急不可待地抓住时机，纷纷下甸子搂大耙。那许多忙碌的劳动场面，至今还记忆犹新……

大甸子上，春寒料峭。放眼望去，远远近近，全是搂大耙的。那时，虽然贫穷，劳动的热情却十分高！大家伙来来往往，你追我赶，迈开大步，晃着膀子，干得热火朝天！搂大耙这活儿，走得越快，大耙齿越上下颤动，柴火上得就越快。不一会儿有的就干脆甩掉棉袄，只穿件线衣干着。一个个满头大汗，劲头儿十足。咚咚的脚步声、沙沙的大耙声，伴着头上啾啾的鸟鸣，使沉寂了一个冬天的草甸子顿时变得活跃起来！

人们累了，就抽一支纸卷的老旱烟，喘喘气儿；饿了就吃几口窝头儿或饭团子，到了晌午头也顾不上休息。因为，只有这时，大耙才最爱上柴火，机会不容错过。

搂到下午两点多钟,已累得精疲力竭,干不动了。清点一下战果:有搂三十帘子的,有搂四十帘子的,我最多搂过三十五帘子,浑身就像散了架子。看着这一天的劳动成果,虽然劳累,想着那做熟的喷香的饭菜,心中却充满了惬意和欣慰!

那时,由于搂柴火的人多,搂一车柴火(按一百二十帘子算),相当费劲,往往要用四五天时间。累得那疲惫相,多少天都缓不过劲儿来。搂一车不够烧,就得再搂一车,这样,八九天下来,不仅棉袄的肩上磨开了花,鞋底子也扎出了窟窿。可在那缺柴火的年月,实在是没有办法!

最难忘的是1960年。

那是"三年困难"时期,不仅整天吃糠咽菜喝稀粥,烧柴也时时告急!队里分那蛋头子柴火,还没等烧到过年,家里就没烧的了。冷冬数九,地冻天寒,怎么办?父亲有病干不了重活,母亲一双老寒腿,两位老人一时心急如焚!那时,我已是二十岁的小伙子。面对如此困境,不顾家人的阻拦,毅然到西大甸子搂大耙。

就在农历大年三十儿那天,我挑着大耙和耙帘子,带着几个代食品窝窝,冒着凛冽的寒风,向西大甸子走去。那个年,在我人生的记忆中,永远也抹不掉:屯子里听不到鞭炮声,大街上看不到欢乐奔跑的小孩子;不要说吃饺子,连一顿不掺糠菜的小米粥都吃不上……

母亲含着眼泪,把我送到大门口,见阻拦不住我,哽咽地说:"孩子,妈没有办法,这大冷的天,上哪搂柴火去?"我回头看时,只见她满眼浑浊的泪水,已流淌下来。那一刻,我心里觉得热乎拉地不好受!

我刚走到村口,队里的周球子、许虎子、丛林子就从后面

挑着大耙和耙帘子，急匆匆地赶来了，原来，他们也是去搂柴火的，家里的烧柴，眼看就断顿了。

早晨喝的稀粥，走一会儿就得停下撒尿。走到甸子上就饿了，于是，我一狠心将带来的四个代食品窝窝吃了一半。便赶紧操起大耙，挂上耙帘子，开始搂柴火。

草甸子上积雪还没化，搂起来很吃力，须绕开积雪，找没雪的地方搂。每搂一帘子柴火，都十分艰难。接到东南晌时，就浑身冒汗，迈不动步了。于是，我坐下来喘喘气儿，将剩下的那两个代食品窝窝全吃了，肚子里仍觉得没底儿。我鼓起勇气只搂到太阳偏西，实在干不动了，才搂了二十五帘子柴火，连往回走的力气都没有了。

我挨冷受冻，忍饥挨饿，搂了四天时间，总算搂回一小车耙搂子柴火，解决了燃眉之急。

母亲见了高兴得不得了，她那饱经沧桑的脸上，露出了一丝少有的笑意！

母亲是个过日子的好手，节俭了一辈子。总是为吃粮、烧柴担忧，吃尽了苦头。做饭时看着锅底儿，舍不得大把烧柴。为了省柴火，家里搭起了"风灶子"，连碎柴末儿都舍不得扔掉。出门时，哪怕在道上看见个小木棍儿，也如获至宝似地捡回家，留着烧火。平时，父亲不管走到哪里，肩上总背着个大柳条筐，见到能烧的就捡起来。

母亲七十四岁那年，一双老寒腿不能走路了，在炕上整整瘫痪了四个年头，七十八岁那年冬天，受尽了病痛的折磨，离开了人世。老人家在弥留之际，还叮嘱我们："无论穷过富过，柴火别让它缺了！"

母亲的话，时常在我耳边响起，在那穷困的年月，我哪年都下苦功夫搂大耙，千方百计多整些烧柴，垛起个柴火垛。以此告慰九泉之下的母亲！可尽管你竭尽全力，没年没节地辛勤劳作，年复一年，仍无法改变受大穷的命运！

          2015 年 3 月 25 日三稿

乡村老媒婆

　　乡间有句俗话"天上无云不下雨，地下无媒不成亲"。可见，老媒婆（也称媒人）在人们的婚姻生活中，起着何等重要的作用啊。

　　在我的记忆中，当年的老媒婆可是相当吃香的人物，哪屯子都有那么一两个，他（她）们拥有一张巧嘴，能说会唠又会办事，在群众中很吃得开！尤其是父母亲那代人，他们都是从旧社会走过来的，是父母包办的买卖婚姻，一切由命运安排，嫁鸡随鸡，嫁狗随狗，因此，老媒婆显得特别重要！

　　那时，常常是巧嘴媒婆两头瞒，身有残疾的青年男女照样可以嫁娶。有歌谣道："瘸子登马镫，瞎子戴眼镜，瘫巴刷缸瓮，聋子不算病"，这是当年相亲场面的真实写照，只要双方父母同意，男方大财小礼不少，只要拜了天地，入了洞房，即使看出了对方的缺陷，在那时也只能认命。

　　还记得电视连续剧《红高粱》中的九儿吧，其父为了钱，通过媒婆介绍，竟将如花似玉的女儿，许配给一个患有麻风病的男人，更令人不解的是，用一只公鸡代替新郎官，和九儿拜堂成婚，九儿那多舛的命运，实在令人担忧。

　　那时，乡村的老媒婆，多数以保媒为生，见村屯中谁家有不好说或说不上媳妇的小伙子，就主动上门，为其提媒。首先说明：只要男方肯出多少钱，保证把黄花大姑娘给你说到家。

然后，再到女方家问父母，想要多少钱彩礼，保证给你找个好人家，享一辈子福。在两家父母同意的情况下，双方跑腿学舌等事宜，全由老媒婆一人承担。过礼时，老媒婆便带着男方家的过礼钱，留下"吃扣"那部分，再将女方的财礼钱，一分不少地交到其父母手中，这样，既圆满了两家的婚事，又从中得到了一笔钱。尤其男方家，觉得老媒婆为自己的儿子办成了婚姻大事，不仅请老媒婆吃吃喝喝，甚至还要感谢人家一辈子呢！那时，不兴"打罢刀"（离婚），婚姻的悲剧，也大有人在。因此，情感脆弱的女人为了摆脱命运的束缚，只能选择跳井或悬梁，以死进行反抗！

到了20世纪50年代，虽然废除了旧的婚姻制度，实行了自由恋爱的新婚姻法，可是，由于旧的封建意识还很浓厚，在男婚女嫁中，乡村老媒婆仍起着至关重要的作用。

此时，在乡村中，一批新的老媒婆脱颖而出，他（她）们在男婚女嫁中热心相助，不嫌麻烦，不怕劳累，牵线搭桥当红娘，使多少有情人终成眷属，真可谓善行义举！

乡村老媒婆保媒的形式是多种多样的，通常情况下，都是看见两家的青年人无论是人品年龄，还是家庭，都挺相当，用老百姓的话说，都是正经过日子人家，于是，便主动上门保媒。

先到男方家，老媒婆便开门见山地说："老王大哥，我看你家的大生子，也老大不小，到了订婚年龄了，要是打算订的话，我给你们介绍一个，姑娘就是咱屯子李老三的丫蛋儿，这孩子长得挺俊的，大眼睛，双眼皮儿，又干净利落，过庄稼日子，那是没比的！要讲针线活儿，在般大般的姑娘中，也是拔头子，人家她妈就手巧，扎花拧云子、描鞋帮子、剪鞋样子，没有不会的！大哥，可别错了主意，要是行的话，我就跑跑腿，给你

们介绍介绍!"

王大哥是个敞亮人,见儿子大了有媒人主动上门介绍对象,这说明人缘还不错,可乐坏了!急忙让老婆杀只老母鸡,留老媒婆吃顿饭,喝两盅。

老媒婆却推辞说:"大哥,不忙,等事情办成了,再吃再喝也不迟!"

那时,老媒婆保媒,多数是农闲时节,没啥事就当串个门儿。

晚上,老媒婆便来到女方家,进了屋寒暄已毕,便直奔主题。

"老李三弟,我今儿来有点事!"

"啥事?说吧!"李老三急忙点烟。

老媒婆一边抽着烟卷,一边和李三拉起了家常:"三弟,一家女百家问,我看你家的大闺女到订婚年龄了,男婚女嫁人之常情,我想给大侄女介绍个对象,小伙子没说的,一说准能相中!就是后赵街紧东头第二家王木匠的儿子大生子,小伙二十二了,出了学生门(初中毕业),村里安排他当老师,他说那是哄小孩,没出息,家趁二斗粮,不当孩子王,说啥不干。后来,跟父亲学木匠,小伙子心灵手巧,能吃苦又肯钻研,几年工夫就成了成手木匠,样样活计拿起来,放得下:砍房架子,打车辕子、做糠耙、投犁杖……没有不会的!"

老媒婆说到这,见李老三乐得脸上就像绽开的花朵,姑娘也背过脸去,两手不停地摆弄着辫梢儿,凭经验,这是同意的表现。于是,又进一步说:"给这样人家,敢保你不愁吃、不愁穿,进门就当家。再说了,如今男女的婚事,虽然自己做主,可是,她们心中同意,不好说出口啊,我说三弟呀,关键时候,还得当爹妈的拿主意表态，婚姻大事嘛，也不是三言两语的事，这样吧，你们合计合计，我改日再过来!"像这样双方条件相当、两厢情愿的事，一保一个成。老媒婆也显得自豪，常常在人前自炫其能!

在乡间，说媳妇托媒的也不在少数。很多时候，都是男方相中女方的，较为常见，老媒婆往往以各种借口进行推脱，无非是想要个人情，面对这种情况，托媒者就得赶快请媒婆吃饭喝两盅。洒盅一端，政策放宽："大哥，咱哥俩谁跟谁，你放心，这个忙我得帮，这是好事啊，我明儿就去!"

我二哥订婚就是托的媒人请的老媒婆，我二哥的媳妇，是后院刘大毛愣的闺女秀娟。二哥相中了秀娟，不仅人长得漂亮，还性格温柔、善解人意；秀娟更是看上了二哥，相中他身体好，能干活肯吃苦，真心实意地爱自己。追她的小伙子，有的是，媒人也接二连三地上门提亲，可她非二哥不嫁。

二老爹娘看出二哥和刘大毛愣的女儿秀娟相爱，心中特别高兴，于是，就托本屯的资深媒婆膘子嫂前去提媒，一连去了两趟，可是，刘大毛愣说啥不同意，弄得老媒婆膘子嫂挺没面子。

刘大毛愣就这么一个闺女，爱如掌上明珠，本打算给秀娟在城里找个对象，再托人办个城镇户口，也好吃上供应粮。

媒婆走后，刘大毛愣把女儿好顿骂，说她不懂事，辜负了当爹的一片心意!

秀娟又哭又闹，说都啥年代了，自己的婚姻大事还不能自己说了算，不想活了! 还说，非嫁给老于家的老二不可，宁死也不离开小一队。不仅如此，还整天蒙着被，躺在炕上不吃不喝。

— 153 —

见此,当妈的受不了啊!她心疼女儿,怕有个三长两短的,后悔药没处买去。她把情况跟大毛愣说了,他吓坏了,一时没了主意:哪咋办?就依着孩子吧!

父亲得知刘大毛愣对女儿的婚事不管了,再次将老媒婆膘子嫂请到家,酒足饭饱之后,恳请她再跑一趟刘大毛愣家。膘子嫂虽然心里打怵,顾虑重重,但在父亲的请求下,还是去了。

见了面,刘大毛愣竟自责地说:"都是当爹的思想守旧,姑娘大了,管不了啦,只要她们自己同意,嫁给谁都好,膘子嫂跑了好几趟,还不是为了我家娟子,让你辛苦了!"结果,啥事没费,二哥和秀娟的婚事一锤定音——成了。连膘子嫂都感到意外!

二哥的婚礼也办得挺风光,特别是新房门上的那副对联,显得格外醒目:

　　有情人媒婆牵线;

　　求爱路九曲八弯。

　　横批:好事多磨。

这副内涵丰富、耐人寻味的对联,是村小学张老师撰写的,不仅客人们啧啧称赞,连新郎官二哥和新娘子二嫂看了之后,都忍不住偷着乐!

老媒婆这个"美差使",不是谁都能干得了的,你看人家两头抹油嘴儿,小酒喝得脸红扑扑的。烟卷叼着,那可眼气不了,不信劲让你照量照量,瞎子推碾子——不杂(砸)了才怪呢!

我二姐夫在队里当车老板子,自从被选上副队长,当上赶头车的大老板子(掌管车老板分工、调配等权力),渐渐地"牛"

起来了,不仅在家隔三岔五地喝上二两小酒,冬天夜长,还叼着纸卷的老旱烟,闲来无事地串门子,虎巴儿地学着当起老媒婆。

二姐见此,就气不打一处来:"就凭你那拙嘴笨腮的,说话都挂不上挡,还想当老媒婆?你呀,麻袋片子做龙袍——压根就不是块料,好好赶你那车算了!"

难怪二姐说他,二姐夫说话挂不上挡,还闹出许多笑话。当年,生产队往肇东送小麦,挺热的天,卸完了粮食,同去的几个车老板就来到了一家饮料店,想喝瓶五毛钱的矿泉水解解渴。服务员顺手拿起一瓶冰红茶饮料。二姐夫说:"我喝……"服务员用瓶启子"啪"地起开瓶盖,递过去。谁知,二姐夫脸憋通红,舌头直挽花却没挂上挡:"我喝……不起!"在场的人都哈哈大笑,服务员也觉得挺尴尬。这时,一块儿去的车老板们忙解释说:"他说话有毛病!"二姐夫却脸红脖子粗地说:"这不结了,喝不……起,咋了?"结果,二姐夫他们几个车老板,每人买了一瓶五毛钱的矿泉水才算圆了这个场。

二姐夫保头一个媒,就出了岔头,弄得老媒婆丢尽了面子。

二姐夫见本队我表哥的大女儿小兰已是十八大九的姑娘了,还没找婆家,就主动登门,为其介绍对象。男方是东屯二姐夫他大舅的三小子小友子。小伙子在队里务农当社员,身体好,能挣工分,还是队里的车老板,今年二十了,比小兰大两岁。

我表哥表嫂一听,觉得挺相当的,信着媒人了。第二天,二姐夫就把小伙子领来了,表哥表嫂一看,挺满意,小兰也相中了,当场就定了下来。

谁知,刚过完了小礼,女方这头就听到了关于小伙子的一些"闲言",不干了。表嫂嘴码子像刀子,是个不让人的茬子,把二姐夫这个老媒婆找到家,当面好顿数落,最后,表嫂说:

"这媒让你保的,我家姑娘又不是嫁不出去了,你就是说出天花来,我们也不干了!"

二姐夫见此,气得说话更加挂不上挡了:"不干……就拉倒……笑话……戴花的(女方),不……笑话戴帽的(男方),这不结了!"无奈,只好提着个包,把过小礼的东西和钱,给男方家送回去了。

消息不胫而走,在全屯子传开了。事后,小青年们见了面,便开玩笑说:"大老板子,没保媒吗?"二姐夫结结巴巴地说:"不是吹……那破事,老子实在……不想……干,没……意思,这不结了!"

随着时代的不断发展,进入21世纪后,乡村的姑娘、小伙子到了二十啷当岁,自己处对象已成时尚!根本用不着老媒婆介绍,在一起住也算不上什么新鲜事。

如今,"天上无云不下雨,地下无媒不成亲"这句俗语,早已不适用了,那些两头抹油嘴儿、吃香一时的老媒婆,也带着遗憾悄然地下岗了。

2016年10月19日上午二稿

吃面的记忆

那是生产队时候,个人口粮标准是,"够不够,四百六",而且,全是毛粮,其中包括:苞米、谷子、糜子,做酱用的黄豆,做干粮馅儿的芸豆,小麦属于细粮,却是寥寥无几,每户分四五十斤就不错了。

那时,我还是个孩子,记得除了过年过节能吃顿面,平时是很少吃面的,有时看见别人家的孩子吃馒头、吃白面饼,我简直馋得流口水!

我眼巴巴地看着,人家走到哪,我都寸步不离地跟着。心想,咋不让我咬一口呢?哪怕是一小口儿!甚至人家掉下个干粮渣儿,都想捡起来。人家呢,还故意馋你,拿着手中的干粮,在你眼前晃来晃去,口中念叨着:"巴狗馋、巴狗馋!"一时弄得你哭笑不得。一气之下,我便哭闹着跑回家,抱着妈妈的腿,要白面干粮。

尽管如此,还是不能如愿以偿。妈妈为难地说:"孩子,家里的白面太少了,等你长大就好了。想吃白面就吃!"那一刻,妈妈的眼泪在眼圈儿转……

只有家里来了客人,才能吃顿面,因此,我们小孩子,也就盼来了希望!

一天,我正和狗剩子、二生子、老球子在房后的大树趟子里捉迷藏,老姐忽然来了,神秘兮兮地把我叫到一边,悄声说:

那动人的棒棰声

"嘎子（我小名），咱家来客人了，妈和面呢！"

老姐的话还没说完，我便抢着问：

"是真的吗？"

接着，我刨根问底地说："蒸花卷儿还是烙油饼啊？"

老姐看了我一眼，慢条斯理地说："不知道！"

我心里话，你知道不知道不重要，重要的是，总算盼来了希望！可又一想，倒叫我有点失望了……

我家来客人，向来都是由一个人陪客人吃饭，小孩子根本排不上号。那个陪客人吃饭的自然是爸爸，连妈妈都不允许上桌子。记得，有一次大舅来串门儿，妈妈蒸的花卷，那花卷儿香喷喷的，还有豆油和葱花味儿，老馋人了！大舅一门让妈妈："老于啊，你也来吃吧，又不是外人！"妈妈见爸爸没吱声，还直瞪眼珠子，便悄么声地到厨房去了。

等客人吃完了，已是杯盘狼藉了，桌子上只剩下一个小花卷，妈妈都没舍得尝一口，分给我和老姐一人一半。我拿起半个花卷儿，几口就吃下去了，没吃够，竟哭闹着还要！妈妈见此，只好将老姐手中的半个花卷儿，掰给我一小块儿，才算平息了这场小小的"风波"……

我和老姐走进院子，妈妈正在厨房里烙饼，一股豆油的香味儿，从厨房的门缝儿里飘出来，直往鼻子里钻！走进厨房，只见妈妈将烙好的油饼切成三角块，放在一个大盘子里，又忙着炒土豆丝儿。我站在锅台边，看着锅台后放着的那盘子油饼，多想伸手捞一块啊！妈妈见我在厨房里碍事，就说："家里来客人了，小孩子不能进屋，去到外面玩儿去吧！"

不知为什么，家里每次来客人，妈妈都是这样！我极不情愿地出了屋，老姐却迟迟不肯离开。老姐十岁，大我三岁。不仅啥事都向着我,还处处让着我,看见谁欺负我,她总是出手相助。因此,在我幼小的心灵中,老姐就是我最好的朋友!

来到外面,我的心却仍在厨房,那油饼和炒土豆丝儿的香味儿,还时时诱惑着我,我们在外面待了一小会儿,老姐向我使了个眼色,于是,我们就又进了屋。

厨房里已是空荡荡的,香味儿还没散尽。屋里炕上,爸爸正陪着客人吃饭呢。妈妈坐在柜前的木凳子上,一边抽烟,一边亲亲热热地和客人说话。我和老姐躲在门旁的水缸边,我跷起脚,伸着脖子,正好能看见桌子上的客人吃饭。

只见桌子上放着那盘切成三角块的油饼和一盘炒土豆丝儿,没喝酒。我看着,简直馋得口水都流出来了!心想,若能饱餐一顿,该有多好!我不错眼珠地看着客人,他挺实在,一点都不装假,看样子也很少吃面,一块块的油饼,接二连三地用筷子夹过去,几口就吃进去了,然后,就夹盘子里的土豆丝儿,妈妈不时忙着往盘子里添菜。

看着那人挺面熟,噢,想起来了,是我老舅,他是妈妈的老弟,曾经来过,忘记啥时候了。

爸爸也不断地让客人吃菜,别装假。客人看样子饭量挺大呀!爸爸刚刚吃下一小块饼,可他呢,两块早进肚子了。盘子里的油饼"噌噌"往下下!妈妈端上来时,还是满满的一盘子,现在只剩下很少的一小撮了!

此时,我的心有点慌了!盘子里的饼每吃掉一块,我的心都跟着紧张一次!我在心里数着,剩五块了,不一会儿,又吃掉一块,只剩下四块了!四块……太危险了,难道要都吃光了不成?我的心里捏着一把汗!

就在盘子里的油饼剩下三小块时,客人的筷子终于撂下了。

我那颗悬到半空的心总算落到了平地。

可是,让我不解的是,妈妈将那三块油饼,用纸包了好几层,让老舅给卧病在床的姥姥带回去了。

这时,我的心全凉了!爸爸妈妈送客人去了,我便坐在地上大哭起来。老姐急忙将两块香喷喷的油饼拿到我的面前,她只咬了一口,全都给我了,见此,我破涕为笑,在心中庆幸着……

若不是老姐趁人不备藏起来两小块油饼,那次吃面的美好希望就彻底落空了。

2016 年 4 月 29 日写成
7 月 17 日改写

三 角 兜

记得，在 20 世纪八九十年代，社会上曾流行一种"三角兜"。这种兜是用两块三角形的布料，巧妙地缝合在一起组成的。留出的两个长角，系在一起，可装各种东西。三角兜有大有小，颜色也不一样，既美观实用，又非常方便。

当年，人们不管出门、进城，还是逛街、购物、乘车远行，都要带上三角兜，里边装得满满的，文明又时尚。因此，三角兜成了那时人们生活中的一道亮丽风景！

谁不希望自己拥有一个漂亮的三角兜啊？那时，我还是个民办教师，在乡教委担任教师进修辅导员的角色，时常进城开会或办事，所带的东西，就装在孩子们使过的书包里，卷巴卷巴，往腋下一夹，不要说三角兜，连好一点的兜子都没有。开会常常是坐在紧后边那一排，办完事就急忙离开。看见别人外出办事都带着三角兜，上边发的材料呀、表格呀、文件什么的都装在里边，体体面面，挺羡慕的！

也难怪，我家所在的乡镇地处偏远，距离县城 90 里的西北天，是个贫穷落后的山东移民村。那里土地贫瘠，虽然承包给了个人，产量一直走低。我家承包的 40 亩土地，加上民办教师的收入，能对付个年吃年用就不错了，日子挺紧巴。

那时，教师公出每天补助 6 元钱。从我家到县城往返车票才二元六角钱，为了省点补助费，办完事吃顿饭（半斤大果子、

一碗豆浆,只花一元二角钱),就往回返。这样,每次公出就可省下二元二角钱。家里的油盐酱醋基本上是公出省下来的钱买的。

妻子时常开玩笑说:"看你那一身穿着灰头土脸的,出门拿个破兜子,还是老师呢,我看啊,连普通百姓都不如,太寒碜啦!"

妻子的话听起来似乎是在和你开玩笑,其实,那是四扇屏里卷灶王——画(话)里有画(话)。那分明是在挖苦你,说你无能!

我深知妻子的脾气、秉性,常常是付之一笑:"说那些有啥用,谁有胭粉还不愿意往脸上擦呢?"

那时,我家的状况是两位老人都已年逾古稀,母亲卧病在床,父亲亦体弱多病;四个孩子都在念书,八口之家的生活重担压在我一个人的肩上,实在是够招架的。

我家无牲畜,种承包地,播种、中耕、秋收全靠雇牛犋。玉米亩产量才五百多斤,每斤潮粮一角三分钱,去掉交提留款,乱摊派等开销,所剩无几了,民办工资年年不能兑现,一年干到头,大年三十才抠出二百元,实在苦不堪言!那时,一个三角兜才两三块钱,只有望"兜"兴叹啊!

后来,由于我们的工作成绩突出,教学和进修工作均受到县教委的表扬。单位给我们四名业务人员每人买了一个质量不错的三角兜和一支钢笔作为奖励。当时,心里别提有多高兴啦!

回到家拿出三角兜,向妻子显摆,妻子听说是奖给的,突然眼睛一亮:"哇,多好的一个三角兜啊!你真行啊!"

从此,我每次到县里开会或外出办事,不仅手中提着三角兜,还穿上那套一直舍不得上身的兰迪卡中山装和那条青礼服呢裤子,昂首挺胸,走起路"咔——咔——",连脚步都迈得格外有力量。说来也怪,到商场购物,连那些穿着时髦的女售货员都主动上前和你搭话!

在当年,三角兜可是女人心目中的爱物。妻子每当看见女人手提三角兜去赶集或串门,总是投去羡慕的目光,有时眼睛都湿润了,可从来没说要买过。妻子每当串亲戚或领着孩子到老家小住,随手用的东西和针线活儿,就用使过的旧头巾包着,挎在胳膊上,利索中透出自然的美!

见此,我心里总是酸酸的:深感自己无能,让老婆孩子都跟着受苦了。

我曾几次跟妻子说:"买一个三角兜吧,别舍不得了!"可妻子说啥不肯:"拖家带口的,挣钱不容易啊,往后再说吧!"听了妻子那诚恳的话语,我沉默了。

终于,有一天我外出回来,为妻子买回一个绿色方格图案、夹带着淡淡的小粉花的三角兜,挺漂亮的,妻子一看就相中了。拿到手里,翻过来、倒过去地仔细看了好一阵子,高兴得眼泪都流出来了!

接着,两眼盯盯地看着我,心疼地说:"准是中午又没吃啥,节省出来的,往后可别这么干了,你若是把身体造垮了,这个家可就完了!"

这时,两个正在小学念书的女儿放学回来了。听说爸爸给妈妈买回来一个三角兜,都争抢着要看看。谁知,两人拿在手里如获至宝,你也想要,她也想要,两个孩子竟撕打起来。

妻子把两个孩子好顿骂,但仍无济于事,她俩还哭着喊着要三角兜。妻子见此,也流下了眼泪,实在是无计可施。看着如此场面,我心中就像打翻了五味瓶,说不上是啥滋味儿!直到

那动人的榛榄声

我出面当众表态：答应给两个孩子各买一个三角兜，这场小小的风波才得以平息。可两个孩子仍在那撅着小嘴抹眼泪。

往事悠悠，几十年过去了。当年流行一时的三角兜，早已淡出我们的视线。

如今，外出办事或远行，男人都背着皮革制的油光发亮的老板兜，女人则挎着漂亮的肩包。尽管如此，我仍忘不掉当年的三角兜，一想起来，就感到愧疚：因为，给两个女儿买三角兜的许诺，还没兑现呢！

2017年9月17日　二稿

份 养 猪

20世纪50年代初,我的家乡——呼兰河流域的兰西县农村,曾兴起一种互利双赢的私人养猪方法——份养猪,即一家出钱买猪羔儿,另一家(多指买不起猪的户)负责喂养,到年终宰杀后,两家各分一半。

那时,我家非常贫穷,没有房子,靠二十几亩土地生存。住房是租一家东厢房的小北屋,只有一扇窗子,冬天阴冷,下午才能见到一点日光,到了夏天,屋内闷热、潮湿。父亲母亲和我们姐弟三个,五口之家就蜗居在这小土屋里。

家里没有钱,连猪也养不起。

每年进了腊月门儿,左邻右舍便开始杀年猪了。那"吱儿——吱儿——"的猪叫声,时时牵动着我的那颗幼小的心!特别是闻着从门缝里飘进的、扑鼻的肉香,我们小孩子,都馋得流口水!

有时,看着父亲被邻居的主人推推拉拉地请去吃猪肉,我们甚至想咋不让我们去呢!吃顿猪肉多解馋!母亲看着我们那渴求的目光,抚摸着我们的头,充满希望地说:"孩子,明年咱家有了钱,过年也杀猪,让你们管够吃肉!"……听了母亲的话,心里别提有多高兴了!

记得,那年刚出正月的一天,父亲抱回一个小猪羔儿来,母亲十分惊讶地问:"从哪买的?"父亲乐呵呵地说:"是份养

的，到年终能分半拉呢，给孩子们解解馋!"见此，我们几个孩子简直乐得直蹦高!

猪羔儿是黑色的，四个白蹄儿，虽说瘦瘦的，却挺欢实，看那样子，顶多有十五六斤，母亲脸上立刻露出了一丝笑容："猪小架不住飘膘，有骨头就不愁长肉!"

家里有了猪，不要说大人高兴，我和姐姐们乐得好几天都睡不好觉，猪羔儿在灶屋的柴火堆拴着，有时，我晚上起来到外屋撒尿，都要用手摸摸小猪儿。

母亲喂得可上心了，小猪喝泔水、吃糠，连饭米汤、稀饭根儿都给它吃。父亲找来几块木板，用锯锯好，又做了一个猪槽子。小猪上食，过了一段时间，渐渐地胖了。

到了铲二遍地的时候，野菜长大了。

母亲常常是顶着烈日整猪菜，起早贪黑烀猪食，那辛苦劲儿就不用说了，由于过度疲劳，她时常昏倒在灶前。

一有空儿，老姐还领着我去地里割猪草。有时，还赶着猪到西道边儿放牧……看着猪渐渐地长大，我们这五口之家，充满了少有的喜悦!尤其是母亲，每天从地里干活回来，不管多么劳累，总要给猪捎回一把菜，那劲头似乎不是在养猪，而是侍候一个不懂事的孩子。为了这头猪，可花费了不少心血!

谁知，天有不测风云，就在这头猪长到八九十斤的时候突然有病了，而且病得挺重。猪浑身发热，一口食不吃，虽然想尽千方百计，用尽各种土方土法，可是都无济于事。见此，母亲害怕了，难道白侍候这么大了，这可如何是好?

看着自己一瓢一瓢喂大的猪，母亲心疼得哭了起来!无奈，只有死马当活马医了。后来，父亲从供销社买回两包"三角麦"(解热镇痛药)，给猪灌下去了。第二天，没想到猪奇迹般地站起来了，来到猪槽子边，大口大口地吃起食来！见此，我们都高兴得了不得！母亲那颗悬着的心，总算落到了实处，脸上也露出了笑模样。

猪好了。可经过一场病的折磨，变得瘦多了，走起路来直打晃。这时，母亲便调着法地耐心将养：给猪熬小米粥吃，让它喝热米汤，用苞米破子烀熟了打泔水……猪可爱吃了，顿顿都吃个大肚子，十几天过去，猪又恢复了正常。

常言道"猪不吃瞎食"，在母亲的精心喂养下，这头猪仅十个多月竟长到一百五十多斤，而且，膘头也不错，看了实在招人喜欢！

进了腊月门儿，父亲就说："数九寒冬的，猪不上膘了，杀了吧！"母亲也同意父亲的意见，可一想到杀猪，倒有点舍不得，犹豫起来了：这猪，自从到咱家，没吃啥好玩意，没想到能长这么大，穷人家养头猪，太不容易了！

听说杀猪，我乐得晚上睡不着觉，连做梦都是吃猪肉！

杀猪那天，母亲老早就起来了。吃完早饭，刚烧开一锅水，杀猪匠就拿着锃刀和猪梃（杀猪后，在猪腿上割个口子，用铁棍贴着腿皮往里通，叫梃，然后往里吹气，使猪皮绷紧，以便去毛除垢）进屋了。大伙把猪抓住，绑好四条腿，抬到桌子上。听着猪的惨叫声，母亲竟掉起眼泪来。杀猪时，只见杀猪匠抄起锋利的锃刀，对准猪脖子下的咽喉处，"倏"地捅进去，一腔血浆，便哗哗地流出来，那一刻，让人目不忍睹，母亲跑到外面去了。

杀猪匠把猪收拾完，将猪卸成两半，猪肉、头蹄、下水，两家各分一半。父亲找来大秤一称，猪肉半子才五十斤左右，把肉卸完了，才四小块。父亲说，这些年净吃别人家的猪肉了，

这回杀了猪,多烀点猪肉吧,把邻居们都请来吃点!于是,将其中的三块肉,放到了锅里。母亲见了,真有点舍不得!

猪肉烀熟了,顿时肉香扑鼻,沁人心脾!父亲母亲,一趟一趟地出去请人吃猪肉,左邻右舍加上房东家的主要成员,坐了满满两张桌。那时,可能是长年见不到荤腥的原因吧,人们可能吃肉啦!母亲将切好的白片肉接二连三地往桌上端,还有点不赶趟,都是那么实实在在地吃。

杀猪匠说啥也不上桌子。只见他用舀水的木头瓢盛了一下子白片肉,拌上蒜酱,蹲在灶前,三下五除二就吃完走人了。

大伙吃完了,烀的那三块肉也所剩无几了。

那年,我家份养猪,辛辛苦苦喂一年,最后,只剩不足十斤的一小块肉。为此,母亲时常叹气,晚上无眠,一袋接一袋地抽烟。

只有我们小孩子,却整天快乐着!

2011 年元月 26 日

三代人的盼水梦

这是一个不寻常的日子!

拥有近百年历史的故乡老屯,终于吃上了自来水。人们奔走相告。

有的人家,提前就接回出嫁的闺女、未婚的儿媳。

小叔、三姐、二弟都是六十多岁的人了。他们都是接到电话后,千里迢迢赶回来看家乡的变化的。往日平静的居室立刻热闹起来!

刚吃罢早饭,乡亲们便兴高采烈地走上街头。屯子里的青年人都穿上新衣服,自发地扭起大秧歌,"咚咚当当"的锣鼓点儿,伴着"喔喔哇哇"的唢呐声,比逢年过节还热闹。

上午十时整,放水仪式开始了!

喜庆的鞭炮声震耳欲聋,笑语频传,欢声雷动,小屯沸腾了!乡亲们编了一首歌谣唱道:

<blockquote>
小屯昔日吃水难,
是党时刻关怀俺,
为俺引来甘泉水,
美好光景比蜜甜!
</blockquote>

看着清洌而又纯净的自来水,顺着水龙头哗哗地流淌,小

叔、三姐、二弟……我们一个个喜悦的泪水夺眶而出！三姐无限感慨地说："若是爷爷还活着多好！"

是啊，这听起来极平常的话语，却勾起了我对往事的回忆，尘封已久的记忆又开始复苏了。

听爷爷说，他从山东老家逃荒来到这个小屯时，全屯子也不过二十户人家，吃水成了"老大难"。屯子里连一眼水井也没有。饮水、做饭、洗衣……全靠距屯子西头一百多步远的大水泡子。

水泡子足有一房深。那水看起来很清，可喝到嘴里，那滋味真不好受。到了炎热的夏天，就更不用提了，喝了就闹肚子。乡亲们只好把水烧开了，将就着喝。

爷爷是个惜水如命的人。为了确保泡子里的水不受污染，小屯人能吃上干净水，每到农闲时节，爷爷总是围着水泡子转，不让牲畜进水泡子，不许人们到泡子里洗衣、洗澡、把水弄脏。

谁祸害泡子里的水，若让爷爷看见了，那可了不得！是小孩子，就用鞋底子往屁股上盖；是成年人，也得损他个茄皮子色。爷爷的行动，受到了小屯人的一致拥护。乡亲们都亲切地称他"看水爷"！

最难忘的是那年大旱，几个月无雨，地都出现了裂缝儿，泡子里的水，也眼看见了底。

吃水怎么办？小屯人心急如焚！

爷爷这个闯关东的硬汉子，为了求生存，便顶着烈日，从十几里外的屯子往回拉水。爷爷赶着一匹老马拉着一辆破旧的花轱辘车，车上是用绳子绑着盛水的大缸。道路崎岖不平，一路颠颠簸簸地拉到家，只能剩下浑浊的半缸水，够艰难的了……

在那段缺水的日子里，真是滴水贵如金啊！全家人每天洗脸只用一盆水，孩子洗完大人洗；做饭时，常常是用淘完米的水洗菜，洗完菜的水也不扔，坐清之后，留着饮牲畜。一滴水也舍不得浪费。

一次，在拉水途中，车下冈时马突然毛了。为了保住车上的水，爷爷拼死命地拽住马缰绳，拖了一里多路，马车停住了，车上的水保住了，爷爷却昏过去了。

爷爷和父亲足足拉了一个月的水。吃水的难关虽然渡过去了，可爷爷却病倒了。爷爷在临死时，嘴里还断断续续地说："水……我要……喝……清凉……水！"在场的人听了，都落下了辛酸的眼泪。

新中国成立后不久，县里为小屯打了一眼大口井，从此，小屯结束了吃泡子水的历史。饮水思源，小屯人打心眼儿里感谢共产党，感谢救星毛主席！

父亲为人忠厚老实，在屯邻中很有威信。因此，大伙都推荐父亲当"看井员"（井倌）。父亲看井，夏天要帮女人们打水；冬天还要刨井沿儿、镩井、收拾柳罐。黑龙江这地方，冬天嘎嘎冷，雪也大。一到数九天，便滴水成冰。每隔些日子，井深处的冰就卡柳罐，打不上水来。这时，父亲就把大绳子一头拴在井桩子上，另一头系在腰间，冒着危险，下到井里镩冰。一镩就是个把钟头，身上的汗水不断，可棉衣外面，却冻了一层冰。

最让人伤脑筋的是柳罐掉井。夏天还好说，冬天大冷的天，趴在井边，长长的绳子拴上"三齿挠"，一捞就是几个钟头，可真够受的！有时捞上来了，可是，拽到半当腰，"咕冬"一声，又掉下去了，让你又着急，又上火！费了九牛二虎之力，直到

把柳罐捞上来,才松了一口气。

父亲起早贪黑地劳累,手、脚都冻坏了,可他从来不叫一声苦。井周围总是收拾得干干净净。那时,我还是个孩子。常常带着一颗好奇心,跟着父亲来到井边。我喜欢看那打水的辘轳和那弯弯的辘轳把。有时,趁父亲不备,我便偷偷地爬上井台,探着头往井里看。井里深深的水面上,立刻映出一个小脑袋瓜儿。我喊一声,井里也跟着喊一声,有趣极了。谁知,被父亲看见了,他把我抱到一边,照我屁股上打了两巴掌:"这可了不得掉下去就没命了!"

父亲每天听着辘轳"吱吱"的轻唱,看着屯邻们挑走桶桶的清水时,心里别提有多高兴了!

可有时他常想,屯子里只有一口井,不管忙闲,好天赖天都得挑水,要是各家都有井就好了!

我念完书,回到家乡老屯时,正赶上农村实行联产承包。随着生活水平的不断提高,不少农户开始在自家的院子里打井。我家率先在院子里打了第一眼井。有了水源,不仅粮食丰收有了保证,也为发展庭院经济打开了方便之门,再不用到屯子中间挑水了。见此,父亲整天乐得合不拢嘴!

如今,老屯家家院子里都有了饮水井,屯子里的老井无人理睬了。父亲这个"看井倌"也下岗了。他没事时,总爱到老井边散步,对逝去的风景似乎还有几分失落感!

不过,吃水条件虽然改善了,但老屯人对水质并不满意。据有关部门取样化验表明,水中含有大量的氟,对青少年成长发育很不利。所以,人们盼望早日打深水井,吃上自来水!

上级党和政府关心群众疾苦,时刻想着百姓的利益。经过多方努力,这项群众瞩目的"饮水工程",于 2017 年 8 月份,正式启动了。

先是钻井队在屯西竖起了高高的钻塔,轰轰隆隆昼夜不停地钻了起来。小屯的父老乡亲都到工地看稀奇!足足钻了半个月,一眼深水井打成了。

紧接着,又是挖地沟、下管子,又是安装、调试……经过一个多月的紧张施工,把甘甜的纯净水送到了千家万户。使故乡老屯这块贫水地,终于吃上了自来水!

外面,大秧歌仍在欢快地扭着,喜庆的锣鼓猛劲儿地敲打着。面对哗哗流淌的甘泉水,我似乎听到了共和国那巨人般前进的铿锵脚步!

此刻,我想起了为水奔波、操劳了大半生,临终还想喝口清凉水的爷爷;想起了弯腰驼背,一年四季,辛辛苦苦,甘当看井倌的父亲;想起了两腿像张弓,走路一瘸一拐,却又无法治疗的母亲……

水,是老屯人的命根子,生活离不开水啊!

我家三代人的盼水梦,终于实现了!

2008 年 4 月 30 日

难忘越冬"三件宝"

新中国成立那年，我7岁。在我的记忆中，那时，冬天特别冷，雪也大。冻得大山里的野鸡时常飞到农家的院子里，找粮食。兔子在屋后，绕着墙根转。我家所在的小屯，只有30多户人家，位于松嫩平原腹地一个小县城的大西北，是两县交界的地方，距离县城有90多里，可谓"山高皇帝远"的偏僻地方。

这里，冬天常常是西北风卷着大烟雪，铺天盖地地下。下完了雪，天气更加劲儿地冷。小北风呼呼地吹着，刮到人的脸上，就像小刀割的一样生疼！为了防寒，人们都穿得厚厚的。女人和小孩儿，便坐在热炕头儿，守着火盆猫冬。男人在外面干活，要戴狗皮帽子，脚下穿着乌拉。若出远门，不仅穿上厚厚的棉衣，外边还要穿件大皮袄，才能经受严寒的考验。

有民谣道："关东城越冬三件宝，狗皮帽子、乌拉、大皮袄"。

狗皮帽子，多数是自家的女人做的，也有在街里买的。帽子的样式很好看：有"帽盔"、前面有"小帽耳子""底座儿"连着两个长长的"帽耳子"。帽子要絮上棉花，做成的帽子，缝上"熟"好了的狗皮帽搠子。狗皮有雪青色的、黄色的、灰色的、黑色的……戴在头上，舒适、保暖、防寒而又好看。母亲做狗皮帽子，最拿手！做成的狗皮帽子，跟买的差不多。因此，左邻右舍的女人们,都求母亲铰"帽样儿"。母亲为我做的狗皮帽子,我念完书,回生产队务农时还戴着。

乌拉,是用皮革缝制的,得到街里去买。有牛皮的、有马皮的、有猪皮的。牛皮乌拉,是质量最好的。金黄色的皮革,油光闪亮,纹理优美,简直就是一件工艺品!一双牛皮乌拉,能穿五六年。乌拉的样式很好看:前脸儿打着密麻麻而又匀称的褶儿,中间是突起的乌拉鼻子。

穿乌拉,有絮乌拉草的,有穿毡袜的。

絮乌拉草的,用工量大而麻烦。要先将晒干的大批子乌拉草,用木榔头砸绵软,然后,耐心而细致地絮在乌拉里。穿这种乌拉,哪怕天气再冷,脚也总是热乎乎的。可是,到晚上必须把靰鞡草掏出来,放在炕上,不然发潮,穿上冻脚。

穿毡袜的乌拉,方便又快捷。白色的细毛毡袜打上黑色的乌拉勒子,适用漂亮,登上就走。那时,有的青年人,往往出门串亲访友,都穿上这样的乌拉,显得体面而又时尚,比穿布鞋都好看。

大皮袄,是老羊皮缝制的。由皮铺的裁剪师按照本人的身长、肩宽、腰围等尺码做成。也有自家巧手女人缝制的。还要吊上黑色布料的面儿,并配上黑色或灰色皮毛的大领子,穿上既防寒又气派!也有做成后不吊面儿的,叫"白茬皮袄",穿着更适用。

那时,我们这里送公粮,都是往卜奎(齐齐哈尔)送。离卜奎有几百里远,雪地冰天,去一趟不容易。此时,越冬"三件宝"显得尤为重要。赶车老板、"掌包(即跟车的)",头戴狗皮帽子,脚穿乌拉,身上除了厚厚的棉衣,还要穿上大皮袄。可真是"全副武装"。

— 175 —

那动人的棒槌声

那时,都是榆木车辋子的大铁车,笨重得很。车轴没有轴承,走起来很费力,出车时必须带着油瓶,随时往车轴上浇油,车走起来才能光滑。车老板挥舞长鞭,"嘚——驾——"地吆喝着,赶着生龙活虎的七套马车(七匹马拉着车),沿着弯弯曲曲的老"卜奎"道,常常是顶风冒雪,要走上三天三夜(路上要在大车店里喂马,人要吃饭),才能到达卜奎城。行车时,车老板自豪地坐在车前,精神振奋,不畏严寒,即使一天不下车,身上也照样是暖暖的。有时还高兴地哼上一段当年流行的《梁山伯五更》小调——

一更里呀月牙儿没出来呀,
祝九红思念那梁山伯:
泪珠儿那个滚滚哪,
唉呀我说那擦呀,哎擦呀,
擦呀擦不干哪,哎哟!……

由于冬天雪大,放眼望去一片银白。真是千里冰封、万里雪飘啊!那时,交通闭塞,人们出门办事,唯一的交通工具便是雪地"爬犁"。头戴狗皮帽子,脚穿乌拉,再穿上大皮袄,稳坐在绑好木板子的高脚爬犁上,一匹马拉着,奔跑如飞。成了雪地上的一道亮丽风景!野外的雪道上,经常可以看到马拉着爬犁飞奔着。爬犁的速度快,几十里路,也不过个把钟头即到。

有一年冬天,姥家办喜事,姥爷就是赶着马爬犁来接我们喝酒的。那天没有风,"哑巴冷"。姥爷尽管戴着狗皮帽子,穿着乌拉,穿着大皮袄,可到我家时,胡须上却结满了冰,帽耳子上挂了一层白霜。姥爷怕冻着我们,带了两床棉被和两件大皮袄。母亲领着老姐和我。坐在爬犁上，包裹得严严的。只听马拉爬犁，在雪地上"呼呼"作响。那一刻，心里别提有多高兴了！

到了姥家，姥姥、二姨、舅妈早在大门口等候了。打开被子，见我们的手、脚都热乎乎的，才一块石头落了地。姥爷捋着胡子，笑着说："只管放心，有大皮袄包着脚，再冷的天也没事，冻不着！"

到了20世纪六七十年代的公社化时期，越冬的三件宝仍在发挥着不可替代的作用。冰天雪地的冬季，社员们在外面劳动，都戴狗皮帽子，穿乌拉。队里的放牧员在野外放牧、老板子出车，还是穿着大皮袄。另外，冬天队里贪黑打懒场，赶场人必须穿上大皮袄，不然，谁能受得了那份冻！

当年越冬的三件宝：狗皮帽子、乌拉、大皮袄，离我们越来越远了。可母亲为我做的狗皮帽子，父亲穿过的牛皮乌拉，至今我还珍藏着。它记录了岁月的沧桑，见证了时代的发展和社会的进步。

2009年12月2日二稿

第四辑 家风美德

母亲的心愿

母亲共生了六个儿女,只站下我们姐弟三个。在新中国成立初那样困难的年月里,把我们拉扯大:由呱呱坠地、呀呀学语,上学念书到长大成人,该是多么不容易啊!两个姐姐相继出嫁,我娶了媳妇。这时,母亲已是年逾"花甲"。按实说,大事完毕了,本该安度晚年,享受天伦之乐了。可母亲却"老不舍心",又担起了帮儿媳侍候孩子的"角色"。

我的五个孩子(三男二女),都是母亲抱大的,母亲说:"老于家人孤,就你老哥一个,说啥也得多生几个小子!"

已是四个孩子(二男二女)时,农村计划生育开始了,第一批手术队下来,我俩合计好,背着母亲,为妻子做了结扎术,母亲知道后,不吃不喝,在炕上躺了两天,可把我俩吓坏了,不知如何是好。母亲说我们是穷折腾,有几个孩子烧的!为此,把两个姐姐都接回来,好话说了几大车,总算平息了这场风波。

谁知,由于技术的原因,妻子术后又怀孕了,竟生了一个大胖小子,见此,母亲乐得合不拢嘴!见天给妻子做月子饭——香喷喷的小米水饭,鸡蛋煮熟扒了皮,还给孩子换尿布、洗裤子……一直侍候到出满月,忙得可心盛了!母亲逢人便说:"儿女是有缘份的,你说不要行吗?看看,这不又来了一个大胖小子?!"

凡是上了年岁的女人家都有这样的体验:哄孩子可不是个

自在活儿——"宁可上山锄田抱垄,也不在家把孩子哄。"母亲却不是这么想的,她似乎感到格外欣慰!一边哄孩子,嘴里一边哼着当年流行的小调儿:

> 李二嫂我这里笑容满面呀,
> 今年那过年不比往一年哟;
> 苏联红军赶走了小日本啦,
> 我家里分得好地三垧三啊……

老人家是那般开心,还自豪地说:"奶奶哄孙子,胜似拾金子,又一辈子人啦!"说完,得意地笑开了!

我们头一个孩子是男孩,相当累人,母亲舍不得让孩子哭一声,除了喂奶总是抱着。白天妻子到队里干活,母亲便在家哄孩子。又是擦屎,又是刮尿,一天东挪不得、西转不得,想做顿饭都费劲。

为上让妻子回家吃上现成饭,母亲想了个办法:用布缝了个大兜子,兜住孩子的屁股,露出两个小腿,把孩子背在身后,孩子趴在母亲的背上,母亲照样忙这干那,孩子呢,还在背上乐呢!

等孩子舍奶后,就完全由母亲侍候,白天哄着,晚上搂着,一时一刻也离不开。孩子们睡觉了,母亲也不闲着:戴上老花眼镜,不是给孩子们缝衣服,就是做小鞋,母亲手儿巧,给孩子们做"猫头鞋""虎头鞋"。那虎头上还绣个"王"字,形象十分逼真!有时,还在小鞋前尖儿绣上个大蜂儿,鞋帮上绣上红花绿叶,可好看了!不仅孩子们爱穿,而且,谁见了都夸好。

在孩子们的眼里,妈妈在家或者不在家似乎无关紧要,奶奶要是不在家，那可不得了，简直是天要塌下来！

有一次，老姐闹病，就在夜里，把母亲接走了。第二天孩子们醒来，见奶奶不知哪去了，一时慌了手脚："奶奶上哪去了？妈，我奶呢？"大孩子瞪着一对小眼珠儿，首先问。小二、小三、小五立时咧着嘴，哭开了。小四竟在炕上打开了滚儿："我要奶奶，我要奶奶！"这孩子最犟，连饭也不吃，一门哭，谁也哄不好。到晚上，就在奶奶睡觉的地方，盖着奶奶的被窝儿，谁叫也不去。

当妈的看到这种情况，真是又好气，又好笑，叫你无计可施。经过一番耐心细致的"工作"之后，总算把孩子安顿下来，可一个个还是绷着小脸儿，不乐呵；有的仍撅着小嘴儿，不断地抹眼泪儿！白天，孩子们一遍一遍地往大门外跑，跷起脚儿，看看有没有奶奶的影子。

到了第三天头上，终于把奶奶盼回来了，孩子们乐得直撒欢儿！奶奶刚走进大门，孩子们就蜂拥着跑出屋，向奶奶扑过去：有的帮奶奶拿着包裹，有的紧紧地握住奶奶的大手，有的抓起奶奶的衣襟不放开……孩子们像众星捧月似地把奶奶迎进屋。

母亲用手轻轻地抚摸着孩子们的头，只见小四儿那脏兮兮的小脸儿上还带着泪痕，似乎那幼小的心灵，受了多大委屈，抱住奶奶的大腿不撒手，唯恐奶奶再离开！见此，母亲心疼得落下了眼泪！

这时，母亲急忙打开包裹，拿出一小包糖块来："这是老姑给的！"说着，就给孩子们分糖块，每人两块，最后还剩一块，母亲连一口都舍不得尝，便把这块糖，塞到小四儿手中。在那穷困的年月，平常日子能吃上一块糖，实在是件不容易的事。

因此,孩子们乐得直拍巴掌!

平时,孩子们在外边,疯够了,玩累了,进了屋就亲亲热热地依偎在奶奶的身旁,给奶奶"打小支使":奶奶渴了,给奶奶舀碗水啦;奶奶抽烟,给奶奶拿烟袋和烟笸箩啊;奶奶装上烟,给奶奶找火柴呀……老人家笑眯着双眼,看孩子们出息了,懂事了,真是打心眼儿里乐啊!

北方的冬天,冰封雪飘,到处都是银白的世界,冷得很。母亲怕冻着孩子们,尽管千叮咛万嘱咐,可孩子们还是到外面玩耍。为了孩子们的冷暖,母亲可伤透了脑筋!

母亲怕冻坏孩子们的小脚,于是,翻箱倒柜找材料。然后,坐在炕上,鼻梁儿上架着老花镜,找出针线,戴上顶针儿,忙了好几天,给孩子们每人做一双棉鞋垫。

每天晚上,孩子们都睡下了,母亲又开始忙了起来:她不声不响地把孩子们那沾满冰雪的鞋,用小铲子刮干净。立时,火盆沿上,便摆满了一双双小鞋,成了泥屋中一道亮丽的风景!

母亲守在火盆边,一边吧嗒吧嗒地抽着老旱烟,一边翻来覆去地烤小鞋。烤完了鞋帮儿烤鞋底儿,直到很晚才休息。第二天,孩子们都穿上了既干净又暖和的鞋,别提有多高兴了!

母亲虽然拿孩子们当个宝儿,可从来不惯着他们。

一次,小四儿在外边玩,看见东院老郑家的门旁有个大鹅蛋。孩子捡起来就乐颠颠地往家跑:"奶奶,我捡到一个大鹅蛋!"母亲问明了情况,便认真地说:"这鹅蛋咱不能要,咱们这趟街,就老郑家养鹅,这鹅蛋准是他家鹅下的,赶快把鹅蛋给人家送去!"

可小四儿却说:"是捡来的,又不是偷的,为啥给他家送去?"母亲拍着孩子的肩头,十分耐心地说:"捡的也不行,不是咱家的东西，咱们就不能要，占别人的便宜，是个坏行为！"接着，语重心长地说："奶奶这一辈子，处人处事，没玩过花花心眼儿，没占过别人的便宜，奶奶惯你们吃，惯你们喝，可不能惯你们有坏毛病！"母亲的话犹如一盏灯，照亮了孩子幼小的心灵。小四儿听了，两手捧着大鹅蛋，高兴地给人家送去了。

事后，郑大嫂逢人便夸："老于家的孩子有教养！"听着对孩子们夸赞的话语，母亲的嘴角上露出一丝欣慰的笑。

望着母亲那张慈祥而苍老的面容，我终于读懂了母亲的心。

2006 年 7 月 6 日稿
2016 年 9 月 27 日再改
2017 年 3 月 2 日改定

大姨父是个"锢漏锅子"

记得小时候,在北方的村屯中,常常听到一种吆喝声:"锔锅——锔缸——啊!"

声音洪亮而悠长,在屯中回荡。我爱听这种吆喝声,而且,听起来感到那般亲切,因为,我大姨父就是一个"锢漏锅子"。

大姨父姓陈,老家在山东,幼年丧父,只有母子俩相依为命,孤苦无助地度日月。其父也是个"锢漏锅子",去世时没给他留下一分钱,却留下了"做人真诚,做事要实,吃亏是福"的家训。

大姨父长到十五岁时,家里的日子实在过不下去了。无奈,便和母亲逃荒来到了东北,在"北荒"(明水县)的一个小村庄,落下了户。谁知,那里人烟稀少,土地贫瘠,更是个穷地方。

大姨父长到十八岁时,高高的个头,成了一个棒小伙子!有道是:"三岁的忙牛,十八岁的汉"。面对贫困的家境,大姨父决心继承父业,毅然挑起了"锢漏锅子"的工具担子,开始了锔锅锔缸的生涯。

人都说"龙王爷的儿子会凫水"。小伙子生来聪明,肯钻研,能吃苦,无师自通,终于捅破了那层窗户纸儿。经过一段时间的努力实践,锔锅锔缸、堵漏儿、铆焊等活计,样样能干,技术也越来越熟练。

大姨父牢记老祖宗传下来的家训："做人真诚，做事要实，吃亏是福。"他不仅干活实在，而且讲信誉。在附近十里八村提起小陈"锔漏锅子"，没有不知道的。几年下来，大姨父就练出一身过硬的本领，成了锔锅锔缸的硬手。

然而，无巧不成书。那时，姥爷家在青冈北，靠明水县界的一个小屯住。姥爷是个老中医，医道高。那时，乡村缺医少药，看病难。姥爷经常赶着毛驴车，在外边看病。有一天，来到大姨父住的屯子，给大姨父的老母亲看病，晚上，就住在了陈家。

姥爷见这家只有母子俩，儿子二十了还没订婚，小伙子会锔锅锔缸的手艺，在那时能养家糊口，就不错了，家中又无三股五份。因此，打心眼儿里相中了这个人家。

姥爷和陈家老太太唠起了家常。

姥爷说，自己的大女儿今年十八岁了，心灵手巧，又会做针线活儿，只因没有相当的，还没找婆家。我看咱两家的孩子挺相当的……

陈家老太太一听，就明白了！

那时，家村早已实行新婚姻法，男女的婚事都由双方自己做主，谁也包办不了，陈家老太太是个爽快人：请个媒人，马上操办，只要两个年轻人同意，就算妥！

几天后，陈家母子和媒人，三人坐着马车去姥爷家提亲。这真是"有缘千里来相会"，经媒人牵线儿，小伙子和姑娘一见钟情！当场，就将婚事定了下来。就在1954年农历五月的一天，大姨父将大姨娶进门儿，风风光光地举行了婚礼。

婚后，小两口就像一对比翼双飞的俊鸟，相亲相爱，夫唱妇随，第二年就生了个大胖儿子。面对这美好的希望，大姨父

那动人的梆梆声

干得更来劲儿了,每天挑着工具担子,常常是迎着朝阳出屯,披一身晚霞归来。挣的钱全交到大姨手中。平淡的生活,充满了无限乐趣儿,小小的泥屋中,飞出的是欢声笑语!

为了挣钱养家糊口,大姨父有时一走几个月不回家,栉风沐雨,餐风饮露,走到哪,就吃住在哪,辛苦和劳累就不用提了。大姨父无时不牵挂家中年迈的老母和妻子孩儿,尤其是心爱的妻子,真让他有点受不了……可是,在那通信落后的年代,根本无法联系!

大姨在家过着清淡的日子,更惦念自己那心上的人啊!每到晚上,一床大被空着一半儿,被窝儿里凉嗖嗖的没有暖和气儿;看着别家的小两口快快乐乐地生活在一块,她何尝不想大姨父陪在身边,朝夕相伴,甜甜蜜蜜地生活啊!

明水、青冈一带,都知道陈"锔漏锅子"手艺好,干活实在。每到一个屯子,听到"锔锅——锔缸——啊"那洪亮的吆喝声,屯邻们总要跑出屋搭话:"陈师傅,快到屋里歇会儿!"于是,纷纷将他围住,有的要锔锅,有的要锔缸,有的要焊洋铁盆,还有的要给锅堵漏儿……

这时,大姨父便笑着说:"你们的活儿我全包下了,可是,总得一份一份地干啊!"说罢,便挑起担子,走进一户人家。

"堵漏儿"是锔锅中难度最大的活儿。有时,一口锅竟有几处"砂眼",虽然只有高粱粒大小,也必须"走铜",因此,锔锅的宁愿铆十个锔子,也不堵一个漏儿。

风箱声"呼哒呼哒"有节奏地响起来了。大姨父坐在小板凳上,一边拉着风箱,一边全神贯注地盯着小火炉。很快,小火炉烧红了。过了一会儿,在硼砂的作用下,铜开始熔化了。大姨父的脸都被映红了,好像抹上了一层金子!那一刻太壮观了：大姨父成竹在胸，只见他动作敏捷，眯着双眼，"倏——"地将化好的铜液，细心地浇入一个个锅漏儿。

大姨父犹如进了凯旋门的胜利者，指着补好的锅，慢条斯理地说："放心使去吧，保你永远不漏！"见此，女人仍不放心。拿起锅，这瞧瞧，那看看，虽然找不出一点毛病，还是少不了讨价还价。

大姨父便笑呵呵地说："大妹子，钱不凑手，不收了，拿去使吧！"

女人的脸红了："那可不行，你也不容易啊！"

这时，大姨父总是抹零去梢儿，把便宜让给用户。

堵完了锅漏儿，又到另一家锔锅。只忙得大姨父满头汗水，顺着脸颊往下淌，连抽袋烟的时间都没有。

"呲啦呲啦"，挥动钻弓子的钻眼儿声，"叮当叮当"，锤子起落的铆锔子声，犹如一曲优美的交响乐，不绝于耳，传出老远。那时，农村文化生活贫乏，来了锔锅锔缸的也是热闹，小屯的男女老少，都跑来看，连住娘家的闺女，也抱着小娃娃来到现场凑热闹。

若是赶上活儿多，累得浑身疲惫也干不完，就得找方便人家往下，大姨父有人缘，用户都主动让他到家里吃住，还特意给手艺人炒盘菜，喝上两盅小酒呢！

大姨父在外耍手艺，挣的都是辛苦钱，不容易。可他却怀着一颗善良的心，有钱没钱，都照样锔锅、锔缸。

一次，大姨父给一家锔锅。主人是个跛脚中年人，衣着褴褛，两间破旧的土房，一边的山墙用木头顶着，媳妇卧病在床，无钱医治，家境十分贫寒！

大姨父费了老大的劲，才将那口锅锔好，可主人却急得团

团转,拿不出一分钱。"破房子漏锅,炕上躺着个病老婆"。见此,大姨父真诚地说:"这位大哥,不收钱了,拿去使吧,总得吃饭啊!"

主人感动得眼窝湿润了,一跛一跛地来到外面的鸡窝前,掏了半天,摸出两个鸡蛋,塞进大姨父的口袋里:"实在对不住,拿去补补身子吧!"大姨父无限深情地说:"我怎能拿这两个鸡蛋?留你们到供销社换火柴吧!"

大姨父走时,主人一跛一跛地将他送到村头,握住大姨父的手,两眼闪动着泪花……

事后,大姨说他傻!大姨父却笑了:"人活在世上,谁能没有难处呢?"

还记得,那是1963年困难时期。大姨父听姥爷说,我家的锅有好几道纹,每天做饭,都得用白面糨子糊锅,不然就漏水。大姨父得知,竟挑起工具担子,不怕路途遥远,从明水一路赶来,好不容易找到兰西县的三百垧屯,为我家锔好了那口漏锅。

大姨父还在屯子里干了两份活,把挣到的几块钱,都给老姐我俩了,说让孩子买点啥吧。父亲留他住两天歇歇脚,他说啥不肯。母亲把煮熟的鸡蛋,塞进他的工具箱里,让他在路上充饥。

看着大姨父挑着工具担子,在"锔锅锔缸"的吆喝声中走远了,我们的心里都觉得暖暖的……

"北荒"那地方,大荒片多。有时,走出几十里路,才有一个小屯。路上,大姨父曾多次和狼遭遇,威胁着他的生命。

一次,大姨父挑着工具担子,从一个小屯出发,中间要经过一片二十多里没人烟的大草甸子,才能到达另一个小屯。那是农历七月份,庄稼棵子都起身了。大姨父大步流星地走到了一半时,突然,从芦苇塘里蹿出一只狼,截住了去路。不一会儿,又从身后不远处,钻出一只狼,堵住了大姨父的回路。情况十分危急!前不着村,后不着店,这可如何是好?!

当时,天色越来越晚了,两只狼一前一后,已开始向自己进攻了。大姨父这个一米七八个头儿的山东汉子,面无惧色,撸起胳膊,紧了紧裤腰带:"他娘的,真要和俺过不去?可别怪俺不客气啊!"于是,操起扁担紧握在手中,准备和恶狼决一死战!

一只狼忽地猛扑过来!说时迟,那时快,大姨父抡起扁担。照准恶狼狠狠地打下去,只听"嗷"的一声惨叫,那只狼连滚带爬地逃命了。

另一只狼,不是猛扑,而是一步一步地向自己逼近,还没到跟前便停下了。大姨父终于看清了:这是一只大肚子的怀孕母狼!看那样子,已快到临产期了,准是饿急了,才打起过路人的主意。这时,大姨父将举起的扁担放下了——它的肚子里,是好几条小生命啊!

想到这儿,大姨父打开工具箱,将留着打尖用的几个白面馍拿出来,抛了过去,把母狼放了。母狼静静地看着大姨父,没走也没动,直到大姨父挑着工具担子走远了。

大姨父靠着赖以生存的锔锅锔缸营生,一干就是几十年。大姨父虽然不富裕,也没攒下钱,可他却生活得挺幸福,总是乐呵的,时不时还放开嗓子唱上几句小调儿呢!

2010年1月15日写成
2017年5月8日再改四稿

编筐窝篓乐趣多

母亲要强,过日子是把好手。

她无论炕上活还是地里活,拿得起放得下。还是个编筐窝篓的能手:无论端筐、背筐、土篮子筐,还是腰子筐、小浅筐、花沿筐,都不在话下。

我编筐,就是跟母亲学的。

那是20世纪60年代末、70年代初,在故乡老屯,家家都过着贫困的日子,在生产队里,辛辛苦苦干一年也见不到几个钱儿,不"胀肚"(欠债)就算挺好的了。

饱经沧桑的母亲在贫困和劳累的磨练中,变得更坚强了,她常说:"过日子离不开'勤'和'俭',不怕穷,就怕懒,我们不是有一双手吗?眼是懒蛋,手是好汉!"靠勤劳俭朴过日子的良好家风,使得与同样过穷日子的村邻相比,我家屋像个屋,院像个院,总是那么规规整整,干净利落,有条不紊。因此,屯邻们羡慕地说:"老于家的会过日子。"

其实,母亲编筐也是硬逼出来的。那时,生产队分的口粮都是"毛粮"(没经过加工的),待谷子碾出小米,苞米伐出苞米楂子,连个装的家伙都没有。家里那两条老旧的帆布口袋,使用多年加上磨损、耗子嗑已是遍体鳞伤,无法使用了。供销社的麻袋才三元钱一条,可家里母鸡下蛋、卖废品攒的那俩钱儿,买一条都不够!怎么办,活人也不能让尿憋死啊?!想来想去,母亲眼前一亮,终于有了办法……

母亲从西条趟子割回一大捆柳条子,"咚"的一声,扔在窗前。连袋烟也不抽,坐在地上,就"唰唰"地撸起柳条叶子来,之后,又将撸完的柳条儿,按粗细分成两捆,放到背阴处,用破麻袋片子苫上了。

我估摸,母亲想要编点什么。

两天后,我收工回来,看见母亲编完的一个不大不小的、略微有点肚儿的柳条囤子,就放在窗前晾着。仔细瞧,编得密密实实的,挺结实,我赞叹地说:"老妈,你真有两下子!"母亲什么也没说,却笑了……

过了几日,母亲又编出一个囤子。然后,将两个编好的囤子里边全抹上了一层"马粪泥"。阴干之后,坚固得很,一敲还发出"嗡嗡"的声音。

母亲将两个沉甸甸的囤子,安放在仓房里,底下垫上土坯。一个盛小米,另一个盛苞米糁子,既干净又不招耗子,比麻袋装粮食强百倍!

母亲一发而不可收,似乎对编筐窝篓产生了极大兴趣!紧接着,母亲又割回两捆细柳条儿,开始了编筐:大筐、小筐、小浅子,编了一个又一个。

母亲编筐时,常常是坐在房山头,铺着一条破麻袋。困好的柳条儿就放在身边。她伸着两腿,将编着的半成品,放在两腿中间,"嗖"地拿过一根绵软的柳条儿,插到相当的位置,然后,舞动双手,穿过一根根茎儿条,飞快地往前编,编出的全是一圈圈的麻花劲儿,好看极了!那根根茎儿条,犹如五线谱,母亲那不停舞动的双手,多像弹奏一架古老的手风琴。这时,再看母亲,嘴角上绽出了一丝美滋滋的笑意。那形象哪里是在

那动人的棒棰声

编筐，分明是在编织美好的生活！

看着母亲编出的一个又一个漂亮的柳条筐，挺羡慕的！母亲说："孩子，学着编吧，有啥难的？又不是扎花拧云子，学到手，过日子用得着，'编筐窝篓，养活家口'啊！"

母亲在老屯的女性中够得上佼佼者，干啥都那么认真、细致。她教我怎么起筐底儿，怎么分茎儿，怎么插条子，怎么往前编……她拿过一根柳条儿："你看着，就这么一个错一个地插，挑一个压一个往前编。这编筐窝篓，和做人一样，条子要插得正，编的要实，编出筐来才能周正、结实，格外耐用！"

母亲这普普通通的话语，说出了深刻的道理。登时，我的心里就像打开了两扇门！

编筐的机会终于来了。

那时，生产队每年割完小麦，都要下甸子打洋草，一干就是半个月。劳动之余，是编筐的最佳时间。

队里出动三十多号劳力，带上长杆大钐刀和行李，坐上一台台四马胶皮车，车老板挥舞长鞭，我们在"嗻——驾——"的吆喝声中浩浩荡荡地出发了。

来到大草甸子，选好地址，安营扎寨。大伙动手，先搭起窝棚，用洋草苫好。然后，埋锅做饭，一眼望不到边的大草甸子上，顿时升起了缕缕炊烟。人们的说笑声、马儿的嘶鸣声，把寂静的草原吵醒了。

那时，我二十多岁，正年轻气盛，抢钐刀打洋草，一点儿都不觉得累。中午，常常是趁别人歇晌的工夫，顶着灼人烈日，到草甸子深处割柳条子，一割就是好几捆。扛回来，撸去叶子，等柳条困好了，就用晚饭后的时间，编筐窝篓。

草甸子的夜晚是迷人的！夜幕徐徐拉开，西天的晚霞映红了半边天,连低矮的草窝棚都涂上了一层金子般的颜色。四周静悄悄的,晚风习习,吹送着醉人的草香,虫儿们的鸣叫声响成一片,开始了它们那终夜不息的大合唱,上弦月穿过云层,羞答答地露出笑脸儿,鸟雀们都钻进窝巢去了,只有那长尾山鸡,躲在远远近近的草棵里,不时"吱喽"地叫几声,似乎有意跟你藏猫猫,逗你玩。

我们一个个围坐在驱逐蚊虫的火堆旁,有的蹲下身子起筐底儿,有的坐在那编筐、编土篮子,大家伙一边编着,还一边扯闲白、逗乐子。诙谐的话语,让人们不时发出阵阵欢笑声。这时,白天抡钐刀的劳累早跑到九霄云外去了。

置身在大自然的怀抱,我们神清气爽,一点儿都不觉得乏困,甚至编起来就不想放下,常常是想起明天还要早起抡钐刀打洋草,才不得不钻进草窝棚休息。

人都说"编筐窝篓,全在收口;编筐不会拧沿,饿死一半儿"。其实,编筐的功夫都在收口拧沿儿上。不会拧筐沿儿,算不上会编筐,只能是编筐的"二五子"。

我乍编筐时就犯愁拧筐沿。虽然编得挺好,可一拧沿儿就松松垮垮,瞎子推碾子——杂了!为此,我可下了不少功夫。母亲曾多次手把手地教我,经过反复实践,终于学会了拧三股沿儿、两股沿儿、滚绳沿儿、花沿儿。哪年下甸子打洋草,我都编好几个筐。我编的小花筐,两层沿儿,四周带罩的,连筐底儿都是伞沿的,谁见了都夸好!愣是让老队长要去了。我编的针线笸箩,精密细致,小巧玲珑,简直就是一件工艺品,现在还用着,柳条都使红了。

学会了编筐窝篓,本身就多了一门手艺,有时倒觉得挺自豪!可麻烦事也随之而来了:屯邻们知道我筐编得好,有的就

把割完的柳条儿，撸净叶子，送到家里求我编筐；有的拿着柳条儿，让我起筐底儿；还有的拿着编完的筐，求我拧筐沿儿。都在一个屯住着，低头不见抬头见，尽管整天忙着干活，可我却从没推辞过，都是利用工余时间，抽空完成的。

对此，大伙简直是感激不尽："于子，让你受累了，家里有啥活吱一声！"真诚的话语，说得我心里热乎乎的。

你别看这编筐窝篓不起眼儿，在当年的贫困生活中可起到了不小的作用！那时，我家的仓房里，都是用土坯垒成的一格一格的仓子。由于不透风，仓子里潮湿，粮食常常发霉，还受耗子气，遭损了不少粮食。于是，我下狠心拆除了所有土仓子，全换上了柳条囤子：大大小小八九个，都是我起早贪黑编出来的，有的装成品粮，有的装毛粮，通风又透气，相当适用，白手起家，改善了储粮条件，可谓一举多得！

母亲见此，乐了："这有多好，过日子嘛，就得这么勤勤恳恳，实打实凿地干！"

回想起编筐窝篓的往事，至今还记忆犹新。实在是乐趣多多，感受多多！

《勤俭是咱的传家宝》这首歌，当年我在小学时就会唱，曾经教育了几代人！我家从穷困的年月一路走来，始终坚守勤俭的家风，穷日子也过得有滋有味！勤为本、俭养德、诚立身……这些老祖宗留下的传家宝，啥时都不能丢啊！

2017 年 8 月 16 日

难忘铡草的日子

我时常想起,当年,在生产队铡草的日子。

那时,我刚念完书,回到家乡所在的生产队,务农当社员。年龄也就是十八九岁,风华正茂,血气方刚,浑身有一股使不完的劲儿!和我般大般的虎子、林子、腊月子这些小哥们儿,时常被队长分派铡草。

铡草,一般都是冬春两季进行的。

这个季节,地里的上趟子活都干完了,场院里的活结束了,只干送冻粪啦、打绳套啦、选良种啦、积肥啦一些轻活计,挣的都是每天8分的"卯子工"。同样是每天挣8分,铡草和其他活比,相对要累些,因此,没有谁愿意干铡草这活。

队里养着二十多匹耕马(上套干活的),种地、蹚地、往回拉(运)庄稼、打场……离开牲畜就玩不转。谷草是喂马的主要饲料,队里哪年都种二十垧地的谷子。打完的谷草在场院里垛起一个又高又大的谷草垛,成了屯中一道亮丽的风景!

那时,还没有铡草的机器,只能靠笨重的铡刀人工铡草。

铡草都是三个人一伙。一人入草,两人铡。铡刀是通过"刀钉"安在刀床子上的。铡刀把儿上,横绑着一根二尺半长两寸多粗的榆木棒子,勒得紧紧的,即"刀拐子"。铡草时入草的坐在铡刀的根部,两个铡草的在适当的位置站好,双手握住刀拐子,随着入草人的有序动作,刀起刀落,发出"咔嚓——咔

嚓——"清脆的铡草声。如果你细细体味,那场面、那人物,恰似一幅妙趣横生的乡村风俗画!

铡草的两个人中,在右边的叫"硬拐儿",负责擎刀和清理铡出的碎草;左边的叫"软拐儿",负责给入草的拿谷草。每铡完一捆,都要停下一小会儿,硬拐儿和软拐儿按部就班,周而复始地履行自己的职责。

我开始铡草,是和虎子一伙,他是硬拐儿,我是软拐儿,入草的是老贫农朱大叔,三个人组成一个搭档。

朱大叔在队里,是入草的老手,有着多年的入草经验。他干活实在,不糊弄,入草时总是寸草三刀,连谷草节骨儿都铡开了花,从不跑粗。冬季天短吃两顿饭,每天铡八十捆谷草,若按寸草两刀铡,下午三点半就铡完了;可按寸草三刀这么铡,就得延长半个多钟头。

虎子干活爱找香悠。常常是分工时,遇到不对撇子的累活,就抱着肚子说痛得受不了,得歇工。连队长官都知道他难摆弄。他见朱大叔入得这么细,早耐不住性子了:"爷们儿,这么干,一天挣多少分啊?"

朱大叔听了,反倒呵呵地笑了:"队长在社员大会上,不是讲了吗,铡草不能跑粗,保证寸草三刀,马不吃料也上膘。队长分派咱们铡草,是信得过咱们,咱们就要保质保量地完成好!"说完,又一丝不苟地干了起来。

第二天,虎子说肚子疼,说啥不干了。分派来铡草的是林子。林子和我同岁,只是比我生日小,管我叫老哥。林子不爱说话,我们都叫他"老蔫儿"。

朱大叔入草,我和林子铡,三个人配合得挺默契。朱大叔告诉我们:"年轻人学农活,别图轻闲,别怕出力流汗,这么大个生产队,干啥活的都有,别跟别人攀比,只有真打实凿地干,才能撸出一把好手来!"

接着,他话题一转:"就说铡草这活吧,其实,并不是怎么累,关键是你不入门儿,不会使那股劲儿,刀要轻抬、快落,两人的步调一致,胳膊一挺,刀就按下去了,铡起来'唰唰'的,刀吃猛草,就是这个理儿!"

朱大叔的话,使我茅塞顿开,这铡草的学问还不少呢!原先我往下按刀时,几乎使出浑身力气,不一会儿就是一身汗。现在想来,那都是使的笨力气,照朱大叔说的,铡起来轻松多了,原来铡草的功夫全在两个胳膊上啊!

队里的谷草个子大,铡上二十多捆,就得停下来磨刀。朱大叔的脸上和身上都挂满了尘土,他却全然不顾,卷上一支老旱烟抽着,便叉开腿,骑在一个长板凳上,两手握住铡刀,在一块大磨石上,"沙沙"地磨起来。这时,我便端起凳子上的水碗,往大磨石上滴水。朱大叔磨得更来劲儿了。他笑呵呵地瞧了我一眼:"这孩子,不怪是个念书人,真有眼力见儿!"

朱大叔磨了有一袋烟工夫,放下铡刀,擦了擦刀上的磨石浆,伸出大拇指,在刀刃上轻轻地试了试刀锋,然后,自言自语地说:"嗯,不大离了,快了!"

这时,再看朱大叔,满面红光,那情绪显得格外自豪!不由轻轻地哼起小调来:"二哥你走一天,奴我画一道/你走那两天道儿成双啊/东墙那个西墙全画满呀/打开了样彩儿又画八张啊/要不是二老爹娘管得紧/从家门口一气画到沈阳啊!"

朱大叔一边唱着,还一边迈着碎步,高兴得扭了起来!那幽默诙谐的小调和那滑稽的动作,逗得我和林子笑个不停!那时,虽然家家都不富裕,可平凡的岁月,却给人们带来了无比

的快乐。

按要求，我们每天铡的谷草必须由队里的保管员过数，方可从场院里往回背，这是队里的规定。可是，早晨社员出工时，正是保管员忙的时候：手拿一大串钥匙，"唏里哗啦"可院响，又是开仓库门，又是找东西，哪里顾得上给铡草的过草数？于是，就说："你们自己过数吧，差不了！"

林子虽然不爱说话，可到了关键时候，总有一些馊主意："老哥，没人给咱过草数，我看每天少背个五捆六捆的，不显山不露水的，又没人知道，香悠谁不占，不占白不占！"

听了林子的话，我表示坚决反对："不行，要记住朱大叔的话，队里把铡草的话计交给我们，那是对我们的信任，我们要保质保量完成好，图香悠就有害，坚决不能那么干！"

林子听了我的话，倒觉得不好意思了！两眼巴巴地看着我："老哥，我听你的！"

就这样，每天上工后，我和林子一捆不少地将谷草从场院背回草棚子，心里觉得格外踏实。

也许是老保管出于对我俩的考验吧，第三天头上，我和林子刚把谷草背回来，老保管就来到草棚子，半开玩笑地说："老朱大哥，我查一下你们的谷草，看看对不对数！"

"查呗，"朱大叔干脆地说，"这俩小伙子，可不是偷尖取巧的人，我敢保证，要是少一捆，我一天的工分不要了！"

老保管过完了数，笑了："年轻人挺诚实，真是好样的！"接着，他极认真地说："以后，谷草过数的大权就交给你们了！"

这件事使朱大叔对我俩有了好感："小伙子，这就对了，记住，做人处事别占香悠，要学会吃亏！"林子却感触极深，他背地和我说："我当时想得太简单了，多亏你提醒我，老哥，你太有正事了!"

从此,林子和我成了好朋友,我俩铡草也更加合手了。早晨,往回背谷草时,林子每趟总是有意多背几捆,让我少背几捆。他说,你才出学校门,没锻炼出来,累伤着是一辈子的事。对此,我心里很不安,都是一样挣工分,这怎么行?

没过几天,虎子受伤的消息就在队里传开了。当时,我听了十分惊讶!原来虎子不干铡草之后,非要跟车送粪,谁知,在地里往下卸粪时,不慎一个冻粪块子重重地砸在了他的腿上,当时就不能走了。都是在一块干活的小哥们儿,我还挺惦记他的!

收工后,我和林子去看虎子。

一进屋,只见虎子正坐在炕上,腿上盖着被,虎子看见我俩,立时眼圈就红了:"哥们儿,啥也不用说了,都怨我自己了!"说到这,他眼泪就流了下来……

铡草这活,我们三个人干得挺来劲,早晨,按时来到生产队,朱大叔磨铡刀,我和林子去场院背谷草,天天都是保质保量地完成任务。

整整一个冬天,虽然外面冰天雪地,寒风刺骨,在草棚子里铡草的我们,却是汗水不断,棉袄的后背上都挂了一层霜。一天下来,常常是腰酸背痛,尤其是入草的朱大叔,蜷曲着腿坐在那儿,站起身来,两腿都不听使了,谈何容易?

刚进腊月门儿,两间空荡荡的草棚子,我们铡出的谷草就已装满了一半。见此,老队长王作春曾多次在社员大会上表扬我们。说我们铡的草数量足、质量好,做到了寸草三刀,干得不错!

值得一提的是,在全大队检查大牲畜安全越冬时,由于我

们队工作务实，谷草铡得细，做到了寸草三刀，被评为全大队的标兵单位。为此，队里做出决定，年终结账时，给我们三个铡草的，每人多记八十分（十个工）作为奖励。

  岁月悠悠，五十多个年头过去了，当年在生产队铡草的往事仍历历在目。它是我人生里程的一段重要经历，老贫农朱大叔那纯朴、正直、乐观的感人形象，仍在我的脑海里挥之不去。他那真诚教诲，仍在我的耳畔回响！我在艰苦的劳动中，经受了锻炼和考验，不仅在实践中学到了许多知识和本领，更重要的是懂得了怎样做人。

2017 年 12 月 14 日三稿

妻 子 泪

都说女人眼泪多。妻子自从过门到我家,那张红扑扑的脸上总挂着笑,很少见她流眼泪。可是,生了第四个孩子之后,泪水竟多起来了,动不动就流眼泪。

小四儿是个男孩,是1973年农历八月十六出生的。妻子说,这孩子来得不是时候。当时,是我家生活最困难的时候:两位老人都已失去劳动能力,四个孩子都小,八口之家的生活,全靠我和妻子在队里挣工分维持,沉重的生活担子犹如千斤巨石,压得我们透不过气来。

生小四儿那年,冬天特别冷。屋里的北墙上,都挂满了一层白花花的霜。由于烧不起炉子,只能靠火盆取暖。屋里没有暖和气,孩子总是哭,一哭就尿尿,就得换裤子。里屋的一铺火炕,除了放孩子,炕头儿上摆满了尿湿的裤子。白天还好说,到晚上,妻子睡着了,孩子常常尿炕,第二天就得扒火烤炕席。那个冬天,妻子一天忙到黑,就是伺候孩子,啥也干不了,抢着夺着才给大丫头做了一条棉裤,就到年跟前儿了。

妻子向我抱怨:"都说多儿多女多福,这哪里是福啊?"那时,还没实行计划生育,都是差两岁挨肩儿的孩子,实在是没有办法!妻子背地和我说:"你看咱家,白发苍苍的,开裤裆的,老的老,小的小,我自从嫁到你们家,就钻进了孩子堆儿,你一个人养活八口之家,不受穷往哪跑?"说着,眼泪就像断了

线的珠子，噼里啪啦往下掉。见此，我的心里更是热乎拉地不好受！

我时常自责，我这五尺高的堂堂男子汉，太无能了，怎么就不能给老婆孩子幸福和美满的生活？也难怪，那时是生产队"大帮哄"，老八分，少八分，溜溜达达也八分。晃着膀子干一天，还挣不上一块钱。像我家人口多、劳力少的户，辛辛苦苦干一年，倒成了"胀肚户"，连口粮、烧柴都分不回来。我是一个不相信命运的人，可是，尽管你使出浑身解数，还是无法摆脱受穷的困境！

妻子见天晚上把孩子哄睡了，就在油灯下缝破补烂。由于劳累，我常常是躺下就睡着了，妻子啥时睡觉，我根本不知道……

一天夜里，我一觉醒来，见妻子在油灯下包孩子，给孩子换完褯子，两手托着，正逗孩子玩儿。嘴里说着：

> 小乖乖你是好汉哪，
> 长大给妈挣大钱啦；
> 小乖乖你别哭啊，
> 过年咱家就杀猪哇；
> 小乖乖你快快长啊，
> 长大当个排连长呀！

妻子那有趣儿的童谣，似乎说到孩子心里去了，逗得孩子嘎嘎直乐！再看妻子，脸上挂满了笑，显得那般开心，两眼竟溢出颗颗晶莹的泪花儿！

孩子是妈身上掉下的肉，小家伙自从来到这个世界上，当妈的就稀罕得了不得：含在嘴里怕化了，举在头上怕吓着，甚至孩子每哭一声，都牵动着当妈的心啊！

看着妻子对美好生活的祈盼，我也一时感到心里甜甜的！

那年月，拿身子当地种。分分小命根儿，除了在队里挣工分，没任何来钱道，听说大队薅亚麻给现钱，妻子可乐坏了！大队的亚麻地在西北大河，走五六里路才到，每人薅二十四个机播苗眼儿，足有一丈多宽，长度是五百米。薅完还要规规矩矩地捆上小捆，质量要求特别严。中午不回家，就在地里，吃两碗带去的大饸子，渴了就喝沟子里的水。薅到地头，天黑了不说，还下起了大雨，早晨去时骑的自行车，竟成了"负担"，又是推又是扛，好不容易到了西沟子屯，把车子放到一家，又踏着泥泞的路，深一脚浅一脚地摸黑往家走，到家时已是夜里八点多钟了。我帮妻子脱下连泥带水的衣服，换上干衣服，她却坐在那哭开了！妻子辛辛苦苦地干了一大天，才挣了九元五角钱啊！都说"穷养猪，富读书"。那时，我家连猪都养不起，平时的零花钱，买点灯的煤油啦、火柴啦、食用盐啊，全靠那两只老母鸡。由于没粮食喂，鸡从来不连蛋，隔三岔五下一个，就不错了。

那年开春，我花不到十元钱，买回一头看不上眼儿的"拉巴渣"猪：虽然瘦瘦的，可却挺欢实。妻子见了乐得合不拢嘴！她说："猪小架不住瓢舀，有骨头就不愁长肉，那你怕啥？"

家里有了猪，全家人都跟着乐，就像看到了希望似的。从此，稀饭根儿啊、米汤啊、泔水呀，就都派上了用场。这些东西过去都给那两只老母鸡食用，现在有了猪，它们再也吃不着了。每天喂猪时那两只老母鸡，就站在窗前的鸡架上，伸着脖子，瞪着眼睛向这边望，还不时"咯咯哒，咯咯哒"地叫几声，

似乎在向主人鸣不平。

我家养的这头小猪,就是填护人,气吹似地往起长。到了两个月,就变得溜光水滑,足有二十多斤了,真招人喜欢!

妻子每天除了伺候孩子,便是没时八遍地喂猪。她一边喂猪,还一边用手给猪挠身上的毛,小猪便不停地摆动尾巴,就像对妻子表示谢意!小猪每次都是吃起个大肚子才走开。

穷家养猪,哪有什么饲料啊?全靠每天做饭的泔水。再就是推完碾子,打出的碎米子、谷糠和苞米糠。喂猪时,把碎米子烀熟了打泔水。把泔水用锅温热,一瓢一瓢地填在槽子里,猪一边吃一边往猪槽子里撒谷糠或苞米糠,猪可爱吃了。

到了夏天,我和妻子从地里干活回来,不管怎样劳累,总要给猪整回一把菜;孩子们放学回来,写完作业,也常常是挎上大柳筐,给猪挖野菜。这样,猪每天就可改善一下伙食,吃上一顿野菜。过了一段时间,猪长了也胖了。见此,最高兴的当然是妻子,每天脸上犹如绽开的一朵花!

谁知,天有不测风云。

就在猪长到二百多斤时,突然,好好的猪有了毛病:不吃不喝,蹦着高地可院跑,将头往墙上"咚咚"撞。见此,妻子可吓坏了。一时没了主意:这可怎么办?有人说,这猪得的是脑炎,不好治。当时,连个兽医也找不到,急死人了!

晚上,猪不那么闹了,草草地喝了几口泔水,就进圈了。妻子放心不下,哪里还能睡得着觉?她一遍又一遍地钻进猪圈去看猪。只见猪在圈里躺着,呼呼地喘着气,没有多大变化。天刚放亮时,妻子再看猪时,已是奄奄一息了。妻子简直惊呆了……

我和父亲费了老大劲,把猪拖出圈,猪已经不行了。看着三尺多长的猪，长拖拖地躺在地上，妻子一屁股坐在地上，双手拍打猪身，竟放声哭了起来。一边哭还一边叨叨着：老天啊，这日子可怎么过啊？

我很少见妻子这么悲伤，我怎么拉都拉不起来她，而且，泪如泉涌。父亲说，让她哭吧，哭完心里就痛快了！妻子的眼泪是从心里流出来的。这两年多来，妻子是多么不容易啊，每天一瓢泔水、一把糠、一筐菜地拉扯着这头猪，还不是为了出几个钱？此时，希望的肥皂泡破灭了，简直就像天塌下来了，叫人一时无法承受！

父亲忍痛找来屯里的杀猪匠，给猪捅一刀，放了血。然后，烧锅开水，将猪褪完毛，又一块一块地卸了，连同猪头、下水，都装在一个大浅筐里，父亲和妻子俩，推着小推车，到附近的村屯去卖。大部分都赊出去了，总共卖了还不到一百块钱。

此后，有好长一段时间，妻子总是闷闷不乐，提起话来，就流眼泪！

那时，庄户人家，不仅养猪难，卖猪更难啊！公社设有生猪收购站，统一收购全公社的猪。每月收几次，什么时间收，都由收购站定。到时再通知各大队、各生产队。我家所在的生产队，距离公社二十多里，而且，道路崎岖不平，卖趟猪相当困难。

每逢卖猪的日子，社员们都是几家合伙，用马车拉着绑好的猪，到收购站出售。卖猪车常常是走上两三个钟头，才能到达目的地。检斤（称重量）、验等（把猪划分出等级）要按先后顺序排号进行，卖猪车从收购站一直排出很远，猪叫声、人嚷马嘶声传出老远，使往日平静的收购站，顿时热闹起来！为了卖上好等级，托亲靠友挖门子的、找熟人的，一时忙得不亦

乐乎！那些两眼摸黑的老社员，只能听天由命了。

那时，我家卖猪都是妻子跟车去，别人去她不放心。每次卖猪怕耽误装车，妻子都是老早就开始喂猪，让猪饱餐一顿干食，连上一天剩的半小盆大糙子饭都豁出来了倒进猪槽子，让猪吃。

猪一边吃食，妻子还一边和它说话："老朋友，你就实实惠惠地造吧，吃饱了就把你拉走了，到新的地方，不要想家，听见了没有？"猪不停地摆动尾巴，还不时抬头哼哼地叫两声。见此，妻子竟然舍不得卖了！

由于路远又不好走，卖猪车到收购站时，已是东南晌了。早晨喂的那点干食，走一道连拉带尿，已消耗得差不多了，到检斤时，猪的肚子已空空的了，养了两年的猪却说膘头不好，给了个三等，卖了七八十块钱，太亏了。

妻子看着自家的猪，被两个小伙子抬起来装到大汽车上那一刻，她的眼泪禁不住哗哗地流了下来，她心里热乎拉地不好受，这头猪虽说养了两年多，可确实没吃到啥好东西啊！

许多年过去了，我俩都已年逾"花甲"。我常想，妻子和我过了大半辈子穷日子，受了多少苦，流了多少泪，数也数不清！

过去，家境贫穷，孩子都小，妻子流下的是辛酸和企盼的泪水。

生活中遇到坎坷和磨难时，妻子流下的是伤感的泪水。

如今，家中已摆脱贫困，生活有了新起色，妻子为何还动不动地流眼泪？是喜悦的泪水还是激情的泪水？是妻子对生活上有什么要求，还是我对妻子关心得不够？实在令我感到纳闷……

孩子们多数在外地，只有过年过节才能回来。自从我给妻子买了手机,她便急不可待地求人,把孩子们的手机号都存在手机里。一有闲空儿,不是给老闺女拨电话,就是给大孙女、老孙女拨电话。有事没事,总要唠叨几句,甚至还要打破砂锅——问(纹)到底。直到对方说:"好了,挂了!"她仍迟迟地拿着手机,看上一会儿:怎么没音儿了,挂了?然后,就"巴嗒巴嗒"地掉眼泪,简直成了多情的"少女"!

我思来想去,终于茅塞顿开——

妻子流的是牵挂的泪啊!

        2017 年 3 月 29 日二稿

老屋的故事

迄今拥有四十五年历史的老屋，几经修缮，焕然一新：老屋共三间，坐北朝南，东头那间开门。前墙的外面，粘着灰色带图案的瓷砖，窗户涂着乳白油漆，明亮的大玻璃晃人眼睛；房盖是白色的铁皮，四周是天蓝色的搏风板，镶着红牙子。房东侧是两小间全砖仓房，前墙贴着白色瓷砖，房顶是铁皮盖，老屋连着仓房，在屋后高高白杨树的衬托下，熠熠生辉，格外壮美！

望着朝夕相伴的老屋，一股火辣辣的情愫在心头涌动！屋顶上那袅袅升腾的炊烟，又将我带入往事的回忆中……

没盖老屋之前，我家很多年都是找房住。曾住过西厢房的小北屋、东厢房的南屋，吃尽了搬家的苦头，连做梦都想有自己的房子。

直到1958年春，我家才花了三百元钱，买了一间半旧平房，和卖房人对面住在东西屋。这也是件难事啊！人无千日好，花无百日红，别说东西屋，亲哥兄弟还有闹翻脸的时候呢！俗话说，份养猪，伙种瓜，一个屋住两家，是最让人伤脑筋的事！尤其是小孩子，时常打架，就是吃了亏，也不能向着自己的孩子跟大人掰脸，那样，还怎么住了。无奈，就得忍着、让着，和人家整整住了十三个年头的东西屋。其中的难处，就不用说了！

1971年过了春节，东屋住的那家，打算来年盖房子。我和父亲一合计，决定拆掉这一间半房，重选房身盖房子。那时，生产队社员盖房，批房号很容易，只要和队长说一声就行。我家在屯西前趟街选定了房址。于是，这一年刚开春，便开始进行盖房子的准备工作。

由于动手早，种地之前，木料就买回来了。那时，木材紧缺，到县木材场买的硬杂木，求队里的车拉回来，加上那一间半房子的木料，基本够了。

种完地，先在房身地找准位置，打一眼厨房水井，紧接着，又张罗脱坯。三间房子加上仓房，就得五千块坯，人都说，脱坯打墙，活见阎王。挑水、扒泥、上杈、抬泥、抹模子脱坯……没有一样轻闲活儿，连棒小伙子都打怵。六七个强壮劳力，足足干了三天，个个都累得腰酸背疼，浑身就像散了架子！

由于天公作美，脱完坯之后，一直是晴好天气。所以，坯干得挺快。可是，到了往起码坯时，却成了愁人事。干好的坯需抓紧时间码大垛，而且，要用车拉。当时，正是头遍地铲蹚的节骨眼儿，不但人忙，队里的牲畜也没空儿，都出犁蹚地了。这可如何是好？

我和妻子向队长请了假，跟保管员打了招呼，只好使用队里打零儿用的老马车了。我们两个人，又是装车，又是码大垛，由于坯脱得集中，近处的就用人搬，远处的用车拉，就这样，起早贪黑干了四天，总算码完了，看看我们的手，全磨出了血泡，疼痛难忍！为了防雨浇，将码好的两大垛坯，全抹上了大洋角泥，只到这时，才松了一口气。

盖房子的准备工作差不多了，到了1972年，队里刚种完地，我家便抢先张罗盖房子。先是扒掉那一间半房子，接下来

便是找木匠，砍房架子。

那年，队里有八户社员盖房子，一时木匠成了香饽饽。队里的木匠，根本指不上，早让有心眼儿的找去了。怎么办？井里无水四下掏！母亲说："我出去看看，想想办法。"

到底是"老将出马，一个顶俩"。母亲通过亲属介绍，在小城子屯找到一个年轻又活好的木匠，全家人才放了心。

开工那天，头吃饭先在平整好的房身地，操好水平，拉上线，梁砣上拴好大绳，在木匠师傅的指挥下，随着一声高喊："一——二——"大家伙屏住呼吸，使足劲儿，用脚蹬住柱脚根，紧紧地拽住大绳，将房架缓缓地竖起来了：三间房子竖起两架砣，两边大山墙是"硬压山"，柱脚下都垫上了基石，两架砣的前后，都发上了戗杆子，又安上前后檐檩，牢固得很！仔细瞧，两架砣犹如两条巨龙，那腾起的雄姿，极为壮观！

刚吃完早饭，帮工盖房子的社员们，便接二连三地来到工地，有好几十号人。一时，工地上显得十分热闹！那时，盖房子都有支客人（张罗的人）。队里的老秦头德高望众，有号召力，因此，大家伙一致推举老秦头当支客人。他没怎么推辞，笑着说："都在一个屯住着，修工垒垛不是一家的事，大家既然来了，谁也不能偷懒，我只不过召唤一下罢了，我也是来帮工的，别有啥想法，总之，一句话，大家伙加把劲，把老于家的房子盖起来！"

开工前需先拨正前后柱脚。只见木匠师傅一只手提着铅锤，闭上一只眼调正：只到铅锤上的垂线和柱脚上的中线重合在一起为止。接着，由支客人进行分工调配：把大山的、垒前后墙的、搬坯的、供胶土的、撮泥的、灌柱脚的、挑水的、和泥的……谁也不闲着，九牛爬坡，个个出力。顿时，整个盖房工地忙得热火朝天!

农村盖土坯房,垒大山墙是最关键的,特别是"硬压山"(无边柁)的房子,更不能有半点马虎!因此,特意选"伊大嘴子"和"实干家"马怀之负责大山墙。"硬压山"的大山墙,一顶一横(横放的卧坯,加一块顺着摆放的坯)打底,垒到四尺高挂斗往回收,然后,马连垛到顶。前后墙则是马连垛打底,五尺高挂斗往回收,单坯到顶。

老秦头这个角儿,可不能小瞧,他决定着整个工程的质量啊!他手拿长杆木榔头,这敲敲,那打打,一点毛病都不放过,让外墙皮,始终保持一条直线,直到把墙垒完。看似轻闲,其实,责任大着呢!

正当房子墙垒到不足四尺高,老天不作美,忽然下起雨来了。大伙急忙用谷草把墙和坯苫好,避免雨浇。雨挺大,帮工的社员们,撂下工具就想往家跑。老秦头把大伙拦住了:"不能散,大伙先避避雨再说!"接着把我叫到一边,诚恳地说:"老弟,我看不能散,若是大伙都回了家,今天就算结束了,停了雨谁还能来啊?咱先歇一会儿,该吃晌饭吃晌饭,午后天晴了,再接着干,我看今天上完盖不成问题!"我被老秦头的一片诚心所感动,于是,干脆地说:"行,就照你说的干!"

晌午饭早就准备好了,是大黄米黏糕蘸白糖,外加小米饭汤。大伙吃得挺满意。饭后,果然火红的太阳露出了笑脸。见此,我的心头就像打开两扇门!在老秦头的指挥下,帮工的齐乎拉地来到房场,又开始了紧张的劳动。

在乡亲们的努力下,墙垒得进度快而且质量好。老秦头又调兵遣将,精心策划:屋里的活也同时进行。由豆腐匠闵文义砌锅台,老队长王作春盘炕。上完房盖抹完泥,锅台砌成了,

炕面子也抹好了。安上锅,点燃一把干柴,有抽力,挺好烧!看着新房子的烟囱冒出缕缕柴烟,我总算一块石头落了地——当天冒烟了,房子盖起来了,我那高兴的心情就不用说了!

半个月之后,炕烧干了,我们全家人便搬进新房子住。门和窗户,是父亲从平山镇门窗加工厂买回的,安上挺合适的。房子安上窗户门,才像个真正过日子的人家,可当时的玻璃紧缺,一时还镶不上,只好用塑料布蒙上,防寒遮雨。

虽然条件简陋,可总算有了自己亲手盖的房子,全家人其乐融融,尤其是两位老人,喜悦的心情溢于言表!他们无限感慨地说:"活了大半辈子,还头一次盖房子,金窝银窝,不如自己的土窝啊!"

当时,肇东县有玻璃厂,能生产玻璃。为了买到玻璃,也只好跑趟肇东了。我凑了几十块钱,带上干粮和一条旧毯子,乘坐早五点半的班车出发了。那时,从我家到县城,汽车票才一元三角钱,从县城到肇东六角钱。

我到肇东时,已是上午十点多了。

好不容易找到玻璃厂,出售玻璃处,却令我很失望:当天卖的玻璃早已一抢而空了,柜台上只剩下一些破烂不堪的半透明玻璃,买不买呢?来一趟不容易,也不能空手回去啊,还是买了吧。

我挑了几个大块,估摸里外屋的八扇窗户够用了,让售货员给割几刀,再用旧毯子包好,那重量足有百八十斤。时间已到中午,返回的汽车没有了,我只好背着包好的玻璃,吃力地跨过天桥,来到火车站的票房子。

我找一个空座位把玻璃放好,这时,肚子早饿得咕咕地叫了。票房子里卖啥吃喝的都有,我摸摸口袋,不到五块钱了,只好拿出又凉又硬的馒头充饥。

那时出门,没钱住店,蹲火车站票房子是常事,是没人笑话的。

这是一个县城车站,过往的旅客不多,到了午夜时分,车站里的人便寥寥无几了。多数是蓬头垢面、脏里脏气的乞丐,蜷缩在靠椅上,身上发出一股难闻的气味。站里的执勤警察,吵嚷着清场了,看样子是走过场,只简单地问一下去哪里、什么时间的车就过去了。还算幸运,要是严格清场,我没有车票,是清出的对象,非蹲大街不可了。

那一夜,我守在毯子包着的玻璃旁,不敢睡觉,生怕被人偷走。第二天,我一身的疲惫,背着沉重的玻璃,吃力地跨过天桥,来到汽车站,直到坐上通往县城的客车,才松了一口气。

窗户门都镶上了玻璃,虽然是半透明的,可是,比起那窗户纸和塑料布,不知强多少倍!远远看去,明晃晃的。我又将门窗涂上了天兰油漆,显得格外漂亮!比起一般的土屋来,似乎提高了一个档次。

盖房子那年,太累了,我和妻子俩没有闲着的时候。为了不透风、防寒,光房子的里外墙,就抹了四遍,而且,认真细致,一丝不苟,墙面抹得光整,棱是棱,角是角。屯邻们见了都驻足观看,夸奖一番:"这墙抹得真好,年轻人干啥像啥!"

转过年,我家又在正房的东侧盖起了土坯仓房,还垒起了土院墙,小院显得格外规整。

每当我和妻子收工回来,听着院子里传出"喔喔"的鸡啼,"呱呱"的鸭唱,和那"汪汪"的狗吠,就感到生活本身是那么富有情趣儿!到了大门口,两个大孩子早呼叫着迎出来了:"爸爸回来了,妈妈回来了!"此时,我和妻子早忘记疲劳,一

人抱起一个,又是亲嘴,又是贴脸儿,那一刻,整个心窝儿都感到甜甜的!

老屋是土坯房,每年春天,都要用碱土泥抹房盖,一年不抹都不行。遇到雨水勤的年头,房上的碱土冲薄了,房盖时常漏雨。这样,每逢大雨来临之前,就得上房垫干碱土,才能确保不漏。

到了农历七月份,还要用黄土加上"麦鱼子"(打麦子扬出来的麦糠),和泥抹外面的墙。平时,猪拱墙根了,雨水浇掉泥皮了,就得赶快抹上。

上冻前不仅用心细致地糊窗缝儿,窗户还要蒙上塑料布,把窗户封得严严实实的。尽管如此,到了严寒的冬季,室内无取暖设备,只能靠泥火盆,盛满灶堂里做完饭扒出的残火取暖。

"数九"天,是最难耐的了。老北风猛刮,户外嘎嘎冷,屋内的北墙上都结了一层白霜。屋里没有一点暖和气,只好坐在炕上,守着泥火盆"猫冬"。大人还好说,小孩子受不了啊!妻子常常是在炕头焐一床小棉被,让孩子把小脚丫儿插进被窝儿里取暖。可孩子们不听话,坐一会儿,就可炕跑,嬉笑打闹,小手和小脚丫儿,都冻出了水泡泡。

1982年冬,我家终于生上了炉子。这是我长这么大,冬天头一回烧炉子啊!有了炉子,屋子里烧得暖融融的,再也不愁冬天挨冻了!记得烧炉子那天,全家老幼比过大年还高兴!最高兴的是孩子们,他们乐得直蹦高。屋子里顿时变得热乎乎的,孩子们一个个小脸红扑扑的,干脆敞开怀!北墙上的白霜不见了,连窗户上的玻璃都显得透明了。见此,两位老人乐得合不拢嘴,妻子热泪盈眶,不时背过脸去,撩起衣襟擦眼泪。

到了2006年春,历经三十六载风雨沧桑洗礼的老屋,仍巍然地坐落在那，风采不减当年！由于我管理有方，墙体还是那么坚固。只是因多年的风雨剥蚀，窗户门松懈了，窗台板腐烂了，加之厨房的房箔是秫秸的，架不住热气熏，早就烂了，虽然收拾几次，仍不理想，有时竟从上面哗哗往下掉土，实在苦不堪言……

如果只是换门窗，换厨房的房盖，费事又不少花钱，还不如大大方方地修缮了。于是，我决定动大手术——将老屋进行大修。

那时，我们当地还没有砖厂，我从青冈县芦河砖厂，买回一万五千块红砖，又购置了一等果松门窗料和落叶松的门窗框材料，买了铺房盖用的苇帘子和松木椽子，备足了砂子、水泥等建筑材料。

抓住种地之前的有利时机，我家修房子工程正式启动了。

扒掉了老屋的房盖，拆除前墙、老炕和间壁墙，保留了原来的三面墙（两山墙和后墙），光土和坯就拉出十几车，真是土屋啊！

看着拆除的老屋，心中还有点火辣辣的不好受！它陪伴我们同甘苦共患难，风风雨雨走过了三十六个春秋，我人生中最好的年华，就是在这所泥屋中度过的。是它默默无闻地保护着我，使我由一个涉事不深的青年步入知天命之年，走向成熟！我的大部分文学作品，都是在这所小小的泥屋中，在昏暗的煤油灯下，趴在炕沿上，坐着一个木墩子写成的。我的子女们，都是在这泥屋中长大的，他们虽有父母的精心呵护，可老屋却功不可没！

总共用一个月的时间，老屋修好了。

原来的三间土坯房，变成了三间砖瓦结构三油两毡沥青盖

的一面青房。室内占地六十平方米：有厨房、有卧室、有书房，过去写东西艰苦得很，如今有了自己的书房，又购进了写字台、座椅，写东西更来劲儿了！这还不算，还安装了小锅炉，烧上了暖气。

同年，我又推倒了土院墙，换上了齐整整的板障子，转过年，又盖起两间砖仓房。每到农历七八月份，小院青枝绿叶，瓜果飘香，居住在如此舒适的环境中，实在是打心眼儿里高兴！

2013年，我又将房盖（含仓房）包上了铁皮，院子四周的板障子，全换上了铁棚栏；推拉式的大门，两边是造型优美新颖的门柱，使距今四十五年的老屋，焕发了青春，变得越来越美了！

收回思绪，实在是感慨多多。

老屋是录相机，记录了那些令人难忘的沧桑岁月；老屋是美术师，用浓墨重彩，描绘着农家美好的未来。她不仅见证了时代的变迁，还谱写了一支农家生活的变奏曲！

2016年6月18日初稿
2017年10月3日第三次修改

医者仁心的赞歌

和她相识，纯属于一个偶然的机会。

今年六月份，我的老"腰突"病又犯了，走路都感到费劲，这可怎么办？朋友介绍，让我到县人民医院的康复科找张大夫，保证能帮你解除病痛。

说实在的，我的腰间盘突出病，这些年来没间断治疗，可疗效都不理想，一直困扰着我，因此，成了我的一块心病！

听了朋友的话，我心中一亮，第二天便来到县人民医院。到了二楼北侧的康复科才七点多钟，可门已打开了，一个年轻的女医生正忙着，再一看，室内的床位满满的，都是患者。

我急不可待地问：哪位是张大夫？

回答是那么干脆、亲切，又满是热情："我就是！"她笑微微地看了我一眼："您先坐那儿，请稍等！"

借着这个机会，我将她仔细地打量一番：这是一个中年女性，长得那么年轻、漂亮，身材苗条，头发向上挽着，挺时尚，穿着一件白大褂，白皙的脸蛋儿，显得挺丰满，一双有神的眼睛，闪着睿智的光彩，嘴角上总是挂着一丝笑，一看就是个干练的女性！

她，就是县人民医院康复科主任、副主任医师张增臣大夫。其实，她的名字，我早就有耳闻，只是还不认识。

此时，她简直忙得不可开交：一会儿给这个患者针灸、烤

电,一会儿又给那个患者蜡疗、按摩。动作敏捷,有条不紊,只见她额角上,都挂满了细碎的汗珠儿!

这会儿,正好一个患者做完最后一项理疗,倒出床位,才轮到了我。

按要求我先是趴在床上针灸、烤电,然后又仰卧进行蜡疗和按摩,做完四项要用两个小时。她那认真细致、热情周到的服务,让我有点感动了!临走时,她认真地告诉我:"你明天早六点半到即可!"我听了,还有点不解,不是八点上班吗?

第二天,我六点半准时赶到医院。别的科室还静悄悄的,二楼康复科的门已打开了,更让我奇怪的是,患者都接二连三地赶到,张大夫已开始工作了。她笑呵呵地说:"于叔,来得正好,找好床位,现在就开始吧!"话语温柔,显得那般亲切!

她见我有点不解的样子,一边给我做着理疗,一边简单地做着解释。

张大夫一直是早六点半上班。因为,找她的患者多,大多数是家在农村的,有的是慕名而来的,他们都是多年的老腰突、老寒腿、老颈椎病、脑梗后遗症等难治的病,他们往往治病心切,都想早日摆脱病痛的折磨,站起来,走起来,把好日子找回来!张大夫理解他们的心情,同情他们的病痛,为了接待更多患者,把足够时间放在他们身上,她决定每天提前一个半钟头上班,到了早八点正式上班时间,基本上可做完八九名患者的理疗。这样,既争得了时间,又保证凡找她前来就诊的患者,都能得到治疗。虽然辛苦劳累,为了患者早日康复,她却感到值!

这时,我对张大夫的敬业精神,不由在内心深处产生了一种敬佩的感情。工作务实,热心为患者服务,多好的医生啊!

对于农村来康复科治病的患者，因为他们不熟悉医院的情况，张大夫总是热心帮他们办理住院和新农合手续。一会儿跑楼上，一会儿跑楼下，忙得她常常是腰酸背痛。看着患者那张张满意的笑脸，她又觉得无限欣慰！

我在康复科做理疗那些日子，正赶上张大夫在大学读书的儿子放假回家小住，儿子回家，本来是件高兴的事，可却给张大夫增加了负担：她天天凌晨四点就起来，先是为孩子做他喜欢吃的饭菜，做好了放在那，等孩子起床后再吃。然后，自己匆匆忙忙吃点早餐，准时六点半到岗。这是何等敬业的精神？

对于张大夫来说，个人的事什么都可以舍弃，可是，对于她的患者，却一个都不能放弃。

为了增强体质，工作之余，她想学习练瑜伽，交了一个月的学费，此项运动极需静。可她的患者却不断地打来电话，向她咨询病情，使运动受到干扰。为了患者的健康，她再也练不下去了，只学了十天，干脆选择放弃。

今年六月下旬，县里组织一场文艺演出活动。到红光镇义发村进行扶贫慰问演出。在县人民医院必出的三个节目中，院领导就分给张大夫两个：一个是诗朗诵，一个是女声独唱。那几天她太忙了：每天凌晨四点起床，给儿子做好饭菜，还要六点半准时上班，又要抽时间练节目，尽管如此，一点儿都没耽误给患者治病，而且，演出时非常成功，受到了观众的一致好评！

张大夫的患者，都是她的亲人、朋友，这么说一点儿都不夸大。那天，我刚做完理疗，坐在床边休息。只见一个小伙子，大步流星地闯进康复科诊室，高腔大嗓地向张大夫说："张姐，我给你拿两条鱼来！"

"那可不行,"张大夫百般拒绝,"你快拿回去,留着自己吃吧!"只见方便袋里装着两条个头不小的红鳞鲤子,还不停地摆动身躯,直门儿蹦,真是两条不错的鱼啊!

小伙子红着脸说:"张姐,我没拿你当外人,你若是不收下,可辜负了俺的一片心意了!"

原来,小伙子是城郊的患者,颈椎病十分严重,在张大夫的精心治疗下,十几天过去好多了。原先脖子僵硬,不能回头,现在不仅灵活了,头脑也清亮了,小伙子太高兴了!他听说张大夫在大学读书的儿子回来了,便起早到河套,钓了两条鱼,给孩子尝尝鲜……

听罢小伙子的解释,张大夫笑了:"真不好意思,老弟,让你受累了!"

看着眼前这一幕,我还真以为他们是亲姐弟呢!

张增臣大夫,每天接待三四十名患者,除了她对患者热心周到的服务,更主要的还是她的医术高明。她1994年在黑龙江中医药大学毕业后,在县中医院工作十年,由于工作恳干,成绩突出,2004年调到县人民医院任康复科主任。她曾五次到北京、哈尔滨医大二院等权威医院进修,医疗水平不断提升,在康复治疗方面,具有很深的造诣,成为我县人民医院一名颇有名气的医生。

人都说,一个成功的男人,他的背后要有一个女人;那么,一个女人要想在事业上获得成功,她的背后何尝不需要有一个男人啊?

张大夫的先生,在县公安部门工作,在家有点儿大男子主义。曾有一度,他见妻子整天忙工作,自己回到家,连饭都吃不上。于是,就生闷气,甚至还一个人喝闷酒。在他看来,老婆不做饭，不做家务，还有何用？有点想不通。

后来，他见妻子常常是拖着疲惫的身子回到家，连饭也不吃，就一头倒在床上，真是太累了！特别是有一次，夜间他一觉醒来，见妻子还在为他洗衣服，使他深受感动！他想，家是生活的港湾，要是把妻子累垮了，这个家还有什么温暖可言呢？

从此，他来了个九十度的大转变：工作之余，主动承担家务，常常是自己动手洗衣服、做饭，尽量减轻妻子的负担。张大夫由于工作劳累，晚上休息得晚，常常是顾不上吃早饭，就往单位赶，先生也不抱怨。便不声不响地自己动手煮点挂面，草草吃完就上班了。

有时，张大夫的先生，还抽空到康复科看看心爱的妻子，工作忙不忙？同事们见了，就打趣说："姐夫，听说你可是一直在吃'挂面条'啊，挺好的吧？"先生却显出有点自豪的样子："那还用说，咱吃的可都是进口的名牌面条，你们是吃不着的！"有趣的话语，逗得大伙儿一阵大笑。

有先生的关心支持，张大夫的心里踏实多了。先生每次出差，都不断地给她打电话，衣食冷暖，关爱有加；回来时还买些补品，让妻子补养身体。这些使张增臣打心眼里感到欣慰，工作的劲头更足了。张增臣的高明医术和救死扶伤的事迹，不仅在患者中广为传颂，而且，在社会上还被人们传为佳话。

临江镇有个叫邬亚秋的患者，是个年仅十八岁的女孩。因外伤，引起了脊髓震荡症、腰间盘突出症，最后，导致双下肢瘫痪，不能站立和行走。在哈尔滨大医院治疗，花光了家中所有的钱，可效果却不明显。后来，经人介绍，到县医院康复科找到了张增臣大夫。她苦苦哀求留下来治疗，盼望病情有好转！见此，张增臣的眼睛湿润了：多好的一个小女孩啊！

那动人的棒槌声

为了帮小姑娘解除病痛，张增臣把她留下了。这样的患者，本该住院治疗，可小姑娘拿不出住院费。无奈，张增臣只好在医院附近，帮患者租了一间小平房住下来。父亲每天背着小姑娘，到医院治疗。张增臣不仅自掏腰包，为小姑娘买药，还天天给她买中午饭。不仅如此，还抽空到患者住处看望，送医送药。

在张大夫的精心治疗下，三个月后，小姑娘的双腿逐渐恢复了正常，能站起来慢慢地走路了！患者父亲热泪盈眶，感动得双膝跪地，向张增臣表示谢意。从此，小姑娘和张增臣成为好姐妹，不是亲人，胜似亲人！后来，小姑娘订婚了，结婚时还特邀张增臣送亲，参加她的婚礼呢。

北安乡六十多岁的患者杨振昌，因患脑梗，吞咽功能丧失，两个月不能吃饭、喝水，只能靠鼻饲维持生命，哈市一家大医院已宣判其治疗无望，可家属仍不放弃治疗，患者来到县人民医院康复科，找张增臣大夫帮助治疗，救他一条生命。

对于患者的病情，张增臣也一时感到挺伤脑筋。为了治愈患者的病，她可花费了不少心血。下班时间到了，她还迟迟不肯离去，守在患者床前，苦苦琢磨治疗的最佳方案，张增臣大胆采用了针灸等疗法，仅治疗十天，患者的喉中就开始产生津液。又治疗二十天，奇迹出现了，能吞咽食物了！治疗两个月后，患者的吞咽功能起死回生，让人想不到的是能吃下二十个饺子了，可把患者乐坏了！家属感动得不知道说什么好，只是说，张大夫是救命恩人，是神医！为此，老汉还特意做了一面锦旗送到医院，以表谢意。

像这样的事例，说也说不完。

我完全被张增臣的精神感染了，而且，深深打地动了我的心！

经过短短十天的治疗，我的"腰突"病，大有好转，腰不疼了，腿灵活了，走起路来，浑身感到轻松，张大夫的医术果然名不虚传！

此时，张增臣那感人形象，在我心中活了起来！我想，作为一名普通医生，二十多年来，救死扶伤，热心为数万名患者解除病痛折磨，是什么力量使她如此爱岗敬业，工作起来那样奋不顾身？

我终于找到了答案：她的电脑上方，有一个小纸条，这样写道："家需要我，单位更需要我，单位是我的'大家'，患者都是我的亲人，离开'大家'我将一事无成。"

这肺腑之言，道出了张增臣高尚的道德情操和真诚的家国情怀！我虽然不是作曲家，也不曾谱写歌曲，可我要用手中的笔，饱蘸豪情，为这位大医精诚、患者至上的白衣天使，抒写一曲医者仁心的赞歌。

2017 年 8 月 6 日

酒友老窦头

哪一行都有朋友，搞创作有文友，念书有校友，看戏有戏友，喝酒呢，自然有酒友。

我的酒友老窦头，说起喝酒来，可有讲不完的故事。

老窦头是第一批山东移民，来到我们这松嫩平原腹地，称为"北荒"的地方落户的。

那还是 20 世纪 70 年代初，我作为一名"回乡知青"，在生产队里务农，接受贫下中农再教育，经常和老窦头在一起干活，其实老窦头并不老，那时顶多 40 岁年纪，没人叫他的名字，小青年都这么称呼他。在农田里干上趟子活，我时常落后，见此，老窦头总是伸出友谊之手，主动把我接上来，一同休息，对此，我很感动！渐渐地我俩便成了知心朋友。

老窦头最大的爱好就是喝酒。他干活时，腰间总是带着小酒瓶，休息或劳累了，就掏出来嘬两口，然后，咂咂嘴，自言自语地说："好香的酒啊！"我看着他，实在觉得可笑！

老窦头第一次请我喝酒，是一个收工后的晚上，从西南二节铲地回来，走到门前岔道口时，他一把拉住我，小声说："小于子，我请你喝两盅！"我从来没喝过酒，不管怎么解释都无济于事，硬是将我拉到他家，一进屋，就急不可待地让老伴煎几个鸡蛋做下酒菜。

老窦头待人蛮热情。一边和我唠嗑，一边把小饭桌轻轻地放在炕中间,然后,又将碗、筷子、酒杯放到桌子上。很快,一盘香喷喷的煎鸡蛋端上来了。老窦头拿出一瓶白酒,亲亲热热地说:"小于子,请吧!"说罢将我让到炕上,我俩面对面坐下,他将酒瓶盖起开,立时,一股浓浓的酒香扑面而来,老窦头先给我倒上一杯,然后,又自己倒了一杯,只见他端起酒杯,一双可亲的目光注视着我,干干脆脆地说:"来,小于子,为我们成为酒友,干了!"

面对火辣辣的盛情,我实在无法推辞,于是,我端起酒杯,一饮而尽。顿时感到酒气喷嗓子,口中有一种极清爽的感觉!老窦头也喝下去了,他抬眼乐呵呵地看着我:"小伙子,怎么样?这可是不错的酒啊!"

我仔细地看了看酒瓶子上的商标,不假思索地说:"不就是60度的'北大荒'牌白酒吗,有什么出奇的?"

"小伙子,你说这话可外行了!"

他那深情的目光望着我,先是微微一笑,接着便打开了话匣子。

老窦头是山东梁山人,《水浒传》中的水泊梁山和一百单八将,就出在那个地方。自古梁山人都好酒,老窦头也不例外。他读完了高中,由于家中生活贫困,只好靠打工挣钱,维持生活。那时,他的酒量已很出众,每次喝上半斤八两的,不影响啥事,可那时常常吃不饱肚子,哪有条件喝酒?

来到黑龙江,老窦头看到了美好的希望,再也不用犯愁吃不饱肚子。辛勤的汗水换来了喜人的收获。日子有了起色,自然也就隔三岔五地喝起小酒来。虽然是几角钱的散装白酒,可劳累之后喝上二两也是解乏又解馋啊!

说来也巧,一个偶然的机会,老窦头到省城哈尔滨办事,

顺便到姐姐家串门。姐夫在制酒厂上班,让他尝尝"北大荒"牌白酒怎么样?不喝不知道,喝了真是好!老窦头这么些年,还真没喝过这么好的酒。临走时非要买几瓶带回去。姐夫打趣道:"你带回十瓶去吧,算我送给你的!"从此,老窦头和"北大荒"牌白酒,结下了不解之缘。

那次,老窦头请我喝酒,我幸运得很,虽是第一次喝酒,却遇上了这么好的北大荒白酒。老窦头的脸都喝红了,还连连地说:"酒逢知己千杯少,来,喝!"记得,那天晚上是老窦头把我送回家的。

老窦头自从喝上北大荒白酒,可是上了瘾。那时,一瓶也就是块八角钱,每日小酌,悠然自得,仔细品味,感到神清气爽,心旷神怡!它不仅能解除疲劳,还有散风驱寒,活血化瘀之功效,真可谓酒中之上品啊!

常言道"喝酒喝厚了",我和老窦头的关系处得越来越密切,感情也很融洽。劳动之余,闲暇时,阴雨天,都是我们喝酒聊天的好机会。他常常约上我,到他家小酌。高兴之余,谈天说地,评古论今,实在是乐趣无穷!

他每次举起酒杯,总是无限感慨:"古人云,一人不喝酒,二人不耍钱:对酒当歌,人生几何?来,干下去!"

三杯美酒下肚,老窦头酒兴大发,话也多了起来。此时的老窦头,那语言,那腔调,简直成了说评书的:

纵观历史,我国古代的文人墨客,无不喜酒好酒。李白斗酒诗百篇,留下多少佳作,广为后人传诵?有多少文人,因饮酒而激情澎湃,奋笔写下千古绝唱!过着飘泊生活的杜甫,当他听到官军大胜的消息,以饱满激情的笔墨,写下了脍炙人口的名作《闻官军收河南河北》——"白日放歌须纵酒,青春作伴好还乡",成为千古佳句!

重阳佳节,饮酒赏菊,那是古代文人的一大雅事。宋代女词人李清照,一首《醉花荫》,把思念丈夫赵明诚的心情,写得淋漓尽致:"东篱把酒黄昏后,有暗香盈袖。莫道不消魂,帘卷西风,人比黄花瘦!"多好的诗句啊,读后无不令人称绝!

老窦头看似其貌不扬,名字又不见经传,可他的学识,他的记忆,着实令我佩服。我为有他这样一个酒友而自豪!

一次,临村的一家亲属办喜事,请老窦头去帮助出谋划策。当说到用啥酒时老窦头深有感触地推荐:就用北大荒牌白酒,这可是驰名商标的好酒啊!亲属尊重老窦头的意见,一次买了上百瓶北大荒白酒。席间,满屋酒香四溢,清醇上口,受到客人们的一致好评。

老窦头当场向客人们说:"'北大荒牌'白酒我喝了多少年了,我之所以建议东道主用此种白酒,就是让各位来宾品尝,它是用北大荒黑土地无污染的红高粱为原料,精心酿造而成的。酒质醇厚,清亮透明,酒香浓郁,优雅细腻,柔而不冲,回味悠长,可谓是酒中之上品!"

客人们细细地品味,果然名副其实,纷纷说道:好酒!好酒!于是,热烈地鼓起掌来。有不少客人还说:"等我家办喜事时,也用北大荒牌白酒!"

随着改革开放后经济不断发展,如今,家乡老屯已变成小城镇,人们的生活水平也大大提高。酒友老窦头,现在竟喝上了42度的"北大荒十年陈酿"。

一天晚上,他请我到他家喝酒,竟然提出,在家中开个"酒类专卖店"的打算,想征求我的意见。我对老窦头能瞄准市场,确定增收项目,举双手赞成!

  老窦头的酒类专卖店,名字就叫"北大荒酒专卖店",批发、零售北大荒系列白酒:高、中、低档,高、中、低度几十个品种。他让更多人了解、喝上了北大荒酒。

  开业那天,热闹极了,喜庆的鞭炮声,震耳欲聋!在县城美术社加工的大牌子,挂起来了,在阳光的照耀下,金色的大字熠熠生辉。我特意为专卖店撰写了一副对联:

    大荒白酒,四海闻名,开坛香千里;
    驰名商标,五州青睐,隔壁醉三家。

  老窦头还准备了丰盛的酒席,用"北大荒十年陈酿"招待众乡亲。席间,老窦头精神矍铄,春风满面,真诚地为各位客人满酒,频频举杯。一首豪情奔放的《祝酒歌》,把开业庆典推向了高潮。

  更值得高兴的是,新开业的酒类专卖店,批发、零售北大荒酒竟突破几百瓶,收入十分可观,老窦头高兴极了!

  面对如此火热的销售场面,我茅塞顿开:好酒不怕巷子深。难怪人们对北大荒酒这般钟情,半个多世纪的风雨历程,它倾注了十万转业官兵的心血和百万知识青年的汗水,它是北大荒人战天斗地、无私奉献的结晶啊!

2012 年 6 月 9 日三稿

"炕仙儿"杨老疙瘩

北方人素有睡火炕的习惯。特别是严寒的冬季，炕热屋子暖。忙完了一天的工作，晚上睡在滚热的火炕上，热乎、解乏又舒适……

说起火炕，我想起一个人来：他就是故乡老屯盘火炕、修理火炕的能人，"炕仙儿"杨老疙瘩。

说起"老疙瘩"，还得交代几句：我们这儿，一奶同胞亲兄弟中，最小的那个称"老疙瘩"。

言归正传。杨老疙瘩哥们多，在那穷困的年月，哥好几个晃着膀子干一年，还挣不来一个媳妇钱。轮到杨老疙瘩说媳妇，已是挑水的回头——过井（景）了！年龄三十出了头，高不成，低不就，没有相当的，成了单身汉。

分家时，杨老疙瘩什么也不要。哥哥们帮他盖了两间土坯房，他自己顶门头过日子，每天生活得挺快乐！

杨老疙瘩是个细心人，怕屋子冷，两间土屋，里里外外抹了好几遍，窗户门都糊得严严的。冬天，杨老疙瘩怕炕凉，每天吃完晚饭，都要在灶下攮一筐格挠（碎柴火）。

他发现，虽然烧得不少，可是，炕却不那么热。到了后半夜，炕就干脆没热乎气了。一个冬天下来，他感到腰腿不适，有时还疼痛……这下糟了，难道患上了风湿症不成？

漫漫长夜，杨老疙瘩怎么也睡不着。他想起了弯腰驼背、

干不了活的父亲；想起了两腿不能行走，在炕上瘫痪四年，受尽病痛折磨，离开人世的母亲……那时，自己年纪小，不懂事，归根结底，那是和炕不热有关啊！想到这，他似乎觉得很可怕，若是自己也患上了风湿病，这后半生还怎么活啊？后来，杨老疙瘩了解到，冬天屯邻们的炕多数和自家的炕一样，不热乎！这可怎么办？！于是，杨老疙瘩下决心改造火炕，让更多人享受火炕的温暖！

当年的火炕，都是古老的传统炕。想要改造，谈何容易？

在生产队里，谁都知道杨老疙瘩，为人正直，对人真诚，乐于助人。别看他其貌不扬，可他有头脑，遇事好琢磨。

他先从炕不热的外在毛病入手，一有闲空，就深入各家调查了解，终于摸清了炕不热的多种毛病：炕头热、炕梢不热，炕上边热，炕下边不热，住火就凉，干烧不热，等等……

他觉得，这些只是现象，如何让火炕热起来，才是根本啊！

每年秋天扒炕时，是杨老疙瘩最忙的时候，他主动约定，不嫌脏，不怕累，给屯邻们义务扒炕，扒炕时先仔细询问、炕有什么毛病？然后，认真查找原因，对症下药，一丝不苟地排除故障。每天都造得满脸黢黑，身上挂满了泥土。

杨老疙瘩从中发现，传统老炕多数都是炕洞子深，热量不集中，导致炕凉得快。他在扒炕时，保留了炕头、炕梢的"落灰堂"不变，其他的炕洞子，一律加大垫土量，垫到离炕面子坯半尺左右距离为好，然后，再棚炕面子。

一开始，大伙还不理解，甚至有点信不着，还以为他搞什么名堂。后来，经他扒的炕没有一个不好烧的，而且，热得匀乎。在事实面前，大伙信服了，都说杨老疙瘩还真有两把刷子，赶上"炕仙儿"了！从此，"炕仙儿"的外号便传开了。

杨老疙瘩一时成了"香饽饽"：不仅本屯子人找他收拾炕，排除故障，连外屯子的人都赶着二马车，前来接他去收拾炕，都称他"杨师傅"！

其实，我对"炕仙儿"杨老疙瘩也曾抱怀疑态度：他真的那么有两下子？直到有一次他为我家修好了炕，我才彻底服了。

那是1981年春，我在村学校"戴帽初中"教语文，有几天上班，总是迟到，连自己都觉得不好意思，究其原因，就是炕不好烧，不进烟火，半天做不好饭，为此可把妻子急坏了。做顿饭赶上登天难了，这可如何是好？快找人收拾收拾吧！屯子里的几个会收拾炕的我都找了，房后的树地砍倒了，烟囱也捅了，可就是没收拾好。

这时，我想起了"炕仙儿"杨老疙瘩，我抱着试试看的态度，找到杨老疙瘩，跟他说明了情况，让他来看看，谁知，他却一口答应下来："行，我明早晨过去！"

第二天，妻子正烧火做饭，杨老疙瘩便推门进屋了，他见妻子不时撩起围裙擦眼泪，往灶膛里看，黑黢黢地不愿起火，生烟也丝丝缕缕地往外冒，呛得人直门咳嗽……看到这，杨老疙瘩轻描淡写地说："没啥大毛病，我一会儿过来，给你们收拾收拾就行了。"

偏巧，这天是星期日，我在家休息。刚吃完早饭，杨老疙瘩就过来了。

他首先拔下锅，见喉巴眼儿不小，没堵；然后，让我找来梯子，又登上房顶。见烟囱也不矮，跟前又没树影着，不能犯风啊？紧接着，用一根长木杆子捅了捅烟囱。心想，这回准差不多了！

他下了房，在灶下点燃一把柴，可还是外甥打灯笼——照

旧（舅）！嗯，这可怪了！

杨老疙瘩眉头紧锁，眼睛一眨不眨，苦苦地思索着……

突然，他一拍大腿，自言自语地说："对啊，远劫柴，近燎烟，这毛病十有八九出在炕梢了！"说着，杨老疙瘩找来一把二齿子，上了炕忽地掀起炕席，"咚咚——"在炕梢儿一溜刨开四块坯。

这一举动，把我造愣住了。只听杨老疙瘩大声说："你们看，没病不死人，毛病果然出在这！"

我惊讶地走过去，杨老疙瘩指给我："你瞧，炕洞子紧挨'落灰堂'处，都没搁'迎风石'啊，这几天一直刮西南风，从烟囱来的风，都扎炕洞子里去了，灶坑不冒烟往哪跑？"

我说："炕是我扒的，一定是棚炕面子时着忙，忘了搁'迎风石'了！"

"这还了得，大意失荆州啊！"杨老疙瘩说完，找来四块大小不同的坯头儿，认认真真，恰到好处地放好，重新棚好炕面子，掸点水，用黄土泥抹好。

这时，杨老疙瘩来到厨房，再次往灶下填了一把柴点燃。嗬，只见灶膛里通亮，火苗子呼呼蹿跳着，发出噼噼啪啪的响声，毛病排除了！

看着眼前这一切，我真是打心眼儿里佩服："杨叔，你可真是'炕仙儿'啊！"

听了我的话，他那双深情的目光看着我笑了，笑得那么欣慰！

杨老疙瘩在改造火炕上取得了一定的成绩。功夫不负有心人，他经过认真研究，反复实践，不懈努力，一改传统的老火炕，成功地盘出花洞炕、倒卷帘炕、满堂红炕和省燃料炕……

使用户受益匪浅。

多年来,他为屯邻们义务收拾炕、盘炕,实在是数也数不清。不过,有一条可以肯定,凡是经他收拾的炕,没有不好烧的;凡是他盘的炕,都热得均匀,尤其在那寒冷的冬季,一热热到大天亮。

对此,乡亲们赞不绝口!后趟街的老宋太太,过去一双老寒腿,走路得拄棍儿,自从睡上杨老疙瘩盘的炕,双腿灵活了,拄棍儿都扔掉了,逢人就夸杨老疙瘩有神通!

如今,杨老疙瘩已是六十多岁了,身子骨还那么硬朗,早已享受了"五保"待遇。他虽说一个人,却一点都不孤单。家里有啥活儿,大伙儿都主动上门帮忙;谁家有啥好吃的,总忘不了把杨老疙瘩找去。

他的侄男外女都在外地,时常回来看他。说他年纪大了,不让他干活了,可他就是闲不住。屯邻们不管谁家收拾炕、盖房子盘炕,总是有求必应。他每天高高兴兴地忙这忙那,晚上睡在滚热的炕上,感到生活充满了无限乐趣儿!

2017 年 10 月 28 日改

放 夜 马

在生产队的集体劳动中,最令我难忘的便是放夜马。

那时,我是一个不满二十岁的"回乡知青"在生产队里务农当社员,接受贫下中农再教育。

队里拥有一百多垧耕地,养着三十多匹耕马。每年要种二十垧地的谷子,打出来的谷草,才能够队里的马吃。那时,马可是生产队的命根子:种地、拉车、蹚地……处处唱主角。为了避免草料青黄不接,确保耕畜膘肥体壮,在第一线上显身手,每年夏天都得放夜马。

我在生产队里参加集体劳动,父老乡亲和般大般的小哥们,对我都挺照顾。在田间干活,每当歇气时,见我落在了后面,他们总是伸出友谊之手,把我接上来,一同休息。队长见我干上趟子活有点吃力,就分派我和饲养员老王头放夜马。那时,能干上这个活儿,也算美差事,我觉得挺高兴!

饲养员老王头,是个五十多岁的贫农社员,为人正直和善、爱社如家,小青年们都叫他王大叔。

正是蹚二遍地的时候,卸了犁杖,已是夕阳西下了。我和王大叔身穿棉衣,带上雨具,拿着"蝇甩子"(驱赶蚊子用),各自链好一串马,骑在为首的一匹鞴着麻袋的马背上,马脖子系着铜铃。随着"叮叮当当"的马铃声,出了生产队的大院儿上路了。

走出村子四里地，就是西大甸子。

这里是绿色的世界，让人顿感神清气爽，心旷神怡！此时正是农历五月，无边的草地，仿佛平铺在地上的一块巨大的绿毯。那颜色真是绿得可爱！仔细瞧，草地里还夹杂着许多野花儿：小黄花、小兰花、老婆婆花根儿……如果说北方的夏天是迷人的，那么，夏日的草甸子更令人动情！

这时，别的生产队放夜马的也相继来到甸子上。王大叔和他们打着招呼，然后，把马一个一个地解开缰绳，再用缰绳绊好马腿（以防乱跑，回家时不好抓），儿马（公马）不老实，绊腿时得格外注意。忙完了，看着马大口大口地捋着青草，王大叔放心了。于是，便将鞴马用的麻袋铺在地上，坐下来装上一锅子老旱烟，吧嗒吧嗒地抽起来。

夜幕徐徐拉开，草甸子上一片寂静。

山雀、鹌鹑、山鸡……都不叫了，趴在窝里栖息。连最活跃的野兔，也看不见出来。这时，虫儿们便开始了它们那终夜不息的大合唱，水边的青蛙也"咕咕咯咯"地叫了起来。

"叮叮当当"的马铃声不断地传来。王大叔告诉我："小伙子，你放心就是了，马没走远，正在吃草呢！"

到了午夜，甸子上的气温格外凉，若不是穿着棉衣，恐怕真是受不了。王大叔打着手电筒："走，咱俩看看马去，别让它们走远了。生产队的牲畜交给咱们放，咱得放好，让领导放心！"

每过一会儿，王大叔就叫上我，到马群看一遍。一夜不知要看多少遍：有时困意上来，眼皮直打架！

东方出现鱼肚白时，铃声不响了，马都吃饱趴下了。

这时，我们便链好马，骑着向队里走去。我们将马栓在马

棚里，饲养员再喂一货草，饮好水，天亮了才能套犁杖下地。

放夜马，并不是那么清闲自在。

到了雨季，必须经受雷雨的考验。常常是前半夜还是繁星满天，可是，到了午夜西北天边突然起了一块黑云。不一会儿，乌云吞没了月亮，电光闪闪，雷声大作，紧跟着，瓢泼大雨降了下来。草甸子上白茫茫一片，往远看什么也看不清。找不到避雨的地方，尽管身穿雨衣，头戴草帽，也还是浑身打颤!

不一会儿，雨停了，风煞了，可马却跑散了。怎么办？只好到处去找。

雨后，蚊子都出来了，身前身后"嗡嗡"地围着你转。草地上的露水很重，鞋和裤腿子都湿透了。东一趟，西一趟，直到把惊散的马全找到了，那颗悬着的心才落了地。

放夜马最有情趣的时候就是农历七月份，耠二遍麦茬。那时放夜马夜间可以烧苞米。

队里卸了犁杖，我们骑着马来到甸子上，第一件事就是准备好一捆干柴。等夜幕降临之后，就到甸子边上的苞米地里掰苞米。放夜马的烧几穗，是没人管的。王大叔牙口不好，吃不了苞米，可他从来不反对。

快到午夜时分，身上冷了，肚子饿了，放夜马的便仨一帮俩一伙儿地凑到一块儿，点燃干柴，迎风放好，上面压些土。看着干柴着出了红火，就将扒了皮的苞米穗子，立着摆在红火的那一面，勤翻个儿，待到整穗苞米都烤出黄嘎巴时，才能食用。

一堆堆烧苞米的干柴，火光映红了人们的脸，灿灿的火星子，不断地飞上夜空。大伙守在火堆旁，一边吃着烧熟了的喷香的苞米，一边天南地北地闲聊，喜悦的心情溢于言表！野外烧的苞米，吃起来就是香！在家用灶坑烧的苞米，又黑又糊，怎么也没有野外烧苞米的味道。

我们吃完了烧苞米，东边的"大毛楞"星（启明星），就出来了。这时，王大叔已把马抓回来链好，等着我回家了。

甸子上的草渐渐长高了，放夜马也越来越不好干了。野狼袭击、伤害牲畜的事时有发生，叫人伤透了脑筋！

为了确保牲畜安全，王大叔决定：将以前的"绊腿放、听铃声"改为"不再绊腿、跟踪放牧，死看死守"，尽量减少不必要的损失。

尽管如此，问题还是发生了。

一天夜里，繁星满天，没有月亮。我们来到甸子上，把马撒开之后，王大叔一锅子老旱烟还没抽透，就听马群里有动静：马惊恐地咴咴地叫着，跑了起来。

王大叔凭经验"腾"地站起身，大喊一声："不好，有狼，来人啊！"说罢，第一个向马群冲过去。

大伙听到喊声，都火速赶来打狼。人们跑到马群里，打着手电，只见一匹匹受惊的马都竖起耳朵，直打响鼻。看主人来了，才停下了脚步。这时，狼早吓跑了。我们把队里的马抓住，一匹不少。可令人吃惊的是，那匹老兔灰马的后屁股蛋子上，被狼叨下有拳头大小的一块肉，伤口还滴滴答答地淌着血水，太危险了！

王大叔一看，心疼得了不得："嗨，大意失荆州啊，怪咱失职！"说着，急忙撕下一块麻袋片子，给马包上了。我当时吓得冒汗了：狼咬的兔灰马，正是我放那七匹马当中的，这回可摊事了！

这一夜，我心里沉甸甸的，就像压上了一块大石头，这可

如何是好?

王大叔见我情绪低落,关切地说:"小伙子,不用怕,你年轻,这事有我兜着,回去我向队长交代!"一句话,说得我心头热乎乎的,王大叔遇事推功揽过的精神,实在让我敬佩!

整整一夏天,在甸子上放夜马和牲畜打交道,由于熬夜不睡觉,我们满眼都是血丝,人也变得消瘦了,可队里的马却增了一层膘。

2010年5月23日三稿

织 草 包

那是土改后、新中国成立初,在我的故乡,一到冬季,家家户户便纷纷开始织草包。那许多热闹繁忙的劳动场面,犹如一幅幅淡雅清丽的乡村风俗画,至今令人难忘!

那时,家乡的劳苦大众,刚刚从受压迫、被奴役的黑暗社会中解放出来。分得了土地,实现了耕者有其田的梦想,扬眉吐气地当家做主人。他们热火朝天闹生产,积极踊跃交公粮、卖余粮,热情空前高涨!

可是,由于当时物资匮乏,买不到麻袋。送粮怎么办?于是,乡亲们便开动脑筋,自己动手,织起草包来。

在我们这里,织草包的原料自然是乌拉草。我家所在的屯子,往西走出三里路,过了西沟子,就是一望无边的草甸子。

夏天,甸子深处的大片湿地,生长着十分茂盛的乌拉草和芦苇,人走进去,连个影子也看不到。这里是灰鹤、白鹤、野鸭子和许多水鸟繁衍栖息的地方。

到了农历七月中旬,乌拉草一簇簇长成三尺多高。青绿色的乌拉草,叶尖儿上有点发黄时,就开始成熟了。

于是,家乡的男男女女,便利用农闲的空儿,纷纷走出家门,三五成群地拿着镰刀,带上干粮,走进草甸子深处,蹚着水伴着飘飞的芦花,割乌拉草。人们每天都是背着、扛着或挑着一捆捆的乌拉草,满载而归。

那动人的捧槌声

有的还有意外收获：不是捡到一窝野鸭蛋，就是捉住一只野鸭崽儿，高兴地带回家。各家只需割几天，就足够织草包用的了。也有现织草包现到甸子上割乌拉草的，相比之下，和青时割成色大不一样。

打完了场，粮食进家，清理完柴草，寒冷的冬天就来到了。

这时，家家户户便抓紧时间织草包。搓草绳，挑乌拉草，安装工具……准备工作，早就做完了。你随便走进哪个农家，首先映入眼帘的便是，男女老少织草包的繁忙景象：织草包的架子，端端正正地坐在屋地上，由一个人负责掌管梭子，其他两人各在架子的一端递草。掌梭的动作灵活有序，有条不紊，递草的麻利快捷，一丝不苟。织出的草包片子，表面光滑，密密实实。

织完的草包片子，还只是"半成品"。还要经过一番认真细致的加工和技术处理：编好边儿锁好口儿，用麻绳儿缝合起来，才能成为一条完整的草包袋子。

织成的草包，三尺长，二尺宽，呈黄绿色，用手一摸绵软、厚实、结实着呢！哪条都能装一百二三十斤粮食，和麻袋比，一点都不逊色！

那时，各家各户为了赶织草包袋子，常常是白天干一天，晚上还要挑灯夜战。

夜幕降临，小屯一片静悄悄的，一弯新月，挂上柳树的梢头儿，星星笑眯眯地眨着眼睛。家家都点上灯，有的还把大吊灯挂在梁上，照得满屋通亮。人们有说有笑，劳动的场面十分火热。有的人家竟干到三星平西，小屯成了不夜天。

各家的窗户上，闪动着忙碌的身影，泥屋中不时传出欢乐的歌儿：

天寒地冻雪花飘，
家家忙着织草包；
炕上火盆融融暖，
人人心里乐淘淘；
再也不受奴役苦，
感谢党的好领导；
乌拉草，别小瞧，
织成草包一条条；
哼哎哎咳哟——
装上爱国粮就往国库交哇呼咳！……

一曲流行的小调儿，唱出了翻身得解放的劳苦大众当家做主的自豪感和艰苦创业的无比喜悦的心情！

乡亲们在紧张愉快的劳动中友爱团结、互相帮助的精神随处可见：有的人家，自己织完了还伸出友谊之手，帮种地多的农户织草包袋子；能工巧匠，还到技术差的人家进行指导。屯子里的二荒子，两口子不懂技术，干活笨手笨脚无窍门。两个人好几天才织出一个草包片子，而且，质量不好，可急坏了！大伙知道后，谁也不看笑话，都来到他家真心实意地教他们织草包的技术，终于使他们掌握了要领，草包织得快多了。

那时，我家所在的村属于兰西县五区管辖，区里对我们村的老百姓，在艰苦困难的条件下，搞生产自救、自己动手织草包自力更生的精神特别重视，区里的王区长还组织各村的干部和群众代表，到我们村参观学习织草包。对我们的做法，给予充分肯定，并号召各村向我们学习，很快，在全区掀起了冬闲织草包的热潮。

王区长指示我们：织出的草包不但自己使用，织多了还可以出售，抓住冬闲的有利时机，增加收入，何乐而不为呢？

在区领导的鼓励下，乡亲们的热情更高了，尽管衣服磨破了，手上裂出了口子，却全然不顾。织的草包袋子，进度快质量好，外村有不少农产，都抢先到各家订货，仅一个多月时间，有的人家织草包竟收入了二三十元（那时，一条草包袋子还不到一块钱）。他们不仅受到区里表彰，还被奖励一面"生产能手"的锦旗，让人羡慕极了。

到了农历十月末，冬月初，送公粮开始了。一条条草包袋子早准备好了。

这时，家家都把收获的"上风头"粮食——大豆或高粱，经过认真细致的筛选，再将毫无杂质的粮食装进亲手织成的草包里，装车外运。

那时，送粮都是七套（七匹马拉着）大铁车，相当笨重。沿着"老卜奎道"往齐齐哈尔送，乡亲们站在村口，看着车上满载小山一样装粮食的草包袋子，慢悠悠地渐行渐远，心中别提多高兴了！

几十年过去了，如今，每当回首这段往事，都令我有所思，有所悟：好生活来之不易，艰苦创业的好传统不可丢啊！

2012 年 3 月 22 日改定

不朽的丰碑

斗转星移,历史的车轮,跨越时光的隧道,滚滚向前。抗日战争胜利已七十个春秋了。然而,在家乡曾经洒过烈士鲜血的土地上,当年一桩桩抗日斗争的英雄故事,仍被人们传颂着,而且,在人们的心中,竖起了一座座不朽的丰碑!

三合城激战

1940年农历七月初的一天。

东北抗日联军第三路军第六支队一行36人,由队长于天放带领,深入兰西城北的三合城一带进行活动。这里,地处青冈、兰西两县交界,而且靠近交通要道,到处青纱帐起,庄稼没人,满眼一片绿色。

晚间,在向导许占元的带领下,队伍来到小赵义和陈和璧两屯住下。这里的百姓们在伪满洲国的残酷欺压下饥寒交迫,整天在死亡线上挣扎。听说抗联军是专打小鬼子、救老百姓出火坑的军队,家家都准备了热腾腾的饭菜,争抢着让抗联军到自家吃饭,女人们还忙着为战士们缝补衣服,有的翻箱倒柜,找出家中珍藏许久的一点白面(那时,吃白面、大米是"经济犯",只许百姓吃糠咽菜),给战士烙干粮,走时带着。只忙得额角上挂满了细碎的汗珠儿。想着战士们多杀鬼子,早日结束亡国奴生活,一个个喜悦的心情溢于言表!穷哥们儿都主动到

村头、路口站岗,到房顶上放哨,让战士们好好休息。和抗联军亲亲热热就像一家人。

第二天凌晨五时,抗联队伍开进三合城,小屯虽然不大,可地理位置却得天独厚:"哈黑公路"从屯中穿过,道两旁全是门市房,有挂着幌的剃头棚、弹棉坊、大车店,还有铁匠炉和木匠铺。

老百姓听说抗联军来了,都惊喜地跑来看。三合城北30多里的施家店人都来了。

于天放在大车店里给老百姓开会。由百姓受苦受难讲到联合抗日、结束亡国奴生活,号召乡亲们起来革命,赶走日本帝国主义!他用铁的事实控诉了日本帝国主义的滔天罪行。百姓们听罢,心头燃起愤怒的烈火!

中午,在三合城孙四爷的再三请求下,"孙家饭馆"杀猪摆席,为抗联战士接风洗尘。吃饭不到半个时辰,日军的讨伐队配合伪满山林警察400多人包围了三合城。

顿时,枪声如同爆豆似的响了起来,情况十分危急!

抗联战士们,在于天放队长的指挥下,马上在街道两旁进行隐蔽。机枪手在道旁的庄稼棵子里架起机枪,准备投入战斗。

这时,前头的日军已从屯南顺着公路进了屯子。见屯中静悄悄的,各个端着枪,像缩头乌龟,四处乱撞。抗联队伍中有一个叫朴高丽的鲜族人,枪打得最准。他手握20响的匣枪瞅准机会,对准鬼子,"咕咕咕咕"——一个扇面形打出去,跑在前头的日军,立刻倒下一面子,其他鬼子都傻了眼,惊慌失措地调头便跑。

"给我狠狠地打!"于天放发出命令。

"哒哒哒哒!"这时,隐蔽的战士纷纷开枪射击。公路两边的七挺机枪,"突突突突"地喷吐着火蛇,火力十分猛烈!打得日本鬼子猝不及防,呼爹叫娘,死的死,逃的逃。

这时,北面的日军全进了三合城,疯狂地扑了过来。枪声密集,响成一片,双方展开了一场激烈的战斗!敌人还动用了小炮。一时间炮声隆隆,硝烟滚滚,有一家民房炸毁了……

战斗持续了一个小时左右,抗联军指挥若定,弹无虚发,击毙敌人10多人,受伤的若干。面对敌强我弱的战况,为了保存实力,避免群众伤亡,抗联当即果断决策,留下一个班进行掩护,其他抗联主力火速从屯东突围,冲出敌人的封索线,撤出三合城,钻进青纱帐,转移了。

在这场激战中,抗联军英勇善战,以少胜多,给了日军一个狠狠打击。不幸的是,抗联战士牺牲一人,负伤一人。

群众无一人伤亡。

在三合城屯子里、大道上,小鬼子的尸体横躺竖卧,就像谷个子。扔下的枪支可哪都是,清理战场时,光小鬼子的尸体就装了满满一汽车。

这就是远近闻名的"三合城激战"。当年东北抗日联军一个支队,使日本鬼子大为震惊。

韩俊护养抗联伤病员

1940年秋。

于天放带领的抗联支队,在青冈、兰西两县交界的三合城一带进行活动,时常住在崔云屯的韩俊家。

韩俊,是个开明财主,拥有土地500垧,家里开着中药铺,在当地很有势力。他热心支持抗日战争,曾经给了抗联队伍许多物资和财力方面的重大援助,为抗日联军有力地打击敌人、

消灭敌人,做了不少工作。

在一次抗联支队与日军的交战中,战士赵连生负了重伤。由于当时抗联队伍的救护条件差,加之伤势重,流血过多,赵连生处于昏迷中,如不很好治疗,就有死亡的危险!

于天放为此事很伤脑筋。他看着双眼紧闭、呼吸微弱的赵连生,落泪了!送到百姓家吧,又怕不安全;跟着队伍转移,更是不妥……怎么办,他一时想不出个好办法。

韩俊得知了此事,心中十分焦急!于是,他亲自找到于天放,直截了当地说:"于队长,把护养伤病员的任务交给我吧,保证不出任何问题,放心吧!"

于天放看着韩俊诚恳的样子,紧锁的眉头舒展开了,脸上露出了笑模样!仔细一琢磨,同意了韩俊的要求。笑着说:"韩先生,您既然有这份心意,那就拜托了,咱们后会有期!"

当时,这一带日伪统治的形势十分严峻,到处捉拿抗联军,各村屯的伪警察狗子搜查得相当严。韩俊同家里人赶着二马车,说是老父亲到闺女家串门,病了,以接老爷子为由,冒着危险,拐弯抹角地来到抗联队伍的宿营地,给伤病员赵连生化了装,由韩俊护理,平安地接回了家。

为了安全,韩俊经反复考虑最后决定,将赵连生藏在自家仓库的大板仓里。按时送饭、送水、煎药、包扎伤口……由专人护理,精心医治,照顾得十分周到。

尽管如此,赵连生的心中仍感到不安!他想,要是日本人知道了,自己的死活倒是小事,要紧的是韩家受牵连……

韩俊看出了赵连生的心事,就安慰他说:"赵连生同志,你只管放心养伤,一切由我应付!"

韩俊一有空,便和赵连生唠嗑。问他家住哪里,都有什么人，父母多大年纪了……尽量减轻赵连生的心理负担，让他安心养病。赵连生感到韩俊这人心地善良，心眼好使，对自己真是无微不至。于是，两颗心贴得更近了！

事情终于被警察狗子们知道了。要到韩家大院搜查抗联军！可是，韩俊却主动出击，先发制人，将一包上等"烟土"送上去："别见外，抽没了，家里有！"一下子把警察狗子们的嘴封堵个溜严，硬是把事情给压下了。

韩俊不怕风险，足足护养了赵连生三年之久，赵连生的伤病痊愈了，又恢复了健康。

临走那天，韩家设宴，为赵连生饯行。

赵连生想起在韩家度过的那不平常的一千多个日日夜夜，感激的泪水扑簌簌地流了下来！

韩俊把赵连生送了一程又一程。最后，赵连生紧紧握住韩俊的手，依依惜别！

王彦龄不顾生死当向导

1940年3月23日，东北抗日联军第十二支队途经兰西，去"三肇"（肇东、肇州、肇源）执行任务。

当时，兰西境内的日伪势力十分猖獗："自卫团""讨伐队""棒子队"堵截抗联队伍，每前进一步，都有被发现的可能。

队伍来到兰西祝家屯时，天快黑了。战士们在村外的柳条通里休息。两名岗哨到屯子里问路。老百姓听说是抗联军，都为战士们的安全捏一把汗！

屯子里有一个名叫王彦龄的穷苦出身的青年，头一个跑去看抗联救国军。当他得知队伍不熟悉道路时，感到非常担心！

那动人的捧挞声

为了使队伍摆脱危险,减少损失,王彦龄毅然提出:"这一带的路我熟,如果你们同意,我给你们带路、当向导!"

抗联将士们听了,非常高兴!王彦龄还向大家介绍了自己的情况。望着这个纯朴勇敢的年轻人,纷纷投去敬佩和信任的目光。

家里人知道了这件事,都阻拦说:"要是日本鬼子、汉奸知道你给抗联军带路,还有你的好吗?你不要命了咋的?"

不管谁说什么,道什么,都无法动摇王彦龄的决心。为了早日结束亡国奴生活,王彦龄怀着对敌人的刻骨仇恨,不顾个人安危,带领抗联队伍出发了。

在王彦龄的带领下,队伍沿着蜿蜒而崎岖的小路,穿过敌人的重重岗哨,巧妙地绕过一道道封索线,终于摆脱了困境,安全地到达了目的地。

王彦龄为抗联军带路的消息,很快被日伪特务知道了。他一到家就被抓起来审问。日本人诱骗他说:"年轻人,只要你说出抗联军到哪里去了,有多少人,我们马上放你回去!"

可是,王彦龄却冷笑着说:"我什么也不知道!"敌人见一点情况也得不到,简直气得发了疯!以"反满抗日""私通抗日游击队"的罪名,将他关到哈尔滨监狱。

在毒刑拷打之下,王彦龄毫不畏惧,并以铁的事实,痛斥罪恶累累的日本帝国主义!王彦龄受尽了种种残酷的折磨,最后英勇地牺牲了。当时,他才28岁。

消息传来,小屯笼罩在一片悲愤中!百姓们流着泪,敬佩地说:"王彦龄是为了中华民族的解放而献出了年轻的生命。小伙子有骨气,死得光荣,值个儿!"

2015年8月2日改定

读书圆了我的文学梦

我生长在农村,从小就爱听母亲讲"闲话儿",爱听牛郎织女、梁山伯与祝英台等故事,而且,听完之后,还能讲下来。

我在小学读书时,成绩优秀,作文尤其突出。那时,农村人偶尔进趟县城,便一头扎进新华书店,看到书架上摆放那么多厚厚的长篇小说、作家文选……羡慕极了!简直舍不得离开。我想,要是自己也会写书多好啊!于是,从那时开始在心灵深处便萌发了当作家的理想。

母亲见我学习用功,成绩优秀,自然心里高兴!可有时她却叹气:唉,咱家若是好成分多好……

升初中,按成绩我是"保送"的对象。可是,因为家庭成分,我这被称之为"黑五类"的"地主崽子",不仅不能保送,还不准考入全日制的普通中学,无奈,我只好到公社办的"半工半读"的农业中学继续求学。

当时的农业中学,虽然念书不花钱,可办学条件差。种地、夏锄、秋收,要干许多农活,占去不少学习时间,为了多学些知识,我发奋读书。利用课外和劳动之余,孜孜不倦地阅读了当年流行的赵树理的《小二黑结婚》《李有才板话》《三里湾》,周立波的《暴风骤雨》《铁水奔流》《山乡巨变》,曲波的《林海雪原》,杨沫的《青春之歌》等许多优秀的文学作品。

特别是赵树理的作品,对我影响最大,我印象最深。那独

特的语言,那活生生的人物形象,那曲折的情节,那引人入胜的故事,犹如蒙蒙细雨滋润着我那渴求知识的心田!曾有多少个夜晚,我激动得不能入睡。我打开日记本,用颤抖的笔歪歪扭扭地写道:"我要立志做一名赵树理式的'乡土作家'!"

从此,我和文学结下了不解之缘。

我一边读书,一边写作,在通往文学殿堂的崎岖小路上,艰难地跋涉着……

农业中学学习期满,我不到二十岁。为了学到更多知识,我毅然走上了自学之路。我用两年时间,学完了高中的语文课程。因为家庭成分,我无法进入高等教育的大门。于是,我决心通过自学的途径,又用了三年时间,学完了大学汉语言文学的专科课程,其中的艰苦困难,就不用说了……

随着知识的不断增长,我的写作水平也不断提高。一篇篇稿子,终于在《黑龙江农村报》、省电台发表和播出了。我的写作劲头,也越来越足了。

后来,我在村小学当上了教师,几乎把业余时间全用在了文学创作上。曾有多少个夜晚,我不顾劳累,伏案埋头写作。那时,生活困难,夜晚照明是煤油灯。灯光昏暗,油烟缭绕,在那种条件下写起来相当有劲,常常是为了第二天的工作,才不得不停下笔来。

为了读书和写作,我曾蒙受过不白之冤,那是1966年1月,县广播站举办"春节赛诗"节目,我写的一首短诗《爷爷越活越年轻》被选中并播出。时隔不久,史无前例的"文革"风暴席卷了全国。我因家庭地主成分,加上广播里播放了这首小诗,竟给我加上"读黄色书""想变天""阶级报复"等罪名。又是挂黑牌子游街，又是批斗，弄得我实在不知所措。

在那学"最高指标"搞斗批改、阶级斗争天天讲的特殊年月，读书被说成"无用"，交"白卷"却得到大肆宣扬，那时写稿子，报刊编辑部拟采用，要通过书信形式，向基层党组织搞政审。作者家庭出身清白，方可发表。

既然写东西受限制，读书总可以吧！当时，我在生产队参加集体劳动，闲暇时间和阴雨天，是我读书最集中的时候。我不声不响地躲在家中，如饥似渴地看书学习。《红楼梦》《三国演义》《水浒传》《西游记》四大名著，就是那时读完的，有书相伴，我感到充实多了！

党的十一届三中全会以后，取消了成分，我如释千斤重负，欣喜若狂！政治上平等生活上顺心、无忧无虑的新生活，激发了我读书写作的热情。我又拿起笔，开始写作了。

勤劳善良的父老乡亲，家乡的一草一木，风土人情，都使我产生创作的灵感！我坚持读书，坚持文学创作，热情歌颂党，歌颂社会主义，歌颂改革开放，歌颂新的生活，歌颂幸福的爱情！

由于我辛勤笔耕，不懈努力，在读书和写作上，取得了一些成绩；多年来，在《北方文学》《南方文学》《散文选刊》《黑龙江日报》等报刊媒体发表了大量的文学作品。出版了个人作品集一部并多次在省内外征文或大赛中获奖。其中，报告文学《坚实的脚步》，获"纪念建党90周年共和国脊梁系列活动优秀文学作品银奖"。我因此出席了在北京国家会议中心举行的颁奖盛典，中国作协副主席何建明把金光闪闪的获奖证书送到我手上的那一刻，令我终生难忘！

回望曲折的人生路,是读书伴我走过来的,虽然历尽了坎坷和风雨,可值得我欣慰的是,知识武装了我的头脑,开阔了我的视野。

读书,圆了我的文学梦。

2015 年 7 月 27 日下午

第五辑

域外风景

大连纪行

初秋时节。

我有幸随胜利村教师旅游团一行三十余人,到祖国北方美丽的海滨城市——大连进行一次观光游。虽然时间较短,可看的景点却不少。我大开了眼界,真是不虚此行,感受颇多!

一

我看见大海了!

8月14日早,从家起身,到哈尔滨乘坐12点54分的普快列车,直到15日早上4点多,才到达大连。在导游小伙子的引导下,我们坐上了通往市内的旅游车。大客车一进入市内,就有一种新的感觉:街道上的车不多,整个城市是那么静!

汽车行至一个大广场时,停下了。

导游的小伙子,是个爱说爱道的年轻人,看上去也就20多岁,毛茸茸的小胡子,厚嘴唇儿,稚嫩的脸儿,目光炯炯有神。他告诉我们:下车走走看看,早餐时间还不到,徒步观赏一下大连早晨的风光。

这个广场叫"星海广场",面积不小,除了人行道,整个广场全是绿地。我们缓步行进在柏油路面的街道上,感到神清气爽,心旷神怡!空气是湿润润的,脚下一点儿尘土也没有。举目望去,广场四周,装点着各种形状的雕塑:有的在奋力游泳;

有的在百米线上冲刺；有的在踢足球；有的在跳高……形象逼真活灵活现，使游人惊叹不已！足见雕塑师们的匠心独具，令人感到别有一番情趣儿！

这个广场，其实也是一个公园。抬头看，南端有个高高的、两端翘起的大台子，走过去，就是一望无边的大海了，这里叫"星海湾"。

天空有点多云，海上是一片蒙蒙的水气。面对波涛滚滚的大海，此时，我的心也像大海一样，显得那么宽广！

啊，我终于见到大海了！

她是那么博大、宽广，能容纳千万条江河，有着特别宽阔的胸怀！和大海比，自己显得太渺小了！

记得小时候，常听老人们讲，人要是有什么想不通的事，到海边看看就好了！于是，从那时开始，看海，便成了我的"梦"。后来，时常在电视屏幕上，看见波涛汹涌的大海，可是，那毕竟是电视的镜头画面，没有一点真情实感。在初中时，读过高尔基的《海燕》，确实令人心情激动。然而，那毕竟是暴风雨来临之际的大海，让人产生许多恐惧心理。

此刻，我站在海边上，向远处望去，无风，海上比较平静，没有巨浪，只有一层层翻滚的浪花，一浪接一浪，汹涌着一直推向海边。波涛撞击着海岸，"哗——哗——"卷起无数白色的浪花儿好看极了！我们来得晚了一点，海潮已经退下去了，沙滩上留下了湿湿的痕迹：不仅留下许多美丽的贝壳儿，还有各种颜色的小石子，撩拨起我的许多好奇心！

眼前的海水中，还点缀着大大小小的山丘，山上不仅长满了郁郁葱葱的树木，而且，还建有亭子和红色屋顶的小楼，云蒸霞蔚，壮观极了！

海上有各种船只来往于水面上。船只过处，飞起一片片白雪般的浪花，美不胜收！

无边无际的水面，烟波浩淼，一展大海的雄姿！此时，她显得那样温柔和多情！海浪轻轻地拍打着海岸，犹如亲吻着我们的脸！我的心情一时无比激动，简直无法用语言表达，让我们奋力地张开双臂，尽情地拥抱大海吧！

二

凡到大连旅游观光的人，不到"老虎滩"，那将是最大的遗憾！

15日下午，我们一行在"导游"的带领下，乘坐旅游大客车，兴致勃勃地前往"老虎滩"海洋公园。

汽车走了很长时间，驶出市区，便沿着海边的公路，一会儿上岗，一会儿下坡，但绝不影响车速。路边就是波涛万顷的大海，汽船和舰艇鸣着汽笛，在海面上疾驰猛进，船头泛起无数白色的浪花，飞速向船尾退去，形成了一道亮丽的海上景观。

大连，这座美丽的城市，三面靠水，所以，出门便可以看见大海。

来到"老虎滩"，我们都感到惊奇：这里并不见老虎。那为什么叫"老虎滩"？暂且不去说它，还是让我们先看看这里的景点吧！

"老虎滩"是集观赏、娱乐、演出于一身的综合类海洋公园。不仅吸引着来自国内的游客，一些外国的游人也不远万里，纷至沓来。

走进海底世界馆，你就进入了一个神话般的奇异世界：馆内曲曲折折的墙壁，皆是珊瑚礁、奇石。造型怪异的石柱，那

黑乎乎的颜色，令人顿生恐惧，有点阴森森的感觉！

巨大的"玻璃墙"内，有海鱼上百种，在水中欢快地游来游去。一会儿浮出水面，一会儿又潜入水底，令人目不暇接。海里的鱼类太多了，有一种状如大蒲扇的鱼，鱼身上有一个大薄片儿，大概就是鱼的尾巴吧？游起来煞是壮观，观看的人无不感到新奇！

其实，何止是鱼类，海中的动物更令人叹为观止！海里的白鲸、海豹、海豚……有的甚至叫不出名字。最有意思的是小企鹅，个个都是白色的肚皮。它们在水中游完了，便挺起身子，直立着在岸边休息。这种动物很有灵性，尤其在配偶上，有别于其他动物。配偶的一方夭折之后，往往不再配偶。据说有一只小企鹅，它的配偶死掉了，这只小企鹅每天守在死去的企鹅身边，发出悲鸣。后来，饲养员做了一只"假企鹅"，放在水边，把那只死去的小企鹅拿走了，小企鹅的心情，才有了好转。想来，真是怪有意思的！

近距离接触"海底世界"，尤其使我感到惊险！

当我们走进一个拱形的玻璃长廊时，身边和头上的游鱼在水中穿梭，使人觉得像置身水中和鱼共舞！一条条大鱼迎面向你游来，简直让人来不及躲闪，唯恐鱼撞到你的头上，太惊险了！此时，我真的走进了"龙宫"，真的走进了"海底世界"！

三

在"老虎滩"海洋公园，还看了一场十分有趣儿的"快乐剧场"。

演出场地，中间是个大水池了，三面皆是一层比一层高的座位，一面是山石和石头小屋，屋顶挂着鱼网，别有一番海边渔民的生活情调!

演出开始了。

在主持人的呼唤下,两只欢蹦乱跳的小海豚出场了。只见它从石洞里跳出来,"倏——"地钻入水中。游了一阵之后,爬上岸来,两"手"搭在木箱子上,等候主人的吩咐。

立时,无数双期盼的目光,纷纷投向这时的小海豚。

"向观众敬礼!"

"谢谢大家!"

"向观众招手!"

各种动作,做得特别形象,观众不断地拍手、喝彩!

"耍圈儿""顶球",简直是表演绝了!

主持人站在岸上抛圈儿,小海豚在水中接圈儿。无论怎样抛,小海豚都以神奇般的动作,让圈儿不偏不倚地套在自己的脖子上。看的人无不拍手欢呼!

用嘴顶球,更是小海豚的"绝活"。球有足球大小,只要把球扔在水池子里,小海豚总会把球用嘴顶住,在水中玩耍,从来不掉,真是了不起!

小海豚"鲤鱼跳龙门"的表演,更是叫绝。

在主持人的指挥下,一个手势,"刷"地一声,只见两只小海豚带着水花儿,从水面射向空中,跳起足有丈把高,在空中划了个弧形,又落到水中,这一动作,把大伙惊呆了!

说小海豚通人气,这话一点不假!

在一个西安旅游姑娘的配合下,主持人让小海豚和西安姑娘亲嘴、贴脸儿、握手,小海豚非常听话,样样都做得很认真,仿佛是一个天真烂漫的小孩子!

主持人让西安姑娘向小海豚说句心里话,小海豚趴在箱子

上，静静地听着。当西安姑娘风趣地说："小海豚，我爱你！"这时，小海豚害羞了，用两只小"手"捂住脸儿，不好意思了！全场立刻爆发出一阵笑声。

由小海豚知羞耻，我一时想到了很多很多……

海豹的表演，也是很有情趣的！你看它那笨笨的身子，却能表演不少节目，实在令游人赞不绝口！

四

"海之韵公园"是独具魅力的。

我们乘坐的旅游大客车，停在了公园的门外，因山路曲折，不宜行走大客车，我们只好徒步。

走进公园的入口处，一问方知，离要去的景点"棒槌岛"有15里之多。听罢我有点懈劲儿，但看到路上的游人多数是徒步走，我们也坚定了信心，"不到长城非好汉"，于是，我决心感受一下走山路是什么滋味！

说是"山路"，其实并不是爬山的小路，都是修得相当好的柏油路，只是曲折盘旋，极不平坦，走起来很吃力，尤其对于在平原上生活惯了的人。

开始，我还能跟得上趟，可后来渐渐地落在了后面。原来，后边的同伴也不少，他们一边走，一边选择路边的景点拍照。

路边的景点，都很吸引人：有人体雕塑，那健美的身姿，显出线条美；有植物雕塑，那巨大的仙人掌，浑身带刺儿，挺拔的身躯，表现出无限生机；梅花鹿雕塑，以各种姿态，在路边的水池里或低头吃草，或抬头远望，或用后腿弹着耳朵。见此，一丝创作灵感在心中涌动！我站在一只小鹿身边，用手摸着它的背，拍下了这个有趣儿的镜头。

当我们来到"棒槌岛"时，前边的同伴早已赶到了。15里山路，差不多走了两个多小时，感到有点疲劳。但看到岛上的景观，我便马上振作起来，疲劳早跑到九霄云外去了。

小岛，是山顶夷出的一块平地，三面是波涛汹涌的大海。凭栏远眺，壮观极了！我瞬时进入了"半山半海半边天/雀唱翠柏绕谷间/极目白帆驶空尽/烟云飘渺醉神仙"的诗意中！

小岛上有两棵粗大的"古松"，是人工雕塑的。树干足有几搂粗，那枝那叶，你不细看，还以为是天然生成的，真是巧夺天工！

同伴们纷纷在"古松"前合影留念。我站在老树干上刻着的"缘之梦"前，高兴地拍下了这永恒的瞬间。岛上的景观，令人流连忘返！这里的游人很多，都是到此观光的。我们稍稍休息了一会儿，又不顾疲劳地向另外的景点走去。

来大连观光旅游，所到之处，最惊险的顶数"十八盘"了。

来到"十八盘"入口处，这里的景观特别吸引游人：两只长颈鹿的雕塑，非常形象。看着它身上的花点儿和皮毛的颜色，谁能想到这竟是雕塑呢？

先到这里的游人，正坐在树荫下的石凳上小憩。让人惊喜的是：一个老汉模样的雕塑，坐在凳子上，翘着二郎腿，笑呵呵地叼着烟斗一只手拿起一枚棋子，目视着棋盘，正在下棋呢，可对面的凳子是空的！我的同伴张国君抢先坐在石凳上，像模像样地和"老汉"下了起来。我一只手搭在"老汉"肩上观棋。这时，摄相师正好赶到，对好焦距，按动快门儿，拍下了这个镜头。

这里，是一个"怪坡"。沿着公路，本来是下坡，可是，车一停下，还没等站稳，便自动往回（上坡）转，真是怪事！

第五辑　域外风景

那动人的捧起声

"十八盘"顾名思义,就是弯弯曲曲的山路,足足有十八圈吧!走起来可没那么容易!

沿着石砌的小路,先是一步一步地往下走,一会又拾级而上。左转,右盘,走起来很是吃力!有时,顿感"山从人面起,身旁险象生"。你那颗悬着的心,还没平静,可转过去,来到一个景点时,却是"鸡鸣燕语犬吠,小桥流水人家"的另一番景象!

沿途的岩壁上,有许多精美的浮雕,都是海底世界的景观:各种海鱼在水中游,巨大的珊瑚焦,还有海豚和海豹,真是惟妙惟肖,耐人寻味!

还有一处岩壁上,雕塑着古船、锚和各种美丽的贝壳儿,好看极了!同伴们挑选背景,摄影留念。

我坐在一块大石头上,极目远眺,一路的景致尽收眼底。一时心中诗情奔涌,不禁吟诵道:

不到十八盘,
哪知行路难?
谷深数百丈,
山高可擎天!
头上山鹰飞,
脚下水潺潺;
处处风光美,
累点也心甘!

到过大连"海之韵公园"十八盘景点的人,会有同感:旅游观光,不仅欣赏祖国的大好河山。同时,也锻炼了我们的意志。一举两得，何乐而不为呢？

五

金石滩海边拾贝，是最有意思的了。

我们是16日下午来到金石滩海滨公园的。举目望去，真是别有一番景象！

公园的入口处，白色帆篷式的大门，犹如一艘巨轮，就要启锚扬帆远航了。进入公园，又是一番如诗似画的景象，马上映入你的眼帘：金色的沙滩亲吻着蓝色的大海，海岸上排列着长长的蓝色、白色、红色的伞形布篷，犹如开在海边的朵朵奇葩！是供游人休息和换衣的，形成了海边一道亮丽的风景！

海边游人如织。有的在用心拾着精美的贝壳儿；有的在拣各种颜色的小石子。向海里望去，游泳的人老多了：一个个漂亮的女人，身着泳装，戴着泳帽，一展健美的身姿！有的正三五成群地踏往归途，那美丽的倩影，消失在人们的视线里。

我们旅游团的成员，都不会水。有的只在家乡的池塘或小河沟儿里打过"狗刨"，面对大海，个个都有点望而生畏！有的好奇者，只好挽起裤脚，在浅水中徜徉，那心情别提有多自豪了！总算体验一回大海。有的还尝了一口海水的滋味儿，那咸味儿真是很浓啊！

我不敢下水，只是激情满怀地在沙滩上拾贝壳。我拣了好几个奇形怪状的贝壳儿，还拣了许多有特点的小石子，如获至宝般放在我的旅行兜里。我想，这何止是贝壳和小石子啊，这分明是海边拾来的一串串童话啊！

六

我曾到过伊春的山,那是连绵起伏的山岭;我曾见过尚志的山,那是高耸入云的一个又一个山峰……远处看,它们犹如一幅幅水墨画。我也曾在电视的屏幕上,看见过桂林的山,那是一座座突兀直立的石林。

可大连的山,却是一座座不高的山,山上都长满了树木,郁郁葱葱,显得那么美!这里的山和别处的山不一样,山不高,却显得那么温柔可亲!海里有许多小岛,其实,就是海里的一座座山。山上还建有亭子和小楼,远远望去,恰似一幅山水画。

大连的山,都是红色的岩石形成的。有的山真是怪石巉岩,立陡丛生,人很难爬上去。路两旁,多处都是峭壁。可想而知,开凿山路时,是何等艰难啊!

说大连是一座旅游城市,此话一点不假!

这里特别注重绿化:主街道中间,全是各种花和草坪。连着各个景点的山路旁,全是各种颜色的树,造型优美。还有人物和动物的雕塑,令人感觉就像走进了一个童话世界!有些景观,犹如"动画片"中的镜头,让你有一种新奇的感觉,又似在画中游览一样,进入诗和画的意境中了!

当我们结束了短短的旅游生活离开大连时,心头竟涌起了一些留恋!

我们踏上北行的列车,夜幕已徐徐拉开,回头望去,大连一片灯火辉煌!

2008 年 8 月 24 日初稿

10 月 19 日修改

北京名胜游

北京,新中国的首都。

这座具有悠久历史的文化名城,是我有生以来一直向往的地方!我由衷地感到,去过北京的人,都是最幸福的人!曾几何时,我连做梦都是去北京啊!

然而,梦想终于变成了现实。多年的夙愿终于得以实现!2009年8月13日,是个不寻常的日子——我随胜利村教师旅游团一行30余人,从祖国北疆黑龙江的哈尔滨乘坐特快列车,一路平安地到达首都北京!

我来到了天安门广场

8月13日早餐,是在列车上吃的。火车到了北京站,已是早晨八点多了。

下了火车,导游早在站台上高举着蓝色的小旗等候我们了。这是一位年轻漂亮的北京姑娘,个子虽然不高,话语出口却十分亲切!她亮开清脆、温柔又略带几分羞涩的嗓门儿,喊着说:"哈尔滨的,在这儿集合了!"

在导游姑娘的引导下,我们穿过熙熙攘攘的人群,走出"出站口"。接待我们的旅游大客车,已经在那里等候了。我们高兴地登上大客车,直奔第一个景点——天安门广场。

大客车穿过了繁华的市区,跨过了形态各异的桥梁,终于

那动人的捧挞声

停下了。我们走出车门，盼望已久的天安门广场，豁然出现在我们的眼前！

天安门广场位于北京市中心。南北长 880 米，东西宽 500 米，面积为 44 万平方米，可容纳 100 万人举行盛大集会，是当今世界最大的城市中心广场。

放眼望去，开阔极了！

金碧辉煌的天安门城楼，就坐落在广场的北端。城楼下是碧波粼粼的金水河，河上有五座雕琢精美的汉白玉金水桥。城楼前两对雄健的石狮和挺秀的华表，巧妙地配合，使天安门成为一座完美的建筑艺术杰作。

广场中央，矗立着巍峨的人民英雄纪念碑；广场西侧是雄伟的人民大会堂；东侧是中国革命博物馆和中国历史博物馆；人民英雄纪念碑南侧，是全国各族人民瞩目的毛主席纪念堂，和天安门遥遥相望，形成了一条直线。

天安门广场，记载了北京人民不屈不挠的革命精神和大无畏的英雄气概。五四运动，一·二九运动等都在这里为中国现代革命史留下了浓重的色彩。更令人难忘的是 1949 年 10 月 1 日，毛泽东主席在高高的天安门城楼上，庄严宣告：中华人民共和国成立了！他亲手升起了第一面五星红旗。从此，天安门成为新中国的象征。它庄严肃穆，是我国国徽的重要组成部分。

此刻，我站在神圣的天安门广场上，我那激动的心情，似鸣禽跳上绿枝，像叮咚流淌的溪流，在峡谷中轻轻地鼓着波浪！

抬眼望去，天安门前高高的旗杆上，鲜艳的五星红旗，在蔚蓝的天空中迎风招展。"五星红旗迎风飘扬/胜利歌声多么响亮/歌唱我们伟大的祖国/从今走向繁荣富强……"我不禁放声唱了起来！

我们游览天安门广场,其中一项最重要的内容,就是怀着崇敬和缅怀的心情,参观毛主席纪念堂,瞻仰毛主席遗容。

在导游的引导下,我们来到毛主席纪念堂的南门外,列队等候。

这是一座主体建筑,具有中国民族风格的正方形柱廊式建筑。庄严雄伟,气势恢宏,屹立在天安门广场的南端。

毛主席纪念堂始建于1976年11月,1977年5月落成。是党和国家的最高纪念堂。在这座宏伟的大厦里,安息着20世纪中国人民最伟大的领袖——毛泽东。

毛主席纪念堂,自开放以来,每天都有数以万计的国内外来宾前来瞻仰参观。这里是国家级爱国主义教育基地和革命传统教育基地,是全国各族人民向往的地方。

我们旅游团的成员,纷纷加入了瞻仰毛主席遗容的长队。瞻仰参观的队伍,阵容庞大,横排四人,缓慢地向前移动。往前看,只见人头攒动,不见尽头。广场上有许多工作人员和解放军维护秩序。队伍按照标识前行,不准出列。长长的队伍中,有老人,有中青年,还有不同服装、不同语言、不同肤色的外国人。这几天,北京最高温度一直在35度,我们冒着高温和酷暑,浑身不断地流着汗水!

队伍从毛主席纪念堂由南向东行进,大约走出几百米,再向北拐。行至人民英雄纪念碑东侧,又向西拐。走出大约百米左右,经过纪念碑向南行。走了有几个小时,最后,来到毛主席纪念堂的北门。

我们手持一束白花,脱帽之后,缓步走进了宏伟壮丽的北大厅。大厅正中的长青松柏中是汉白玉雕塑的毛主席坐像。背后是巨幅江山多娇的山水画。毛主席端坐在沙发里,两手放在

沙发的扶手上,活灵活现,神彩飞扬!我们恭恭敬敬地将花束放在毛主席坐像前,从北大厅右侧进入瞻仰厅。

瞻仰厅内,庄严肃穆。正中的水晶棺内,安放着毛主席的遗体。四周是长青花草。大厅正面的白色大理石墙壁上,镶嵌着鎏金大字:"伟大的领袖和导师毛泽东主席永垂不朽。"十七个大字,熠熠生辉!有四名衣冠整齐的解放军战士守卫在那里。

我随着瞻仰的队伍,向前轻轻地移动着脚步。离毛主席的水晶棺越来越近了。当我怀着无限崇敬的心情,来到水晶棺近前时,我一眼就看到了一代伟人——中国各族人民的伟大领袖和导师毛泽东主席,他的遗体安卧在晶莹的水晶棺内,身着银灰色中山装,身上覆盖着鲜红的中国共产党党旗,面部红扑扑的焕发着光彩!我似乎感到,毛主席他老人家还活着!

我在心里默念着:"毛主席啊毛主席,我作为一名普通的中国公民,终于来到您的身旁,瞻仰您的遗容!"

岁月演绎着沧桑,时光温暖着记忆。此时此刻,我仿佛看到了井冈山烽火正在燎原,遵义城头的光芒永世不熄;看到了红军二万五千里长征爬雪山、过草地的艰难,延安窑洞的灯光更加灿烂!

毛主席,您以无产阶级革命家、军事家的胆略,带领革命军队,视死如归,前仆后继,浴血奋战,砸烂蒋家王朝,推翻了压在中国人民头上的三座大山,取得了最后的胜利!您在天安门上庄严宣告,中国人民从此站起来了!这宏伟的声音,传遍了白山黑水、长城内外,威震五岳三山!

毛主席,您的名字与日月同辉,您为中国人民的革命和建设所建立的丰功伟绩与天地共存!……

此刻,人们最爱唱的歌《毛主席是咱社里人》又在我心头回荡:"千山那个万水连着天安门/毛主席是咱社里人/春耕夏锄全想到/天旱水涝挂在心/八字宪法亲手定/生产生活细指引……"

收回思绪,我满怀深情地再一次瞻仰毛主席遗容!可惜的是时间太短,只是一过!我带着一颗留恋的心,离开瞻仰大厅。

游 故 宫

我们游览的第二个景点,便是北京故宫。

北京故宫,是明清两代的皇宫,又名"紫禁城"。位于北京市中心,今天人们称它为故宫,意为过去的皇宫。

我们跨过天安门前金水河上的金水桥,从天安门正门右侧的一个拱形门洞穿过去,走出门洞,不远的前方便是故宫了。我们踏着长长的青石板路,首先映入眼帘的是飞檐重瓦、古色古香的午门。

这时,导游姑娘一边走,一边向我们介绍:故宫始建于明朝永乐四年(1406年),永乐十八年(1420年)建成,历经明清24个皇帝。故宫规模宏大,东西宽750米,南北长960米,面积达72万平方米,建筑面积15万多平方米,有房屋9 999间半,是世界上最大而且最完整的古代宫殿建筑群。

故宫有一条贯穿宫城南北的中轴线。在这条中轴线上,按照"前朝后寝"的古制,布置着帝王发号施令、象征政权中心的三大殿,即太和殿、中和殿、保和殿和帝王居住的三宫,即乾清宫、交泰宫、坤宁宫。

在其内廷部分(乾清门以北),左右各形成一条以太上皇居住的宫殿——宁寿宫和以太妃居住的宫殿——慈寿宫为中心的次要轴线。这两条次要轴线又和外朝以太和门为中兴,与左边

的文华殿、右边的武英殿相呼应。两条次要轴线和中央轴线之间，有斋宫及养心殿，其后即为嫔妃居住的东西六宫。

现在，我们就走在这条贯穿宫城南北的中轴线上。故宫的整个建筑被两道坚固的防线围在中间：外围是一条宽52米、深六米的护城河；接着是三公里长的城墙，墙高十米，城墙开有四门——南有午门；北有神武门；东有东华门；西有西华门。城墙四角耸立着四座角楼，角楼有三层屋檐、72个屋脊。玲珑剔透，造型别致，为中国古建筑中的杰作。

进入午门，就进了皇城。迎面的太和殿便出现在眼前了！

太和殿俗称"金銮殿"，为故宫"三大殿"之首。黄琉璃瓦重檐庑殿顶，建立在五米高的汉白玉台基上。台基四周矗立着雕龙石柱，惟妙惟肖，巧夺天工！这是宫殿群中最大的建筑。殿高36米，宽63米，面积为2 380平方米。大殿正中两米高的台子上，是金漆雕龙宝座，宝座背后是高雅的屏风，还有沥粉金漆的龙柱和精致的蟠龙藻井，富丽堂皇。明清两代皇帝即位、诞辰及春节、冬至等庆典，均在此举行。

中和殿在太和殿后，是故宫"三大殿"之一。这座大殿的建筑风格，是单檐攒尖顶的方形殿。每边21米，各三间。走廊列柱20根，黄琉璃瓦四角攒尖顶，正中有鎏金宝顶。皇帝有事去太和殿，先在此小憩，接受内阁、礼部及侍卫朝拜，每逢各种大礼的前一天，皇帝也在此阅览奏章和祝辞。

保和殿位于中和殿之后，是故宫"三大殿"之一。清朝每年除夕和元宵，皇帝在此宴请王公贵族和文武大臣。到了乾隆年间，把三年一次的殿试由太和殿移至这里举行。保和殿东西两侧的庑房，现改为历代艺术陈列馆。陈列从原始社会到清代约六千年的中华艺术瑰宝。

看完了"前朝""三大殿",接下来,在导游的带领下,我们游览了称之为"后寝"的乾清宫、交泰宫、坤宁宫和东西六宫。真是大开了眼界!

乾清宫,是内廷正殿。殿中设有宝座,上有"正大光明"匾,是明清两代皇帝的寝宫及平日处理政事的地方,雍正以后搬出。每年的元旦、灯节、端午、中秋等节,按例在此举行家族宴。另外,皇帝死后灵柩停在此殿。

交泰宫,为明嘉靖年间后建。其位置在乾清宫后,是明清时为皇后举办寿庆的地方。

坤宁宫,明清时是皇后的寝宫,又叫中宫。顺治年间仿照沈阳清宁宫重建。同时,将西暖阁改为祭神的场所。东暖阁则作为皇帝新婚的洞房。清朝的顺治、康熙、同治、光绪四帝,都在这里举行过大婚。

游览完皇宫城内的"前朝"和"后寝",我们犹如穿越了时空的隧道,踩着长长的青石板的地面,从远古走来。这两部分宫殿的建筑,布局严谨,秩序井然。殿宇楼台,高低错落,红墙黄瓦,雕梁画栋,金碧辉煌,极为壮观雄伟,仿佛走进了人间仙境。

这里的寸砖片瓦,皆遵循着封建等级礼制,映现出帝王至高无上的权威和霸气。在当时那个时代,普通的人民群众是不能也不敢靠近它一步啊!

登八达岭长城

我们要游览的,是八达岭长城。

我们旅游团的各位成员,吃完早餐,备好食品和矿泉水,听说要游览长城,早就跃跃欲试了!

那动人的棒槌声

　　大概是因为头一次登长城的缘故，我们的心中都憋着一股劲儿，藏着一团火！大有"不到长城非好汉"的气势。

　　大客车载着我们一行30余人，愉快地向前行驶。一会儿拐弯儿，一会儿过桥，行进在北京城区的大街上。这时，导游姑娘微笑地对着麦克，又有声有色地开始了景点介绍——

　　长城是我国古代劳动人民创造的伟大奇迹，是中国悠久历史的见证，是中华民族的象征。因长城逾万里，故又称作"万里长城"。据记载，秦始皇使用近百万劳动力修筑长城，占国家人口的二十分之一。当时没有任何机械，全部劳动都得靠人力，工作环境又是崇山峻岭、峭壁深壑，是何等艰难啊！

　　长城位于中国的北部，东起山海关，西至嘉峪关，总长度为51公里。长城作为一项伟大的工程，已成为中华民族的一份宝贵遗产。由于年代久远，早期的长城大多残毁不全，现在保存比较完整的是明代修建的长城。所称长城的长度，也是指明代长城的长度。

　　汽车出了城区，又走了很长一段时间，渐渐进入了山区。从车窗往外看，路两侧全是高高的连绵起伏的山峰。山上有的长着树木，有的却是光秃秃的花岩怪石，重峦叠嶂，煞是险要！过了居庸关，便远远看见八达岭那一个个险峻的山头了。

　　远看长城，就像一条蜿蜒起伏的长龙，雄伟壮观！我看过许多关于长城的画卷，然而，那毕竟是画在纸上的，"纸上得来终觉浅，觉知此事要躬行"。眼前就是长城了——它纵横交错，绵延起伏于我们伟大祖国辽阔的土地上；它翻越了巍巍的群山，穿过茫茫的草原，跨过浩瀚的沙漠，奔向苍茫的大海。其雄伟的身姿、险要的地势，是任何不身临其境的人都无法想象的！

　　汽车在山下的一个停车场缓慢地停下了。我们下了汽车，又上上下下地走了一段较平缓的山坡路，来到一个叫"熊乐园"的儿童公园。休息了一会儿，又向北走，向西拐，终于来到登长城的入口处。

这是一个石板铺砌的广场，四周皆是崇山峻岭。广场东侧屹立着一块巨石，上面是"八达岭"三个刚劲有力的字体熠熠生辉。由我国当代著名书法家启功先生题写。我们纷纷在巨石前摄影留念。

站在广场上举目四望，纵横交错的长城，像条条巨龙越岭翻山，壮观极了！

今天，北京的最高温度仍是35度。人们虽然冒着高温，可是，游长城的兴趣却很浓。向长城望去，城墙上全是游人，五颜六色的太阳伞，犹如绽放的奇葩，汇成了一条条人的长龙。

我们从入口处拾级而上，一步一步地登上了长城。这里恰好是"T"形交会处，我们登上了交会处，向右拐，越过了一个烽火台，向上攀去。我惊奇地看到，游长城的人太多了！从服装上看，不仅有国内的游客，还有来自世界各地的朋友。他们对中华民族的悠久文化很感兴趣！在国际游客中，他们有的是全家来的，有的则是组团来的。光长城这一景点，每天接待游人都在百万以上，实在令人惊叹！

长城的墙体和烽火台全是青砖砌成。那砖又大又厚，可不像现在的砖块那么小。那么大块的青砖，一个人搬两块都很吃力。况且，附近又没有水源，工程用水到哪里取，怎么往上运，这实在是个难题。

长城外侧的墙，都砌着垛口，墙上足有四五米宽，都是用大块青砖铺成。由于登攀的人多，砖面出现了很大的凹坑儿。

我登上第二个烽火台，向下看去，墙体的坡度还不算太倾

斜；可向上看，到第三个烽火台，坡度已相当大了。同伴们都一鼓作气地向上登跟。随着向上登攀的人群，我的劲头越来越足了，心中说不上哪来的一股力气，大有"不到长城非好汉"之感！登上第三个烽火台，已是汗流浃背了。在烽火台里小憩，我和一个老汉聊了起来。老汉今年七十高龄，身体特别硬朗。他说家在北京，年年这个季节都来登长城。他见我似乎有点不理解，话锋一转，朗声笑了起来："登长城就是为了锻炼自己的意志，增强战胜困难的勇气！古人修长城多辛苦，多艰难，我们登长城比起修长城来，太微不足道了！"

老人的一番话深深地感动了我！本来我不想往上登了，可看看眼前这位老人，再想想古人，相比之下，我显得太渺小了！我终于登上了山顶处的最高烽火台。举目四望，长城曲曲弯弯地伸向远方，一时望不到尽头。长城，作为春秋至明代的古建筑，太伟大了，实在令人叹为观止！

"因地形，用险制塞"是修筑长城的一条重要原则，以达"一夫当关，万夫莫开"的效果。八达岭长城，都是沿着山岭脊背修筑的，有的地段从城墙外侧看，非常险峻，可内侧则甚是平缓，收到了"易守难攻"之奇效。

长城，体现了我国古代劳动人民的聪明智慧，确实是一个伟大的奇迹！

皇家园林颐和园

我们乘坐的旅游大客车，出了城区，风驰电掣般走了30里路，便来到北京市西城近郊海淀区的颐和园。

我们急忙下了车，走出停车场，眼前便是造型别致、古朴的颐和园大门。门楼檐下雕梁画栋，红色的廊柱，青色的小瓦铺顶，门上是一块蓝色质地金边金字的匾，上面是"颐和园"三个大字。我们随着旅游的人群涌入园内。

颐和园，是利用昆明湖、万寿山为基址，以杭州西湖风景为蓝本，汲取江南园林的某些设计手法和意境建成的一座大型天然山水园，占地约290公顷，水面约占四分之三。是我国现存规模最大，保存最完整的皇家园林，为中国四大名园（另三座为承德的避暑山庄、苏州的拙政园、苏州的留园）之一，被誉为"皇家园林博物馆"。

颐和园始建于1750年，1764年建成。它集传统园林艺术之大成；万寿山、昆明湖构成基本框架，借景周围的山水环境，饱含中国皇家园林的恢宏富丽气势，又充满自然之趣，高度体现了"虽由人作，宛自天开"的功效。

园内亭台、长廊、殿堂、庙宇和小桥等人工景观与自然山峦和开阔的湖面相互和谐，艺术地融为一体。整个园林艺术构思巧妙，是集中国园林建筑艺术之大成的杰作，在中外园林艺术史上地位显著。

园中主要景点分为三个景区：以庄重威严的仁寿殿为代表的政治活动区，是清朝末期慈禧与光绪从事内政、外交政治活动的主要场所。以乐寿堂、玉澜堂、宜芸馆等庭院为代表的生活区，是慈禧、光绪及后妃居住的地方。再就是以万寿山和昆明湖等组成的风景游览区。

来到颐和园，最吸引我的顶数风景区。

昆明湖岸边，精雕细刻的石柱，古朴美观；玲珑剔透的石栏，优美别致；各种古树名木，有的粗大挺拔，有的虬枝盘绕，充满了无限情趣儿！

凭栏远眺，无限风光尽收眼底：

那动人的棒槌声

万寿山南麓，金碧辉煌的佛香阁、排云殿建筑群起自湖岸边的云辉玉宇牌楼，经排云门、二宫门、排云殿、德辉殿、佛香阁，终至山巅的智慧海，重廊复殿，层叠上升，贯穿青琐，气势磅礴。

巍峨高耸的佛香阁，八面三层，居山面湖，统领全园。

碧波荡漾的昆明湖，平铺在万寿山南麓，占全园面积的四分之三。昆明湖中，宏大的十七孔桥和岸上相连。如长虹偃月，倒映水面，极富诗意！

蜿蜒曲折的西堤，犹如一条翠绿的飘带，萦带南北，横绝天汉！堤上六桥，婀娜多姿，形态互异，美不胜收！

假如你乘一艘彩篷游船，在湖上游览，更是风光无限！逛一逛与西湖一水相连的苏州街，你会看到酒幌临风，店肆熙攘，仿佛置身于二百多年前的皇家买卖街。

谐趣园则曲水复廊，足谐其趣。过小桥赏荷花，会使你赏心悦目，完全进入那"接天莲叶无穷碧，映日荷花别样红"的诗意中去了！

在昆明湖南岸，还有著名的石舫，惟妙惟肖的铜牛，赏春观景的"知春亭"等景点建筑，令人一饱眼福！

漫步在长廊中，穿过古朴的楼阁、亭榭，会使人觉得似在神话中、仙境中游览，又似从远古走来！

颐和园的山水风景使我流连忘返，可园中的庭院生活，尤其耐人寻味！

这里，是清朝末年慈禧、光绪及后妃居住的地方。庭院的建筑格局，都是四合院。屋顶皆是传统起脊式，半圆形卷起的青瓦铺顶，檐下是柱廊式结构，雕梁画栋。每间屋都有两窗，雕刻的花格子精巧剔透，玲珑别致！廊柱为红色，窗子和门是紫檀色。廊檐下雕刻着墨绿色花纹，和红色的廊柱相映成趣，金碧辉煌。正中廊柱间开门，门下的廊檐处，大都是一块金框、金字的匾，用来揭示此殿堂的名字。

我们游览了其中的以"乐寿堂""玉澜堂"等庭院为代表的生活区。所到之处屋室的建筑布局、精致的装饰，不仅耐人寻味，而且印象颇深。难怪游人千里迢迢，纷至沓来，一睹皇家居室，发思古之幽情！

在皇家生活区，不仅屋室建筑讲究，其中浓厚的文化氛围，更令人欣赏！在许多堂馆门两边的廊柱上，都有黑底金字的楹联，其内容很有文采！

玉澜堂的楹联——

诸香细裹莲须雨；
晓色轻团竹岭烟。

藕香榭的楹联——

玉瑟瑶琴倚天半；
金钟大镛和云门。

霞芬室的楹联——

障殿帘垂花外雨；
埽廊帚借竹梢风。

还有一个屋室上挂了一块匾——"藻绘呈瑞"。
楹联是：

千条嫩柳垂青琐；
百啭流莺入建章。

　　细细品味，这些楹联结构严谨，修辞得当，联语简捷，可谓佳联！

　　当我们离开颐和园时，仍感时间短暂，游兴未尽。我虽然没到过承德的避暑山庄，没游览过苏州的拙政园和留园，可颐和园这座举世闻名的天然山水园，作为中国四大名园之一，比起其他三大园来，实在是有过之而无不及！因为，它是集中国园林建筑艺术之大成的杰作！

2009 年 9 月 6 日晚稿
9 月 20 日改定

走进西柏坡

7月11日早上六时,我们在北京铁道大厦乘车。五台大巴车,载着出席"纪念建党90周年·共和国脊梁系列活动颁奖盛典"的三百多名获奖代表,前往革命圣地西柏坡,回顾党的历史,感受西柏坡精神,开展大型采风活动。

我们身着印有"共和国脊梁走进西柏坡"的红字白色文化衫,头戴白色遮阳帽,胸佩"代表证",个个精神抖擞,兴致勃勃!

天阴得不见太阳。不一会儿,雾气弥漫了大地。后来,雾气渐渐消散,八时许开始进入山区。山虽不高,却连绵不断。有时,迎面就是大山,汽车便在长长的隧道中穿行。走完了山区,眼前一亮,映入眼帘的是一望无际的冀中大平原。放眼望去,碧波万顷,到处都是绿色的庄稼。路边的农田里,农民们正忙着中耕或除草。一个个小村庄,隐藏在绿树丛中,恰似幅幅田园格调的水彩画。

大巴车风驰电掣般地向前奔跑着,单程净走了五个小时。上午十一点多,终于到了西柏坡。

从地理位置看,西柏坡位于太行山东麓,滹沱河北岸的柏坡岭下,是河北省平山县中部低山区的一个村庄。距省会八十公里、距平山县城五十公里,有"滹沱明珠"之美称!

汽车在停车场上停下来。我们走下车,顿感神清气爽,似

乎对这里的一山一水都感到格外亲切!走进西柏坡的梦想,终于实现了!我心中一时感慨万千:革命圣地西柏坡,今天,我终于来到您的身边!

举目四望,群山环抱,郁郁葱葱,有山有水,湖光山色,风景如画,真是太美了!难怪当年党中央毛主席选址此处,真是一块风水宝地啊!

我们一行三百多人的采风团,排着整齐的队伍,首先来到西柏坡纪念馆广场中央的五大书记——毛泽东、刘少奇、朱德、周恩来、任弼时的铜像前,敬献了花篮,并向五位无产阶级革命家三鞠躬。然后,郑重地举起右手,重温了入党誓言。

我们以无限缅怀和崇敬的心情,瞻仰五位伟人的雕像,它艺术地再现了西柏坡时期中国共产党领导集体的伟大形象。雕像栩栩如生,充满了胜利的喜悦和对未来的无限信心。

我们离开五位伟人的铜像,在导游姑娘的引导下,缓步进入西柏坡纪念馆。

纪念馆位于中共中央旧址东南约二百米处,1976年破土动工,依自然山势建成的上下两个四合院,建筑面积为3 344平方米。1978年5月26日,纪念中共中央、中国人民解放军总部进驻西柏坡三十周年时对外开放。

后来,曾几次对其陈列进行了修改完善,并在原来的基础上,进行了扩建和改建,使纪念馆分为上、中、下三个院,建筑面积达6 200平方米。"西柏坡纪念馆"六个大字,是邓小平同志1984年8月31日题写的。

纪念馆的整个陈列,分为12个展室(含序厅)。我们走进一个个展室,看到图片画面井然有序。随着解说员生动感人的介绍,令人有一种身临其境的感觉,仿佛回到了当年的那段历史之中。

各展室的总体内容，以平山县人民光辉的抗日斗争史为铺垫，以解放战争为主线，重点介绍中央工委、中共中央和毛主席等老一辈无产阶级革命家，在西柏坡召开全国土地会议和七届二中全会、组织指挥三大战役等伟大革命实践，揭示了"新中国从这里走来"的展览主题。同时，对新中国成立后社会各界参观瞻仰西柏坡，以及在此举行的重大活动情况也进行了展观。看后，实在令人受鼓舞受教育！

最令人惊心动魄的是，大决战展室中的"大决战"场面——

凭栏远眺，火光冲天，硝烟弥漫，战斗打得十分激烈！远处，军旗猎猎，军号嘹亮，在一片杀声中，英勇的中国人民解放军战士，冒着炮火，奋不顾身地向敌人冲去！

近处，敌人的尸体遍地，炮车、枪支扔了一地。仔细瞧，就在被我军炸平了的地下小碉堡里，一个身穿黄军衣、头戴铁盔的国民党幸存士兵，正拖着一条腿奋力地从土坑里往上挣扎……

我们胜利了！我们取得了大决战的彻底胜利！

此时，我由衷地感到，在纪念建党90周年之际，走进西柏坡参观游览，意义十分重大！为了更好地回顾党的历史，感受西柏坡精神，追寻革命伟人曾经走过的足迹，体味革命成功的艰辛，我们又观赏了大型珍贵内部历史影像资料片——《新中国从这里走来》。

那是1947年5月，以刘少奇为书记、朱德为副书记的中共中央工作委员会自陕北来到平山县，选定西柏坡为驻地。在历时两个月的中国共产党全国土地会议上，制定了《土地法大

纲》，彻底废除了封建性、半封建性的土地剥削制度，实现了耕者有其田。一年后，毛泽东、周恩来、任弼时率领中共中央前方委员会来到这里。1948年5月1日，西柏坡成为中共中央和中国人民解放军总部的所在地。毛主席在西柏坡组织指挥了举世闻名的辽沈、淮海、平津三大战役。解放区经济建设和军工生产的迅速发展，有力地支援了前线，于是才成功地召开了具有伟大历史意义的中国共产党七届二中全会。1949年3月23日，中共中央和人民解放军总部离开西柏坡，迁往北平。

一个个真实、生动的镜头，一幅幅精彩的画面，紧紧牵动着我的心，令我惊奇，令我感动，令我庆幸，令我欢呼！这里再现了我党艰苦卓绝的历史和那感人至深的革命精神。从此，西柏坡成为中国革命史上的一座不朽的丰碑。她不仅是著名的革命纪念地，也是爱国主义教育基地。

在导游姑娘的引导下，我们饶有兴致地参观了柏坡岭下的中共中央旧址。

这是一片由低矮平房组成的院落，是当年中央工委、中共中央和人民解放军总部的所在地。

中共中央旧址，占地面积16 440平方米，建筑面积2 690平方米。对外开放的有毛泽东、刘少奇、朱德、周恩来、任弼时、董必武同志的旧居，中央军委作战室旧址和中国共产党七届二中全会会址。我们首先参观了中国共产党七届二中全会会址。

这里，原是中央工委时期修建的党中央机关的大食堂。建筑面积112平方米。1949年3月5日至13日，党中央开会时临时布置成了会场。前面中间的长方桌是主席台。毛主席就坐在后面的藤椅上，发言者都站在他的右边。主席台两边的方桌是记录桌。前面的四个沙发，是为刘少奇、朱德、周恩来、任弼时等人准备的。

没有固定的席位，一般是年长的，来得早的往前坐。长条木凳是供来自大院以外的代表坐的。由于坐椅不够，住在中央机关大院的同志还自己带来了坐椅。

主席台前面的墙上，还挂了一张向大会汇报的《敌我战略形势图》。主席台上面挂有毛主席、朱总司令的画像，两边是两面中国共产党党旗。会场虽然那么简陋朴素，可是，在这里召开的七届二中全会却是一次具有伟大历史意义的会议。它是中国共产党在中国革命取得全国胜利的前夜召开的。这次会议的主要内容：通过了毛泽东的报告，生动形象地说明了在全国胜利的局面下，党的工作重心必须由乡村转移到城市；使中国由农业国转变为工业国；由新民主主义社会转变为社会主义社会的总任务和主要途径，描绘了新中国的宏伟蓝图！

西柏坡最吸引我们的还是一代伟人无产阶级革命家毛泽东的旧居。我们缓步轻轻地走进室内，解说员就微笑着打开了话匣子：

毛泽东同志旧居，占地面积546平方米，建筑面积123平方米。分为前后两院。前院有警卫室、水房，磨盘；种有楸树、国槐等树木。后院有办公室、寝室、书房兼资料室、家属住室、女儿李讷和保姆住室等。1948年5月26日晚，毛泽东从阜平县花山村来到西柏坡后，便住在这里。

这时，解说姑娘极风趣地说，当时，前院有一个猪圈，为了保持院落的清洁，警卫战士们打算把它和磨盘一起拆掉。毛主席得知这一情况后，告诉大家：革命形势发展很快，我们不会在这里住多久，这些东西不要拆掉，将来我们走后，老乡还

要用的。

就这样,战士们将猪圈抹了起来。夏日里,楸树下,磨盘旁成了毛泽东办公的场所,也成了他和其他中央领导共商军机大事的地方。因此,西柏坡便有了"磨盘上摆下雄兵百万"的佳话。

当时,毛泽东任中共中央主席、中共中央政治局主席、中央书记处主席和中央军委主席,在这里度过了他一生中最辉煌的时期——运筹帷幄、决胜千里。辽沈、淮海、平津三大战役以四个月零十九天歼敌一百五十四万多人,由此决定了中国的命运。他还在这里写下了《将革命进行到底》等二十余部光辉著作。

最令人难忘的是毛主席密切联系群众、时刻关心百姓的动人事迹至今还在西柏坡传颂!

同行的一位家在西柏坡的代表向我讲述了下面的故事:

那是1948年7月的一天,毛泽东在杨尚昆、叶子龙等人的陪同下外出散步。当看到长势不太好的水稻时,便问正在田间劳动的老乡:水稻产量多高,是如何种的?得知是直接播种后,便说,我的家乡也种水稻,但是,先育秧后插秧,产量高得多。你们明年不妨试一试!

这位老乡当时并没把这当回事,再说也不会育秧、插秧,便把此事搁置下来。

1958年6月,百忙中的毛泽东仍惦记着西柏坡人民种水稻的事。于是,指示中央办公厅给西柏坡村写信,让他们派人到涿州学习种稻技术。从此,西柏坡村改变了直播种水稻的做法,水稻产量大辐度提高。

听了这则故事,我的心久久不能平静,深为一代伟人心里时刻装着百姓的精神所感动!

参观了老一辈无产阶级革命家的旧居,我们又来到五位书记的铜像前摄影留念。当我登上返回的大汽车时,对西柏坡这块红色宝地却产生了无限留恋的感情!

大汽车开动了,远望高高的西柏坡纪念碑,建筑独特的西柏坡纪念馆和栩栩如生的五大书记铜像,在青山碧水的映衬下相映成趣、熠熠生辉,构成了西柏坡最壮丽的景观!

此时,毛主席"两个务必"的谆谆教导,又在我的耳边萦绕开来……

2011 年 8 月 2 日二稿

金龙山红叶

到金龙山国家森林公园看红叶，是我多年的梦想。

就在今年九月下旬的金秋时节，我随兰西县作家采风团一行十人，欣然前往金龙山，终于梦想成真。

大面包沿着202国道风驰电掣般向前行驶。车过哈尔滨，来到阿城延川大街南二道街五号时，区作家协会主席刘忠学、秘书长袁富海二位，早等候在那里了。

刘主席、袁秘书长热情地和我们一一握手，互致问候。然后，登上面包车陪同我们，前往金龙山旅游景区。

刘主席热情好客，虽然是个有影响的作家，可是却平易近人，就像老朋友似的，给我们讲笑话，说典故，谈古论今。袁秘书长是个摄影家，很健谈。一路上向我们滔滔不绝地介绍各个旅游景点，由上京会宁府讲到金代的兴衰，由横头山讲到金龙山，俨然一个出色的导游，话语情趣盎然又跌宕起伏，引人入胜，使车厢内不断地发出欢笑声！

我们在虹鳟鱼度假村小憩，简单地吃了点东西，用以补充体能。然后，带上纯净水，背上照相机，跨过小桥流水人家，看袅袅炊烟，听喔喔鸡啼，体味田园风光的无限乐趣儿！穿过木板长廊，走上曲曲弯弯的小径，来到巍巍耸立、别具一格的"金龙山国家森林公园"的山门前，在蓝天、大山、树木的映衬下，山门熠熠生辉，格外壮观！

同伴们仰望高高的山门，发思古之幽情，摄影留念之后，纷纷进入山门，尽情欣赏金龙山上层林尽染的火红美景，感受红叶带来的火红情怀，开始了金龙山的红叶情缘之旅。

我们徜徉在进山的路上，路面足有三米宽，是柏油铺成的，走上去有点软绵绵的感觉，路两旁，装点着耸立的大石块和细碎的石子，相映成趣，巧夺天工！路并不好走，一会上冈，一会下坡，有的坡度还挺大，行人需前倾着身子向上走。在平原生活惯了的人，自然有点困难，走一会儿便浑身冒汗了。

看着路两旁满眼的树木，同行的阿城作协秘书长袁富海老师又打开了话匣子：金龙山的森林资源十分宝贵，在世界森林图谱中尚属珍贵资源，在金龙山原始森林里，分布着难得一见的拥有几百年树龄的黄菠萝、紫椴、红松等珍贵树种。而红叶的代表树种有白枙槭、色木槭、青秆槭和插条槭等十几种。其中，白权槭树种属于乔木类，树高可达二十几米，霜降后，树叶呈鲜红色，是北方典型的红叶树种。

听罢，我们急于看红叶的心情更加迫切了！抬眼望去，大山连着大山，那山上的树木，已不是夏日的郁郁葱葱，而是黄绿相拥，又带点微微泛红的颜色。那色彩犹如点染的一样：有的轻描淡写，有的浓墨重彩，层林尽染，美不胜收，融成了一幅色彩斑斓的天然画卷。

这里景色怡人，空气清新，飒飒金风，送来了醉人的山果香味儿。彷佛走进了天然氧吧，尽情地享受生态之美！

景区内的游人络绎不绝：有头戴花帽儿、身着彩色服装、举止大方、风流倜傥的少数民族姑娘；有挽臂行走，相依相爱的情侣；还有成群结队的中老年人，个个谈笑风生，步履轻快。他们有的往上走，有的则踏上归途。

第五辑 城外风景

越往前走,路两旁的红叶越频频呈现,展露芳姿。虽然是红叶初红,可点缀林间,却突出了红叶的清秀之美,别具风采!

我们在小路边的一块巨石旁小憩时,遇见了来金龙山看红叶的一对老两口。

从闲谈中得知,两位老人都年近七旬。今天是他俩的"金婚"纪念日,特来山上看红叶的,两位老人满面红光,精神矍铄,身体很硬朗,看上去还挺年轻。他们是哈市的,年年都来看红叶,老两口都是在教师岗位上退下来的,老大娘采集了满满一方便袋红叶,说回家用它做五十朵小红花,挂在卧室里,天天看着它,让晚年红红火火地生活下去。老大爷还把自己创作的一首诗,念给我们听:

悠悠岁月写人生,
片片红叶寄深情。
两鬓白发人未老,
一颗丹心火样红!

我们听罢,都噼噼啪啪地鼓起掌来:"多美的红叶情怀,多好的一对老人啊!"

我们向前走去,蓦地眼前一亮:"哇,快来看,红叶!红叶!"同伴们几乎是异口同声地喊道。

仔细看时,只见山路左侧的一株高高的白桕槭树,树叶全红了!在大片白桦树的衬托下,显得太美了!那红拉拉的树叶密麻麻地缀满枝头,随着阵阵金风,宛若无数朵红艳艳盛开的小花,在轻轻地抖动!那枝头上的叶片,犹如许多红蝴蝶,正张开翅膀,在微微舞动,时而飘落下来,更加活灵活现,栩栩如生!

看着那火焰般的满树红叶,我的心都醉了,这哪里是红叶?简直就是一树火拉拉的诗哟!

同伴们纷纷打开照相机,调好焦距,按动快门儿,"咔——咔——",拍下了一个又一个珍贵的镜头,有的忙着在红叶前留影,有的则小心翼翼地摘下几片红叶,夹在小本子里,精心地保存起来,一个个是那么动情,简直不愿离去。

山路越走越窄,阳光透过头上的树叶,洒下斑斑点点的光影,随着树枝的抖动,若隐若现。穿行在曲曲弯弯的山间石砌小路上,脚下踏着沙沙的碎石,低矮的枝头,鸟儿在欢快地鸣叫,人走过去,"突噜——突噜——"地从你身边,飞到前边不远处,又抖动翅膀,叫了起来,好像有意逗你玩。山间的小溪在叮叮咚咚地流淌,美景在真与幻间纠缠,让人仿若在山水画中游览。

向上攀,不一会儿又变成了木板制的楼梯状的小路,拾级而上,倍感吃力。大约一个多钟头时间,我们终于登上了山顶,顿感心胸开阔,一览无余。脚下的山仿佛低矮了许多。此时,劳累早消失得无影无踪了。

时间已是正午,巍峨的金龙山,在阳光的照耀下,披上了金色的外衣。举目四望,在片片红叶的点缀下,旖旎的五花山色显得格外美丽壮观!

面对此景,我不禁吟诵起晚唐诗人杜牧的《山行》来:

远上寒山石径斜,
白云生处有人家。
停车坐爱枫林晚,

霜叶红于二月花。

真是金秋红叶绘胜影,百里画廊金龙山。

这如诗似画的大美景观,实在令我赏心悦目,流连忘返!

走下山时,已是满目夕照。

金龙山在夕阳的照射下,简直就是一幅妙笔绘制的动人画卷。满山火焰般的红叶抹上了一层金子般的颜色,是那么红,那么美!

我频频回首,步履缓慢地踏上归途。心头不由涌起许多感慨和留恋——

金龙山这幅天然的山水画卷,千百年来承载着无比厚重的人文历史,深藏着悠久灿烂的金源文化和中华民族的血泪和忧思!

金龙山,再见了!

满山的树木向我招手,大山发出了阵阵回音:

再见了——再见了——再见了——

明年漫山红叶时,我们再相会!

2015 年 10 月 3 日改定

魅力的生态文化之旅

初秋时节，我随兰西县作家采风团一行欣然前往绥棱林业局，进行采风创作活动。

小镇坐落在小兴安岭西南麓，是全国林业系统4A级生态文化旅游景区，是我一直向往的地方。

当我走进这座美丽的边陲小镇，顿觉神清气爽，耳目一新。举目望去，满眼皆是绿色；街道两旁，各种树木排列有序，一道道绿篱，造型优美，尚有花草相伴，街道整洁，恬静宜人，没有喧嚣，果然名不虚传！

热情好客的林区人，对于我们的到来，就像老朋友那般亲热，在林业局老领导、老作家秦书记和林业局文学创作协会会长、作家冯雅军的陪同下，我们迫不及待地开始了魅力的生态文化之旅。

我们走进了被誉为"绿色王国"之称的"鼎盛园"。首先映入眼帘的便是高高矗立在绿树丛中的"森林女神"白色雕像，抬眼望去，长发垂肩，衣带飘洒，高耸入云，在蓝天白云的衬托下，给人一种神秘感！相传她是玉皇大帝派下凡的一位掌管森林大权的神仙，主人将她请到这里，大概是作为振园之用吧！

我们一步步向园内走着，陪同我们的秦书记、冯会长，就像出色的导游，一边走一边向我们饶有兴致地介绍迎面而来的景点。这里有山有水，空气湿润润的，还透着一丝凉爽，就像

一个巨大的天然氧吧。

此时,不远处的湖面上,飘渺着的晨雾还没散去,似一缕丝带若隐若现,穿行在绿树中曲曲弯弯的小路上,脚下踏着一块块的石板,清脆的鸟鸣,婉转动听,恰似一曲轻音乐。路两旁肆意绽放的山野花,争奇斗艳,清香四溢,那清亮亮的露水珠儿垫伏在片片绿叶上,一不小心就会悄然滴落下来,美景亦真亦幻,让人仿若在山水画中游览。这里,曲径通幽,别有洞天,不经意间,我们仿佛走进了"山重水复疑无路,柳暗花明又一村"的诗意中去了!

我们沿着石板小路前行,忽然,远处传来朗朗的吟诗声:"李白乘舟将欲行/忽闻岸上踏歌声/桃花潭水深千尺/不及汪伦送我情。"听着这优美的诗,我一时心潮起伏,诗情奔涌!

走过去,原来是一群孩子们假日里到此游玩,正一边朗诵古诗,一边在草地上快乐地蹦跳着。谁知,我们这些不速之客的到来,惊扰了正在水中洗濯的一只白鹤,扑楞楞地展开翅膀,飞上了蓝天。见此,一首唐诗,立刻在我脑中闪现,我便高声朗诵起来:"自古逢秋悲寂寥/我言秋日胜春朝/晴空一鹤排云上/便引诗情到碧霄。"面对此情此景,同伴们无不拍手称奇,陶醉其中!

越往前走,越是渐入佳境。简直就是一幅长卷的丹青画,接二连三地展开:

水中的巨轮水车,旋转带水,令我们驻足观赏。

奇妙的二龙戏水,成了一道独特的亮丽景观!同伴们立刻打开照相机,还有的举起手机,抓拍镜头,留下了一个个精彩的瞬间。

水中那成片盛开的荷花,碧叶接天,荷花映日,尽展别样风采!

荷叶旁的金鱼,摆动着身姿游来游去,叫人疑是龙宫女!看罢,实在是妙趣横生,流连忘返……

鼎盛园这座生态园林,其实就是小兴安岭自然山水的浓缩。那匠心独运,大手笔、大气派的设计,浑然一体,巧夺天工。到处是青松、白桦和许多叫不出名字的树种,山里有的,这里全有。在谈笑声中,我们一会儿沿着石板小路拾级而上,一会儿又一步一步地缓慢下行,虫儿为我们奏乐,林中的"车虎子"鸟直喊"加油!加油!"我们虽然有些劳累,却感到乐趣无穷!

路两旁还有极富特色的蘑菇亭、树叶亭,游人走累了,可随时坐下来小憩。

园内的各景点,还点缀着块块巨石,上面都镌刻着古诗和名言,不仅起到了点睛的作用,而且耐人寻味!

秦书记告诉我们,有许多南方游客每年都到这里休闲、养生、度假,享受夏日的清凉,体验生态之美。接着他话题一转,笑着说,不仅如此,有许多上级的领导,也曾到此观赏视察。我们脚下这条石板路,就是吉炳轩、王宪魁两位省委书记来时走过的路。那排排坚实的脚印,还依稀可见。

绿色王国的鼎盛园林,给予我们的是大自然的生态享受,可是,百米浮雕墙,却将我们带入了林区往昔的沧桑岁月。

那古老而原始的采伐方式,历历再现:相对而坐的两个伐木人,晃着膀子,"喇——喇——"地拉大锯。"顺山倒"的喊声和那大山的回音,还不时回荡在耳畔,"顺山倒!顺山倒"!那粗犷而洪亮的声音,把满山的树木都震得"哗哗"直响!

那时,林区采伐,由上大冻进山,到来年开化前结束,一干就是几个月,顶风雪,冒严寒,吃了多少苦,遭了多少罪,

数也数不清！

那些山外来的"倒套子"的，穿着大棉袄、二棉裤，脚上穿着乌拉，头戴狗皮帽子，赶着马爬犁，往山下运木材，不仅辛苦劳累，有时，马爬犁跑坡，时刻都有生命危险！还记得，当年在我的家乡，一到打完场、送完粮，屯子里就有不少青年小伙子，到山里"倒套子"，干到过年才回来，挣的都是血汗钱。家里的老人，别提多牵挂了！

在山下贮木场的浮雕前，画面上几个身材魁梧、肩扛木杠的汉子，深深地吸引了我。他们迈着稳健的步子，在头杠的引领下，抬着沉重的大木头，我似乎听到了"往前走哇——咳哟——""迈大步哇——咳哟——"那好听的号子声传出老远……最后，再将棵棵原木，或装火车，或江河放排，发往各地。

一幅幅原汁原味活灵活现的场景和画面，见证了林区巨变的发展史。看后，令我们有所思，有所想，有所悟！

来林区小镇采风，最让我们感兴趣的当属"吴宝三文学馆"。它像一颗璀璨的明珠吸引着来自各地的游客。据悉，自2010年6月建馆以来，接待参观者就达3 000人次之多。我们采风团一行在林业局领导和林区文学创作协会冯会长的引导下，来到造型奇特的金钥匙大厦，乘电梯来到五楼。

当我走进吴宝三文学馆那一刻，突然觉得眼前一亮：正面墙上，高悬着金红色质地，金色题字的大幅匾额。"吴宝三文学馆"六个刚劲有力的大字熠熠生辉，它是由当代著名作家峻青题写的。墙上挂着一幅幅精美的图片和淡雅的字画，展柜里摆放着名目繁多的书报和荣誉证书，书架上摆着他的代表作品，一切都是那么庄重有序，我们仿佛进入了一座高雅的文学殿堂，一时感慨多多……

吴宝三是我的同乡，我们都是兰西人，他的童年和少年都是在呼兰河西的榆林镇度过的，后来，随父母搬到铁力林区，在那里考取了久负盛名的北京大学。这位来自祖国北疆的寒门学子，在校是中文系的高材生。那时，他的文学才华就已崭露头角，深得许多资深教授和学者的厚爱，毕业后，由于他品学兼优，在林区得到重用。为了回报家乡，回报社会，他不仅工作出色，而且，写诗著文一举成名。

他先后任《大森林文学》主编、《中国林业文学》主编，后来，又调到省城哈尔滨任《北方文学》杂志主编、《黑龙江作家》主编，并担任黑龙江省作家协会秘书长、副厅级调研员。这位大森林的骄子，林业生态文学的领军人，是从呼兰河畔的兰西走出的作家。因此，参观吴宝三文学馆对我来说实在是倍感亲切！

文学馆展出了吴宝三先生半个世纪的创作成就，以及林区十位作家的创作成果。

吴宝三先后在《人民日报》《光明日报》《工人日报》《人民文学》《当代》等全国130余家报刊，发表文学作品600多万字。看着展柜里摆放的20多部小说、诗歌、散文等著作，真是硕果累累呀！他曾五次荣获黑龙江省文艺奖，入围中宣部"五个一"工程奖和《人民文学》优秀报告文学奖，可谓斐声华夏！

展柜里还摆放着国内外600多位作家签赠吴宝三的1000余册图书和他创作的部分手稿，以及发表文学作品的样刊和样报。还有国内30余位著名作家、艺术家同他往来的书信手迹和赠送他的书画作品，也在此收藏展出。观后，令我们受激励、受鼓舞，更为家乡这片黑土地上走出的这位著名诗人、作家而感到骄傲。

  四个小时的观光采风,我们尚觉意犹未尽。最后,我们采风团一行,来到小镇的广场上,在巨大的金色宝鼎前合影留念。

  这次来林区采风收获不小——不仅使我们的心灵受到一次净化和洗涤,而且对生态文化有了更深的理解和思考!

  我们由衷地祝愿,绽放在林区的这朵靓丽的生态文明奇葩,香飘万里,驰名天涯!

2016 年 8 月 30 日

难忘的时刻

在中华全国文学基金会、中国散文学会等单位举办的"纪念中国共产党成立90周年·共和国脊梁系列活动"中,我创作的报告文学《坚实的脚步》荣获优秀文学作品银奖的殊荣。作品的主人公——黑龙江省兰西县远大乡胜利村党总支书记赵正友被授予"共和国脊梁百名优秀人物"荣誉称号。

2011年7月9日,我和赵正友欣然前往首都北京,出席"纪念建党90周年·共和国脊梁系列活动"颁奖盛典。

这次颁奖盛典于7月10日上午在北京国家会议中心隆重举行,中央国家机关有关部委领导出席并颁奖。

"党的女儿"著名艺术家田华,为中国电影事业做出卓越贡献的国家广电部原副部长、中央电视台台长杨伟光,著名导演、中国人民解放军艺术学院院长张继刚将军,家喻户晓的著名节目主持人、著名影视演员倪萍,感动中国的"双百人物"代表、中国的保尔·柯察金———级战斗英雄史光柱,共和国四大讲演家、首都师范大学教授李燕杰,为中国曲艺事业做出卓越贡献的中国文联副主席、著名曲艺家刘兰芳,著名国画家、慈善家吴东魁等300多名获奖代表登台领奖。

国家会议中心是一座现代化建筑的雄伟大厦,设计精美,巍然耸立!走进科技报告厅,我的心情激动万分!挺着胸,昂着头,迈着矫健的步伐,踏上红地毯,走上共和国脊梁的星光

大道。

　　放眼望去，两旁1米多高的形象展架上悬挂着众多共和国脊梁的十大功勋人物、十大卓越人物、十大杰出人物、十大创新人物……可谓群星璀璨，齐聚一堂！

　　他们在各自的工作岗位上，用相同的感情、不同的方式表达了自己的历史使命感和社会责任感，以及对这片土地的无限忠诚和深情热爱。他们用微薄的力量推动着社会的发展和进步，他们是真正的"共和国脊梁"！

　　颁奖盛典开幕前，与会的各位代表和到会的领导、名人共同合影留念。

　　颁奖盛典是在庄严、隆重又热烈的气氛中进行的，由中央电视台节目主持人雅娟主持。那亲切优美的语音，那引人入胜的开场白，把我带入了久远的历史回顾之中：南湖红船的身影，井冈山的革命烽火，遵义城头永不褪色的红旗，延安窑洞那不熄的灯光……雄关漫道真如铁，而今迈步从头越！

　　啊，中国共产党，90载中华大地的沧桑巨变印证了你的伟大！千锤百炼的风貌，展示了你的光荣，与时俱进，知荣明耻，共建和谐！你是人民的意愿、历史的选择！

　　颁奖开始了！

　　由领导和名人为获奖代表颁奖。获奖代表的脸上都挂着灿灿的笑容，就像那绽放的花朵！灯光闪闪，掌声雷动，获奖者有序地登台领奖，两部照相机对着领奖台，留下了精彩的瞬间！

　　轮到我领奖了，我的心顿时紧张而又激动起来！多少年来，我就有这个想法，到北京领奖的夙愿终于实现了！随着优美的旋律，我登上了共和国脊梁的领奖台。在礼仪小姐的配合下，中国作协副主席、书记处书记著名作家何建明先生，把大红金字的荣誉证书送到我的手上。然后，**紧紧地握住我的手**，摄相师拍下了这个精彩镜头。

以前，我曾经读过何建明的作品，今天终于见到了这位资深而有影响的作家，心中别提有多高兴了！何建明得知我是来自黑龙江、来自基层的作家，还询问了我的创作情况，鼓励地说："要发扬成绩，继续努力，争取更大的光荣！"那一刻，我感到荣幸极了！

颁奖盛典结束后，我的心仍不能平静！登上共和国脊梁领奖台那激动人心的时刻，至今还在脑海里萦绕！

走出会议大厅，代表们都以留恋的心情，在"星光大道签名墙"上庄严地写下了自己的名字。

中午，活动组委会在北京"红太阳美食生态园"为我们获奖代表举行了丰盛的庆功午宴。酒店老总发表了热情洋溢的祝酒辞，还为代表们演出了精彩的文艺节目。一曲《今天是个好日子》把宴会推向了高潮。

席间，与会的领导、名人、获奖代表频频举杯，互相敬酒，互相祝愿，宴会高潮迭起！

按照活动安排，下午，获奖代表参观了吴东魁美术馆的书画展，并进行了书画笔会。晚上，我们在北京大学百年纪念讲堂，聆听了20位获奖代表的高峰论坛。

7月11日，300多名获奖代表乘5台大巴车走进了革命圣地西柏坡，开展了大型采风活动。我们排着整齐的队伍，来到老一辈无产阶级革命家毛泽东、朱德、周恩来、刘少奇、任弼时等铜像前，敬献了花篮，我们举起左手，重温了入党誓词。代表们怀着无限敬仰的心情，参观了坐落在柏坡岭下的西柏坡纪念馆和中共中央旧址。具有伟大历史意义的中共七届二中全会，

就在这里召开。当年毛主席曾谆谆告诫全党同志:"夺取全国胜利,这只是万里长征走完了第一步,中国的革命是伟大的,但革命以后的路程更长,工作更伟大,更艰苦。务必使同志们继续地保持谦虚、谨慎、不骄、不躁的作风,务必使同志们继续地保持艰苦奋斗的作风。"毛主席的亲切教导,又响在了耳边。

在这里,我们一起去探访新中国成立的历史,追寻革命伟人曾经走过的足迹,体味革命成功的艰辛,用心用情去传递一种永恒的精神,向党的90岁华诞献上一份礼物。

到北京参加颁奖,我还是第一次。我登上共和国领奖台那一刻,我将终生难忘!但是,成绩只能说明过去,绝不能代表现在和将来。

我要继续努力,在创作上超越自我,不断创新,争取获得更高的荣誉!

2013年7月8日下午

后　　记

从整理书稿开始，我的心就一直没平静过！

这是我的第二本作品集，是从2008年到2017年，创作发表的文学作品中选出了五十多篇散文作品。写的都是关东黑土地上的民俗风情和人物故事。

看着一篇篇熟悉的、散发着泥土气息的文字，一股火辣辣的情愫在我心头涌动！许多往事，犹如儿时窗前的风铃，又摇响了我记忆的回音……

听父亲说，爷爷就是当年闯关东时来到这块故土的。他们在这片黑土地上开荒种地盖房安家，年复一年地播种希望，耕耘梦想和憧憬，挥洒辛勤的汗水，创造着美好的生活。我的爷爷和父辈们，都长眠在这片黑土地上，留下的却是良好的家风、祖训和美好的向往。

我是在故乡土生土长的，是故乡那片深情的黑土地养育了我。那里的每一寸土地，都连着我的血脉！故乡虽不依山傍水，又没有旖旎的风光，可她却是我魂牵梦绕、心驰神往的地方！是她那甘甜的乳汁，哺育我茁壮成长！

曾记得，有多少个黎明和清晨，屯中那口辘轳老井，"吱扭吱扭"地演奏着那支古老而沧桑的歌儿！父亲总是老早就起来，到井沿挑水，将挑回的桶桶清水哗哗地倾倒在水缸里。我好奇地问父亲，挑水累不累啊？他总是笑呵呵地说：累啥，挑回的

都是财啊！听了父亲的话，我们的心中觉得甜甜的！

有多少个傍晚，霞光夕照，如诗似画，美不胜收。家家的屋顶上，炊烟袅袅，妈妈呼唤我回家吃饭的亲切声音还回荡在我的耳边。我的妈妈是个名不见经传的普通女性，勤劳、善良、贤惠、能吃苦，这些优秀的品质铸就了她的性格。如果说，爱是真诚的，那么，最真诚的爱，莫过于母爱的博大与深沉。我永远忘不掉，妈妈为我缝的书包，妈妈为我补的小褂，妈妈天天送我上学，春风吹动她那白发！

故乡的土屋里，藏着我儿时的梦。那富有情趣的古朴而悠远的民俗风情，犹如西大岗上那片红高粱酿成的纯粮"小烧"，浓烈醇香，喝一口心都醉了！

纯朴善良的父老乡亲，我同他们朝夕相处，有着深厚的感情。他们的人生，他们的命运，他们的苦辣酸甜、悲欢离合，以及爱情生活，深深地感染着我，是我取之不尽的创作题材，我要为他们而歌！无论送走多少年华，也不管走到海角天涯，我永远忘不掉，那挥之不去的故土情结。

清溪吟雅韵，皓月洒春晖。我动手写此文时，恰逢自然界中的春天正迈着轻盈的脚步向我们走来。冰消雪融，万物复苏，到处都是明媚的春光。

这是中国特色社会主义进入新时代、开启新征程的第一个春天，是改革开放的第40个春天。在家乡这片希望的田野上，笑语欢歌，春潮涌动，乡亲们正忙着备耕。

春不在燕子翅上飞，春不在红杏枝头闹，春在人们的心头跳，人勤催春早！

我深信，只有那些辛勤耕耘、不懈努力的人，才能得到金灿灿的收获。

为此，我要继续努力，更加扎实地深入生活、深入实际，坚持以人民为中心的创作导向，用我手中的笔，写好百姓故事，挖掘那些饱含黑土文化底蕴的散失歌谣，写出更多为读者喜爱的好作品。

　　在此，谨向对本书出版、提供方便和支持的师长、同人，表示由衷的感谢！

于凌云
2018 年 3 月 10 日